小宠爱

FOR BELOVED ONE

若善溪 著

江苏凤凰文艺出版社
JIANGSU PHOENIX LITERATURE AND ART PUBLISHING, LTD

图书在版编目（CIP）数据

小宠爱 / 若善溪著 . -- 南京：江苏凤凰文艺出版社，2019.1

ISBN 978-7-5594-2700-7

Ⅰ . ①小… Ⅱ . ①若… Ⅲ . ①长篇小说－中国－当代 Ⅳ . ① I247.5

中国版本图书馆 CIP 数据核字 (2018) 第 182723 号

书　　名	小宠爱
作　　者	若善溪
出版统筹	姚　丽
责任编辑	白　涵　刘洲原
特约编辑	任立坤
责任监制	贺　嘉
装帧设计	格·创研社
出版发行	江苏凤凰文艺出版社
出版社地址	南京市中央路 165 号，邮编：210009
出版社网址	http://www.jswenyi.com
印　　刷	北京盛通印刷股份有限公司
开　　本	880×1230 毫米　1/32
印　　张	8
字　　数	180 千字
版　　次	2019 年 1 月第 1 版　2019 年 1 月第 1 次印刷
标准书号	ISBN 978-7-5594-2700-7
定　　价	36.80 元

目录 contents

第一章

讨厌的那个他

这世道，什么样的人生才算潇洒精彩？隆冬时节，能一张机票飞往艳阳高照、美如画的澳洲，在冲浪板上搔首弄姿；或者，本应该在办公室点灯熬夜加班，却心情不爽给老板发一条简讯，要辞职环游世界；再或者，腻烦了都市的聒噪，丢掉所有的通讯设备，一溜烟躲到俄罗斯的深山老林里去隐居……这些，是徐照影认为精彩又潇洒的人生。

可惜，这样的生活都和她没什么关系。在冲浪板上搔首弄姿的是她在澳洲同期的校友，躲到深山老林里过逍遥日子的是她的研究生导师，而她是那个被任性员工分分钟炒鱿鱼的老板。

此时此刻的她，正在处理突然辞职的员工遗留下来的工作，而那些拥有精彩人生的同学和老师，在艳阳高照的澳洲海滩畅快玩耍。几个小时前，徐照影刚刚结束一场时隔五年的聚会，看着昔日同学在网站上发的美照，白云碧海，绿意浓浓，一切近在眼前，她似乎能够感受到照片里的鸟语花香。五六年前，她也是活泼的妹子，她也是拿着冲浪板到处搔首弄姿的人，只不过，如今被这家宠物医院拴住了，哪儿都去不了。

徐照影在照片下面点了个赞，按照惯例，评论后便关掉电脑。看看时间，竟然十点半了，窗外弥散着纷扬的雪花，停车场上的车早已被积雪覆盖，这雪下了有一阵子了。徐照影揉了揉有些杂乱的头发，那个辞职的小丫头片子走得太过匆忙，新雇用的助手要下周一才能入职，她今晚还有两篇文献没有看完。不管了，不管了，再待一个小时，非疯了不可，再精彩的人生，都不如闷头大睡一觉来得实际。

徐照影的脚步声在医院走廊里回荡，柔和的壁灯之下，只能听到从窗缝卷进来的呼呼风声，她不由裹紧了身上的羊绒大衣。

“院长才走？我帮您叫辆车吧。”这个点，前台只有一名值班护士，还有守在门口昏昏欲睡的保安。

“不用了，住处离得不远，下雪天空气好，我想走回去。你们晚上检查好门窗水电再休息。”

虽然已经嘱咐过值班护士，但徐照影还是亲自检查了一番，才放下心来。方才被小护士送到门口，她听见浅浅的呜咽声，不免又折回去查看。

小狗的呜咽声是从寄养区的笼子里传出来的。

“我查过住院日志，今日应该没有寄养的小朋友啊？”

徐照影开的这家宠物医院是上海最大也最专业的，当然价格也最昂贵。她习惯把这些毛小孩叫作小朋友，能把宠物送到这里看病休养的，都把毛孩子当宝贝一般宠着。

“今天早上确实没有寄养的小朋友了，不过下午的时候，有家长又续了两个月的费用。”

听值班护士这么一说，徐照影心头有些阴沉。待在笼子里呜咽的是一只小板凳大小的狗。她仔细看了看，并不名贵，是一只串了种的八哥犬，笼子上贴着名牌——姓名：皮皮，家长：楚惊鸿。皮皮孤零零地趴在笼子一角，见有人来了，慌忙睁大眼睛，可看到是徐照影时又呜咽着往角落里缩了缩。

“它在这儿待多久了？”

“快三个月了。”

徐照影平复的思绪瞬间有些烦躁，她训斥道：“我们这里是医院，不是寄养所，早就告诉过你们，就算有家长出高价想要寄养，也要拒绝，他这样做会占用我们有限的医疗资源。”

见徐照影动了气，值班小护士有些紧张地回答：“我跟楚先生交流过，但他总是说忙，有大事要处理，过段时间再来接皮皮。而且寄养的钱都是主动打到医院的账户上……”

徐照影隔着铁栅栏摸了摸皮皮的头，吩咐道：“调一下病例。”

果然，不出徐照影所料，皮皮没什么大毛病，而是被主人刻意留在医院的。换句话说，皮皮现在有被遗弃的可能。

徐照影这辈子最讨厌两种男人，一种是没有责任感的男人，另一种就是对小动物没有爱心的男人。养了宠物，却想着如何甩掉它，既没有爱心，也没有责任感，这个姓楚的倒是占全了。

“把他的联系方式给我。”

徐照影接过护士写好的便利贴，呵，真是巧了，竟然和她住在一个小区。徐照影的脾气不算好，拿起医院的座机便打了过去，长久的等待音之后，并未接通，她只得作罢。

外面的雪依然没有要停的征兆，天色已晚，路上偶尔会遇到浪漫的情侣在堆雪人。徐照影也是这些年才对上海渐渐熟络起来，这里并没有她的亲人，朋友也寥寥可数。就是那风风火火的性子驱使她一股脑扎进来，竟然也成了上海口口相传、名气渐大的宠物专家。上电视，做访谈，参加各种公益活动，事业经营得红红火火，但她并未忘记，当初来上海，不过是为了进行动物传染学的研究而已。

原本二十多分钟的路程，徐照影走了半个小时才到单元门口，她掏出纸巾擦了擦落在头上的积雪，却不小心带出了那张便利贴。她拾起来看着上面记载的门牌号，心里的小火苗又腾腾地往上冒。虽然现在很晚了，但她还是想要试一试。

方才没看仔细，徐造影现在才发现，他们不仅住在一个小区，还住在同一个单元，不过，姓楚的在十五层，而徐照影在十层。电梯直达十五层，电梯楼房的邻里向来安静无声息。一梯五户，那个讨厌的男人在最西户。徐照影毫不犹豫地摁响了门铃，门铃接连响了好几声，里面没人应答。

“你谁啊？”

声音从徐照影的背后突如其来，她吓了一跳，打了个激灵。回转身，眼前是一个身高一米八五以上、赤裸着上半身、有八块腹肌的男人。这男的不瘦，在徐照影眼里壮得像变形金刚，看样子是刚从小区健身房出来的，脸颊上淌着汗水，汗津津的，连带着胸口也都是。那男人用搭在肩上的T恤擦着脸颊上的汗珠，一边打量着眼前的徐照影。

“物业的，查水表的，还是送快递的？”

那男人不停地发问，声音洪亮自带音响效果，可徐照影只忽闪着眼睛，忘了想好的说辞，陷入了沉默。

男人把T恤重新搭回肩上，插着腰向前走了两步，这两步却让徐照影吓得连连退到了墙边。

“这位大姐，你堵在我家门口，到底要干吗？”

“不……不好意思，我敲错门了。”徐照影方才的气势早就丢得无影无踪，只剩下落荒而逃。

待逃回自己家，关上房门，徐照影胸口依旧起伏不定。这种凶神恶煞、肌肉发达的人，一看就不是好人。难怪会抛弃小狗，说不定还有暴力倾向，尤其他下巴和唇角的胡茬，更增添了几分戾气。虽然是修过的，但在徐照影的印象里，只有港片里挥舞着片刀的古惑仔才喜欢留小胡子。

自己果真是太鲁莽了。没少听单身女性安全课，竟然一条也没有学会，今儿真是有惊无险，有惊无险啊。万一那个小胡子肌肉男动了什么歪心思，这深更半夜的，她可就叫天天不应，叫地地不灵了。

徐照影吃了一碗泡面，情绪才稳定下来。想着十五楼那个壮硕的男人，她又打了个哆嗦，甩了甩刚洗过的头发，才把那人赶出脑海。徐照影熄了灯，拉上窗帘，外面的雪在凌晨时分停了。徐照影不记得这是今年的第几场雪，总之，冬季的上海，时不时便会被薄雪覆盖，天气湿冷。她生在江南水乡，上海的气候跟家里差不多，不过，她许久没回家了，一直在北方。

正如徐照影所料，叫楚惊鸿的男人，可不是一个好打发的主儿。就算徐照影下了最后通牒，但医院的工作人员还是对楚惊鸿没有辙。

“院长，楚先生怕是把咱们医院的电话设在了防火墙之外，如今一打就会占线。”

前台护士战战兢兢地汇报情况，生怕徐照影的脾气上来，就要挨一顿臭骂。一来二去，医院和姓楚的之间暗暗大战了好几回合，每次都是医院败下阵来。工作人员也有些想不明白，为什么院长会这么执着。

徐照影也不说话，只是拿起自己的手机，拨通了电话，三五声提示音之后，电话竟然通了。

她听到电话里的那声“喂”，便起了一身的鸡皮疙瘩。可这次算是镇定下来了。

“楚惊鸿？”

“我是。”

“博佳宠物医院的。”

电话那边有片刻停顿，随之有些许不耐烦地答道：“你们有钱不赚，整天让我把狗领回去，这样有意思吗？”

“它是您的家人，放在医院里寄养很孤单，您赶快接您的小朋友回家吧。”

电话那边笑了笑，徐照影听出了些许滑稽的意味：“难不成嫌钱少，我再加一倍的价钱。”

语气有点儿冲，徐照影也有些不高兴，她回道：“我们是医院，不是寄养所。您这么长时间把它扔在医院，是不是有什么不好的想法？”

“还真让你猜着了，我就是不想养了。”

呵呵，人无耻便天下无敌啊。往常她也见过因为种种原因不想再养宠物的主人，但言语间都不是如此理直气壮。

“不想养当初就不该领它进门。”

“没有什么该不该，人这辈子后悔事多了，能纠正一件是一件。”

徐照影动了动唇，到嘴边的脏话又咽回去了。这楚惊鸿看上去五大三粗，倒是伶牙俐齿，善于狡辩。原本，她还想着再劝一劝，如今看来不过是多费口舌，她不是楚惊鸿的对手。

“反正，我也不想再养，让我领回去，我也没时间精力照顾它，十之八九会成为流浪狗。我给的寄养费一分都不会少，你们虽说是医院，但也是开门做生意的，有谁会和钱过不去？我说的话你们好好想想，也多拓展拓展思路，别死脑筋不灵光，有钱不赚的，那是傻瓜。”

楚惊鸿噼里啪啦说了一通，便挂断了电话。

徐照影把手机掷在桌上，有钱不赚是傻瓜？这种人的钱，她一分都不想挣。

方才放下的手机此刻又响了起来，徐照影看了看来电显示，竟是闺密孟天天。

“晚上一起吃饭？”

“不想吃。”

“那做 SPA ？”

“算了，我头疼得厉害。”

徐照影今天可没什么心情，处理完手头的事，又巡查了所有住院的毛孩子，她准备暂时远离这个让人烦闷的地方。徐照影是个雷厉风行，风风火火的人，但就是心软，尤其在看到凄凄凉凉的皮皮后，那悬着的心始终放不下。

即便她今天一万个不愿出门，但还是再次拨通了闺密孟天天的电话：“我现在头不疼了，咱们吃饭去吧，我请客。”

一般来说，成功女人的朋友也不是什么虾兵蟹将，何况是徐照影的闺密。孟天天年纪与徐照影相仿，两人是在一次冲浪时认识的，孟天天随便一哄，徐照影便头脑发热地来到了上海，两人后来成了闺密。孟天天也不简单，是时尚杂志的主编，她做的杂志在全国的销量数一数二。不仅如此，孟天天还是上海动物保护联盟的组织者，身兼数职，却洒脱自在。

两人挑了一家新开的精致餐厅，趁着菜未上，孟天天一直翻着手机，给徐照影看新一期杂志出镜的男模。可徐照影并不感兴趣。

“跟你说点儿正经的，帮我们医院的一只小狗找一下寄养家庭吧。”

孟天天眨了眨眼睛，有些惊讶地说：“不会就是因为这事，才把我又约出来的吧。”

“你知道，我不是拐弯抹角的人，有事说事而已。”

孟天天放下手机，说道：“能去你们医院的人可都是有钱人，有钱人有这种遗弃行为，看上去更下作。”

“主人付了高昂的寄养费，但长久寄养在我那里并不是办法，钱买不来家的温暖和一个爱它的人。”

这事托付给孟天天，准没有错，见孟天天爽快地答应下来，徐照影才放心，终于可以愉快地用餐。

孟天天还是死性不改，看到帅哥就眼睛放光流口水，这一晚上，净说些自己的艳遇。虽说孟天天是徐照影的闺密，但这也是徐照影不常和她聚会的原因。

“找个合适的人才是正经事，每天和这些男人练套路，累不累？”徐照影每次都要苦口婆心地劝。

孟天天对徐照影也是苦口婆心，她反驳道：“不累，一点儿都不累，人没了爱情那就是朽蔫的白菜。随便找个男人就过一辈子，想一想就觉得划不来。你一直想要找个合适的人，到头来还不是一个都没找到？你看看我，惊心动魄的爱情已经来了好几场了。”

“早就不是小姑娘了，干吗还要惊心动魄的爱情，还嫌日子不够乱吗？”

只要一谈到爱情观，这两人总要谈崩，徐照影瞧不上孟天天一天一个男友，还整日喊着“爱情至上”。孟天天看不惯徐照影的老气横秋，因为一次恋爱的失败，便对整个世界都丧失了信心。这场聚会，最终不欢而散，最后，俩人还相互诅咒了对方。

本来想着让脑袋放轻松歇一歇，现在，脑仁更疼了。徐照影早早回了家，翻了翻桌上的日历，今日忌口舌。看看，这一日跟客户吵完，跟闺密吵。还不如看几篇文献来得实在。

徐照影既然拜托了孟天天去找合适的寄养家庭，为了保险起见，还需要楚惊鸿签弃养声明。这世道，什么样的人都有，过河拆桥的、落井下石的、见利忘义的，当然还有想吃后悔药的。所以，以防楚惊鸿以后再出什么幺蛾子，这份弃养声明的存在十分有必要。

正如职员所说，只要是医院的电话打过去，都会被楚惊鸿屏蔽，这种事是要当面说的，发短信不太适合。医院的人没办法，几个职员换了手机打，一样打不通，一连换了好几个，都没有效果。徐照影偏不信这个邪，又用自己的手机打了过去，这回响了五声，竟然又接通了。

“知道我是谁么？”徐照影不想跟他客气。

“当然知道，宠物医院的吧？我本来要按拒接的，一个不小心按成接听了。”电话那端的楚惊鸿语气中充满了懊恼与不耐烦。

这人真是不会拐弯抹角，直白得令人讨厌。

“跟你说个事儿，既然你不想养那小朋友了，我们这边会帮忙找领养家庭，你现在需要做的，便是来我们医院签署一份弃养声明。”

电话里有少许沉默，徐照影竟然听到一声“谢谢”。

这声“谢谢”，不似之前的针尖麦芒，语气竟然缓和了不少，着实令她惊讶。

“是我对不住这小狗……”

“星期三下午五点之前来一趟医院。不会耽误你时间的，声明是提前打印好的，你来签字就行了。”徐照影不想听姓楚的虚伪又做作的忏悔，生硬地打断了他。

“好，全力配合。”

这个姓楚的，每次打电话都能让她心情不愉快，这一次也毫不例外。不过几天之后，姓楚的照旧带给她不快。

说好的星期三下午，医院里连楚惊鸿的鬼影儿都没有。徐照影再打电话过去，楚惊鸿说这几日外出有事，过几天一定去。

晚上徐照影回家，在电梯里就偶遇了刚刚健身回来，大汗淋漓的楚惊鸿。别看徐照影电话里针尖对麦芒的，但瞧见真人站在面前，还是很软弱。她缩在角落里，看着楚惊鸿吹着口哨，赤裸着上身走进电梯，还故作绅士地问她，美女要去哪层。

徐照影没有理会，默默按了自己的楼层，又往电梯门口凑了凑。她紧咬着嘴唇，心里斗争了几十遍，真想现在就问问这个说谎话的家伙，到底安的什么心，可是，她不敢，她怕楚惊鸿一个拳头砸下来，她整个人就废了。楚惊鸿一看就是头脑简单、四肢发达的人。看样子，早就忘了自己便是那个在他家门口徘徊来徘徊去的女人。

到了十层，徐照影逃出了电梯。电梯门关阖的一刹那，徐照影瞧见楚惊鸿轻佻地向她笑着摆摆手，样子恶心极了。

徐照影关紧房门，便通知医院的值班护士给楚惊鸿打电话，让他去签字。

“院长，那位姓楚的客户说，他还在出差，再等几天。”

这人真是太混蛋了，这不是睁着眼睛说瞎话吗，根本就没有外出！跟这种人沾上边儿，就甭想着每天有个好心情。不过，徐照影知道，对付楚惊鸿，这事儿就急不得，幸亏他们只是萍水相逢，并没有什么深交，只要一签弃养声明，楚惊鸿的嘴脸她是一日都不想再看到。

因为新助理的到来，一团糟的工作渐渐捋顺了不少。可因为天气的缘故，最近生病的毛孩子也比平日里多了好几倍，大伙迫不得已加了几天班。

徐照影今天很累，连做了三台手术。最近因为和师范大学签署了合作协议，她带着五六个懵懵懂懂的实习生，着实也是让人操心。待她有精力从电脑前移开眼睛看看外面时，才发现窗外又下起了雪。

前几日的雪还没化，今天又添了新的。徐照影穿上外套走出办公室，才发现走廊里灯火通明，已经晚上九点了，员工们才准备下班。作为老板，徐照影有些过意不去。

她看着医院大厅里摆放的圣诞树和玻璃窗户上贴着的雪花图案，才想起来，今天是圣诞节。

“大家别着急走，今天是狂欢夜，我请大家吃饭。”

徐照影平日里并不喜欢和员工混在一起。一听院长要大放血，员工们眼睛里都大放光芒。

“咱们医院旁边新开了一家蒙餐，他们家的烧烤和火锅都特别好吃。咱们让院长请吃肉吧。”

看来，员工们今日吃定了她，那家名叫“牧民家”的蒙餐馆在上海是连锁店，装修气派。听说老板是内蒙人，不仅蒙餐做得地道，烧烤和火锅的滋味也很独特，羊肉是专门从内蒙空运过来的，价格自然也不一般。徐照影摇着头笑笑，今日看来钱包要瘪了。

屋外是纷扬的雪花，屋里却是热气腾腾。若不是他们来得晚，恐怕连空桌都没有。员工毫不客气地点了一大只烤羊腿，要了二十几盘羊肉，把菜单上的特色扫了一圈，盘子满满当当铺在桌上，三箱啤酒垒在桌脚，今夜看来是要不醉不归的节奏。

徐照影平日里也不过是两罐啤酒的量，因为没吃东西的缘故，今日只喝了一瓶酒便脸颊绯红，天旋地转了。看着员工们吵吵闹闹开玩笑的样子，徐照影扶着额头觉得涌上阵阵尿意。

她去了卫生间，又用凉水洗了一把脸，精神才又好了些。走出洗手间，徐照影还是有些头晕，竟一时分不清东西南北。弯弯曲曲的长廊有好多雅间，可就是找不到自己吃饭的那一间在哪儿。

“这位女士，您要去哪里，我可以带您过去。”穿蒙古袍的侍应生瞧见迷迷糊糊的徐照影，赶忙搭了话。

“雅间好像叫……什么忆情的。”

徐照影回想着雅间的名字，轻眯着眼睛四处搜寻：“哦，不用你帮忙了，我找到了。”

徐照影朝着正前方的雅间走去，侍应生慌忙追了上去：“女士，不是那一间。”若不是侍应生拦着，徐照影恐怕已经一个箭步冲进去了。

“这个雅间不开放的，电视台正在里面做美食节目。您说的房间应该是西边的那一间，我给您引路。”

徐照影探头看了一眼，里面果然在做节目，架着一台摄像机，还有打扮光鲜的主持人和美食嘉宾。余光之中，她却忽然打了个冷颤。那个坐在女主持人旁边，笑得有些腼腆的，不就是膀大腰圆胡子男吗？

徐照影歪过头悄声问侍应生：“那个剃了青皮满脸横肉似笑非笑的人是谁？”

侍应生顺着徐照影的目光瞧去，有些尴尬地笑着说：“那……那个是我们老板。”

脑中轰隆炸开两声巨雷，徐照影揉了揉眼睛，心中冷冷一笑，呵，这小子端坐在那儿，人模狗样的，还挺像那么回事，怎么做起事情来就不像个人呢？

“你去忙吧，不用管我，我还没见过电视台做节目呢，想看会儿热闹。”

徐照影打发起人来也是信口雌黄，她自己是电视台的常客，竟然连这种瞎话也编出来了。

“那您要保持安静。”

徐照影比了个“嘘”的手势，悄声回道：“知道了。”

徐照影斜靠在门外，向里张望着。楚惊鸿今日可沉稳了不少，和几位请来的美食嘉宾侃侃而谈。看进度，节目快要录到尾声了。

女主持人笑着对镜头说道：“来自大草原的楚先生，虽然是地道的蒙古汉子，但通过今日的访谈可见，楚先生其实是一个心思细腻而又富有爱心的人，楚先生把营业额的十分之一都拿去做慈善了。”

徐照影心里“啧啧”两声，就他这样的人还搞慈善，八成也就是装装样子，为了提高餐馆的社会影响力吧。

女主持人转向楚惊鸿问道："您能说说做公益的初衷吗？"

也不知是不是徐照影看走了眼，楚惊鸿的脸颊竟然泛起一片绯红之色，他谦虚地说道："不敢说自己做了多大的公益事业，只是想做些力所能及的事情来回馈社会。我们'牧民家'早上会为环卫工做免费早餐，公益事业一部分支持在养老院，另一部分支持在上海的动物保护联盟。"

徐照影方才喝下去的酒，这会儿听了楚惊鸿的话，又不自觉地往上涌了。像他这种人会给动物保护联盟捐款？想想都觉得可笑，徐照影见过太多通过媒体想要扩大自己事业影响力的人，胡诌、夸大其词都是惯用伎俩。

徐照影看穿了，但女主持人并没有看穿，此刻更是一脸的钦佩："原来楚先生还是个喜欢小动物的人。"

楚惊鸿摸了摸自己光溜溜的头："我对小动物充满了敬畏的怜悯。"

是可忍孰不可忍！今儿她不出头，这个姓楚的就太得意了！徐照影没有多想，三步并作两步闯进了雅间。突如其来的徐照影，让房间里的众位措手不及。

强烈的灯光之下，徐照影看着对面的楚惊鸿，还有两三分的重影。

"楚先生，我是博佳宠物医院的，您那份弃养小狗的声明到底什么时候签？！"

场面有些尴尬，在场的所有人一片讶然。还是楚惊鸿动作快，一个箭步奔到徐照影面前，上手一拽，徐照影就像个绑了线的氢气球，被这么轻飘飘地拽了出去。

"人呢？！"楚惊鸿朝着大厅喊了一嗓子，洪钟般的嗓音一下子叫来了大厅经理和三四个服务员，楚惊鸿指了指徐照影："哪儿来的？"

方才的侍应生一眼便认出了徐照影："是'塞上忆情'的客人。"

楚惊鸿低声狠狠对经理说道："两张两百元的代金券，今天就可以用，再赠送一锅海鲜汤。"

徐照影一声不吭地打量着楚惊鸿，他这样子真是骇人的可怕。

楚惊鸿俯下身子，贴近了比他矮两头的徐照影，缓缓说道："悄悄地闭上嘴吃你的饭。"

见徐照影被架着走远了，楚惊鸿调整了一下面上的阴沉之色，转身进了房门，轻笑着与在座的各位致歉："有个耍酒疯的，真是不好意思，不好意思，没影响到直播吧？"

女主持人表情还算轻松："方才插了一条广告，没什么大问题。"

楚惊鸿听闻，一颗悬着的心才又跌回肚子里。

徐照影算是喝醉了，她不记得是怎么被一群人架着回到雅间的，她好像又喝了几罐啤酒，最后便飘飘然地一头栽到了桌子上。等她再一睁眼，是在自己的床上，也不知道是谁送她回来的。

作为一个单身女人，徐照影自从毕业后就很少喝酒，像这样失态的时候还是头一次。想一想昨晚，她好像并没有怎么吃东西，只是晕晕乎乎灌了些酒，现在胃里灼烧得难受，头也要炸开了。她挣扎着起来洗了个澡，在热气氤氲的卫生间里，恍恍惚惚记起来昨天好像和谁起冲突了，徐照影努力想了想，但是总也想不起来到底发生了些什么。

她洗完澡吹干头发，才发觉自己起了个大早，现在连七点都不到。外面的天蒙蒙亮，徐照影胃里空空的，家里也没有口粮，她只得早早出门去外面觅食。她摸着还有些湿潮的发尾，站在电梯里打着哈欠。电梯门开的一刹，徐照影的哈欠被吓回了肚子里。

电梯外是把头都缩进连帽衫里的魁梧男人，徐照影昨日模糊不清的记忆终于有了清晰的轮廓，和她起冲突的就是楚惊鸿，而且她还想起来，是她主动挑事的。

今天是星期六，绝大部分的住户都还在睡懒觉，走廊里空无一人。徐照影的心砰砰跳着，她故作镇定地按了关门的按钮，可楚惊鸿只往前走了一步，肩膀便挡住了电梯门。

下一秒徐照影便又像气球般被轻飘飘地拽出了电梯。她踉跄几步，努力挣脱了楚惊鸿的魔掌，还没站稳，便听楚惊鸿说道："我昨天打烊之后想了好久，总觉得你眼熟，却又想不起来，直到走回家才想起昨天搅局的竟然是我的邻居。"

徐照影安静地听他讲话，一副漠不关心的表情。

"你们女人是最难打交道的，不仅小心眼，还小题大做，不过是签一份弃养声明，你至于要坏我好事吗？昨天可是直播，要是砸了我的牌子，我楚惊鸿肯定跟你没完。"

楚惊鸿说得那么在理，徐照影听得不够顺耳，她仰起头说道："第一，弃养声明确实是小事，可你三番五次地推脱。看你也算是痛快的人，但做事却婆婆妈妈，不够敞亮。第二，不喜欢动物就别拿它们做文章，前脚遗弃了小狗，后脚却拿它们假慈悲。我就看不惯你们这样的人，想要社会影响力就靠真本事，别玩这些虚的，让人瞧不起。"

四目相对，剑拔弩张，徐照影的腿在发软，但眼神还算犀利。楚惊鸿摸着下巴上的胡茬，盯着徐照影许久才说道："你这张嘴还挺厉害。"

"不过是见人说人话，见鬼说鬼话罢了。"

楚惊鸿笑了笑，朝后退了几步，退到了徐照影感到安全的距离，徐照影心头的毛躁才抚平了些。

"你对我有偏见，所以我原谅你昨天的做法。对于那只小狗，是我前女友留下的，我没法养，只能留在你那儿。"

徐照影原以为楚惊鸿要给她点儿颜色看看，谁成想他竟解释起弃养的事情来。

“可它是生命，不能随便处理。”

“我知道，所以我花了寄养费，况且我怕这些长毛的动物，就连小鸡都怕，我要怎么养它？”

徐照影的肚子咕咕作响，她可不想一早上都和楚惊鸿争吵而耽误了吃早餐，她不耐烦地说：“别说这些没用的，你要是个男人，就痛痛快快来医院签了弃养声明，我们也好为小狗找适合它的主人。”

楚惊鸿却抬手看了看手表：“这次真的要出远门，我得回趟内蒙，十点的飞机，今天肯定来不及了。你放心，我虽然养不了它，但是也希望它有个好归宿。麻烦你先帮小狗找主人吧，我绝对不会突然发神经要回小狗，给我们双方都找麻烦。”

徐照影瞧他眼中甚是恳切，只得叹口气：“你三番五次地敷衍，要我怎么相信你？”

楚惊鸿一怔，呵呵笑了笑：“看来误会还挺深，不过没关系，你不相信也没办法，我也没时间解释。”他摘掉了连衫帽，笑着从口袋里掏出一张小卡片塞在徐照影的手中，“还没吃饭吧，这个是早餐券，去我的馆子吃烧麦，纯正内蒙风味。”

没等徐照影拒绝，楚惊鸿便跑着奔上了步梯。徐照影看了看手中的那张早餐券，写着“烧麦二两”。

即便路过“牧民家”，徐照影还是没有进去，只在旁边的早餐店要了一份豆浆、一根油条，热乎乎的豆浆进了肚，徐照影的胃才渐渐舒服了些，连带着头痛都缓解了。坐在这家早餐店，能看到对面“牧民家”明晃晃的牌子。

这牌子和他们家老板一样招摇，在她的印象里，北方男人是光明磊落的，但楚惊鸿除了外表符合北方人的特征，性子却畏畏缩缩地让人不舒服。那样一个五大三粗的人，竟然怕长毛的东西？那他怕不怕鸡毛掸子？不不不，这一定又是他为了推卸对皮皮的责任而找的借口。

因为这几日天气转暖的缘故，雪并未积厚，两三日的工夫便消散得一干二净了。在一个阳光明媚的下午，徐照影接到了孟天天打来的电话，原来是为皮皮找到了收养的家庭。

“这人你认识？”徐照影问道。

“太熟了，黄金单身汉程嘉友，我们杂志社的救急摄影师，人非常 nice，虽然我们还需要评定一下他是否是合适的领养人选，但我打包票他绝对靠谱。先跟你透个信儿，省得你因为这件事而睡不着觉。”

徐照影嗤鼻一笑，说道：“就这点儿事我至于吗？你敢打包票的人，不会和你有什么不正当关系吧？”

“我发誓，这个可真没有。程嘉友说过两日想去你那里看看皮皮，提前知会你一声，毕竟是我的朋友，你好好招待一下啊。”

孟天天是个大忙人，两人在电话里聊了三两分钟便结束了。徐照影确实放心不少，她看上去是雷厉风行的女强人，但内心又太过柔软。只要她放在心上的事情，怎么都会办到的。徐照影照例看完最新权威医学杂志上的文献之后，才准备离开医院。

谁知前台的小护士却告诉她，有一位姓程的先生已经来很久了。

徐照影心下一惊，下午方才通过电话，这会儿就来了？！

“程先生在哪儿？”

“在寄养区。”

“他来多久了？”

“快两个小时了吧。”

徐照影听闻，不禁埋怨起小护士：“为什么不早点儿告诉我？”

小护士解释道：“程先生说不急，他正好去看看皮皮，顺便等您忙完。”

徐照影叹了口气，孟天天让她好生招待，她却给怠慢了，真是不应该。她急忙向寄养区走去。白日的喧闹已经过去，走廊里满是她的脚步声，寄养区的玻璃门外，徐照影放缓了脚步，门口那张沙发上坐着一位穿着讲究、有品位的男士，他正看着展架上最新一期的宠物护理杂志，边呷了一口咖啡。

徐照影缓缓推开门探进身子来，问道：“是程嘉友先生？”

程嘉友听闻抬起头，瞧见眼前的人，忙放下手中的杂志和咖啡杯，笑着站起身向前迎了几步：“徐照影，徐小姐？”

两人相视一笑，并未有陌生人初次相见的尴尬。

“真是不好意思，让您久等了，方才我还批评了前台的小护士，没有早点告诉我。”

“可别为难小姑娘，想见院长当然要提前预约，是我今天下班后路过这里，一时兴起便唐突进来了。”

程嘉友长得很周正，说话时眉眼里带着恳切与温煦，让人不自觉地想要投以信任。

“看过……皮皮了？”

程嘉友点点头，回道：“嗯，还和它玩了一会儿，是个乖孩子，我很喜欢。”

笼子里的皮皮啃着一段狗咬胶，八成是程嘉友给的。

“喜欢就好，看来第一印象不错。”

“徐小姐还没吃饭吧？”程嘉友忽然问道。

徐照影有些不好意思地“哦”了一声。

“正好我也没吃，咱们搭个伙吃顿便饭吧。”

徐照影不好拒绝，只笑着说了声“好”。

临走之前，程嘉友从口袋里掏出一个手掌大小的五彩球，丢进了皮皮的笼子里，皮皮眼睛一亮，便把球含在了嘴里。程嘉友顺势隔着笼子摸了摸皮皮的头，才和徐照影离开。

“我对这一带不太熟悉，还是徐小姐说地方吧。”程嘉友边替徐照影系安全带边说道。

徐照影没有推脱，说了一家她熟悉的餐馆，程嘉友便开车前往了。她安静地坐在车上，余光中打量着车子和眼前的男人。这车是今年的最新款，是孟天天一直嚷嚷着要攒钱买的牌子。车里很干净，没有烟灰，也没有随意放置的个人杂物，置物架上仅放了一个保温杯。程嘉友穿着暗灰格的白色衬衫，衣袖边缘露出一块手表，颜色和款式与他的穿衣风格很搭，不失稳重。

密闭的空间里，有些异常得安静。所幸程嘉友先开了口：“我早就听孟天天说起过你。今日一见，果然名不虚传。”

他这么一说，勾起了徐照影的好奇心，她问道：“孟天天都说我什么了？”

“漂亮不做作，干练不古板。”

徐照影“噗嗤”一声笑了，这怎么会是孟天天说的。自从来了上海，在孟天天的眼里，她便成了只会工作的呆瓜，这不过是程嘉友奉承她的话罢了。不管是不是真的，这样直白地夸奖，徐照影头一次听，怪不好意思的，她连忙岔开了话题：“听说你是孟天天杂志社的摄影师？”

“我不过给孟天天救过场而已，算哪门子的摄影师，她太抬举我了。我本职做金融行业，在惠达银行，私人银行级理财经理。”

“私人银行？”

见徐照影有些不懂，程嘉友便解释起来：“就是专门为高端客户提供理财咨询服务的。”

“孟天天也是你的客户？”

“孟天天是我同事的客户，她是贵宾级。”

徐照影笑着说道：“一听便知道私人银行很厉害。”

“只是个说法而已，我服务的对象都是资产上千万的人士。”

徐照影虽说已经算很成功了，但毕竟年限少，和上千万资产的人比，她只能算是个干个体户的。

“这么说来，程先生的专业和素养也是很厉害的。”

程嘉友“呵呵”笑了两声：“有什么厉害的，只是一份工作而已，说得直白些，不过是个高级服务员。”

程嘉友是个很有趣的人，侃侃而谈，永远不会冷场，徐照影不用担心气氛降到冰点，也不用担心下一秒需要谈论的话题。程嘉友什么都能聊上两句，又好像什么都很感兴趣，就算是她脱口而出的医学术语，他也能听得津津有味。

这顿饭吃得很尽兴，不知不觉两人就聊了两个多小时，直到小餐馆要打烊，两人才意犹未尽地从餐馆出来。

徐照影晚上吃得多了些，本来要走回家，但程嘉友盛情难却，只得又坐上他那辆豪华轿车。

不过十几分钟的路程，开车也就是三四分钟。

程嘉友很绅士，为徐照影拉开了车门。徐照影下了车，连连道谢。

“徐小姐太客气了，我和孟天天关系很好，相信我们也会变成好朋友的，能把您的微信号给我吗？如果收养了皮皮，以后还会有很多问题需要麻烦您。”

徐照影没有拒绝的理由，当场便加了好友，她说道：“今晚让您等了那么久，还请我吃了晚饭，下次轮到我请客。”

程嘉友笑了笑，说：“我特别期待下次的聚会，如果徐小姐有关于金融投资理财方面的问题，尽管来问我。”

“我可达不到私人银行客户级别。”徐照影不禁调侃着自己。

“那是对别人，对于徐小姐来说，不论您是哪个级别，我都十分乐意为您服务。”

两人在小区门口又寒暄了一阵子，徐照影和程嘉友才告别。今晚的月色很好，空气也很清新。徐照影一人走在花园的小路上，不由地长长吸了两口气。自己多久没和异性单独吃过饭了？怕是一年以前了，而且还是谈公事，一本正经的拘谨。现在看来，和有趣的男人聊聊天，也是不错的。

徐照影因为前一日宿醉的缘故，今日回家早早就钻进了被子里。外面寒风料峭，屋里的暖气热腾腾，她陷在被子里，翻看着手机。

“私人顾问程嘉友”，这便是程嘉友的微信昵称，头像也很简单，是惠达银行的logo。果然是个成熟稳重的男人。他的微信里面除了介绍惠达银行的金融产品，便是偶尔展示一下他的摄影作品。徐照影并不懂摄影，但能登上孟天天的时尚杂志，便知程嘉友并不简单。

徐照影翻看了一阵子，这个男人对自己的私生活保护得很好，微信里很少有他生活的痕迹。徐照影退出他的朋友圈后，才发现程嘉友在她的微信封面上点了个赞。徐照影不禁抿嘴笑了笑，哪天有空了一定要和孟天天探讨探讨这个男人。

不出意外，程嘉友很快便通过了动物保护联盟的审核，成为了合格的领养人。徐照影现在闹心的依然是楚惊鸿。已经过去两个礼拜了，楚惊鸿还是推脱没有回来。医院的电话不接，她个人的手机打过去，他也没接。

徐照影觉得遇见楚惊鸿，就跟吃了个苍蝇一样恶心。她无奈地挂了电话，却憋了一肚子的怒火。这世上的男人不比不知道，一比便立见高下。有程嘉友这样温煦可靠的男人，也有让人忍无可忍的楚惊鸿。

徐照影下班时特意去了一趟“牧民家”，“牧民家”的生意向来好，人头攒动，门外还有很多等位的客人。可是楚惊鸿并不在店里。

“你们老板哪儿去了？”

“回老家办点儿事，过几天就回来了，您有什么事？”大堂经理看到徐照影不免露出警惕之色，虽然只见过一次面，徐照影的模样却深深地印在了“牧民家”所有工作人员的脑海里，上次她可差一点儿闯了祸，引得老板震怒。

“也没什么要紧事，我能借你们的电话用用吗？”

大堂经理把固定电话推到了徐照影的面前，徐照影翻开手机里的通话记录，找到电话便拨了过去。

果然楚惊鸿是故意不接电话的，拿“牧民家”的电话打过去，只响了两声，电话便通了。

电话那端的楚惊鸿有些醉醺醺地问道：“啥事？”

“是我。”

“谁……谁？”楚惊鸿看来喝得不少，这会儿连说话也不利索了。

“你冤家。”

楚惊鸿沉默几秒：“跟……我楚惊鸿认识的都是……兄弟姊妹，冤……家早就被干掉了。”

徐照影不想跟他闲扯了，她说：“你什么时候回来，皮皮的领养家庭找到了，就等着你签弃养声明呢。”

楚惊鸿“哦”了一声，想起了这冤家是谁：“我老家有点儿事，暂时……回不去，你放心，我是条……说话算数的汉子，你先把……小狗给那家人吧，我……回去立马……去你那儿。”

徐照影“哼”了一声：“又来这套。”

楚惊鸿“啧啧”两声，口吃不清地说道：“乖……听话！不许闹。”

随后电话便断了，徐照影举着电话，听着里面的嘟嘟声，只觉得荒唐，这都什么跟什么啊？跟个醉鬼闲扯，她也真是够了。

楚惊鸿虽然不够配合，但他也并未说假话，如今他不在上海，也只能让程嘉友把皮皮暂时领回去，这样算算，皮皮在医院已经待了整整四个月了，这四个月怕是给小家伙带来了一辈子的阴影。

程嘉友打来电话预约接走皮皮的时间，依然是下班之后。知道程嘉友要来，徐照影便迅速结束了一天的工作。她来到寄养区，这里冷冷清清，依然只有皮皮，皮皮的兴致一向不高，趴在笼子的角落里，最近一两周，连呜咽之声都很少听到了。

“院长，皮皮这边已经全部准备妥当。”

徐照影“嗯”了一声，说道：“把楚惊鸿的寄养费也结一下，多退少补，等他人来了，一并交待好，以后便不用再打交道。”

别说是徐照影，就算是医院里接待的前台护士，也对这个姓楚的头痛不已，如今事情已经解决了一大半，所有人心头的大石渐渐要落地了。

程嘉友比约定的时间来得晚了些，徐照影并没有催，就坐在寄养区等他，一个多小时之后，便见程嘉友风尘仆仆赶来了。他虽然脚步稳健，但有些气喘吁吁。

“对不起，对不起，临下班来了个客户，刚刚接待完，真是太抱歉了。”

徐照影笑着开解道：“没事，我们并没有下班。”

“那我现在可以接皮皮走了？”

徐照影点点头，程嘉友却搓着手掌，有些许焦虑。工作人员打开了笼子，皮皮显然有点儿懵，不知道温暖和幸福即将到来。

皮皮被套上了牵引绳，绳子的一端递到了程嘉友的手里。皮皮嗅着味道，有些不敢向前，程嘉友顺势蹲下来把皮皮抱在了怀中，摸着它的脑门问：“我现在还需要做些什么？”

徐照影看着这对“重组家庭”，不禁面露笑意，她回道：“为了鼓励收养者，我们医院已经免费为皮皮做过健康检查，赠送未来一年的疫苗及体检服务，外加一个手工制的精美狗屋，十斤狗粮和一套玩具。”

程嘉友一怔：“我这岂不是捡了天大的便宜？”

“你需要付出的远比现在得到的要多，我希望皮皮能带给你快乐。”徐照影看着皮皮水汪汪的眼睛，不免眼眶微红。

医院的工作人员帮忙把东西都装进了程嘉友的车里，看着满满当当的后备箱，程嘉友有些犯怵：“徐小姐能帮我安置一下吗？我还是头一次养宠物，现在有些手忙脚乱了。”

徐照影没有拒绝的理由，便随着程嘉友上了车。皮皮趴在程嘉友的大腿上，不叫也不闹，一直很安静。程嘉友所在的小区离医院并不近，车程半个多小时，和徐照影正好住在东西两个区。

程嘉友的公寓有两百多平方米，房间干净整洁，黑白灰的冷色调。装修并不豪华，但却有十二分的情调和品位。

皮皮有些怕生，一进屋便钻到了床底下。皮皮的窝安置在客厅的沙发旁，这里挨着热烘烘的暖气。

徐照影端着咖啡坐在沙发上，看着程嘉友把皮皮从床底下引逗出来，十分钟后，皮皮熟悉了这里的环境，摇着尾巴放松了警惕。看着他们玩得开心，徐照影借此机会打量着这个大房子，这里没有任何女人的气息，程嘉友的这间公寓充满了禁欲的味道。

皮皮玩累了便钻进窝里睡觉了，程嘉友把玩具收好，对徐照影说道：“饿了吧，我们去吃饭。”

徐照影放下手中的咖啡，慌忙回应道：“不不不，这次该轮到我请客了。”

“行了，走吧，你请客有的是机会。”

这男人看上去温煦，但言语中充满力量，徐照影只得乖乖跟着他走。上次是随便找了个馆子，这一次程嘉友是精心预约过的。一间泰式餐厅，消费在上海数一数二。

“听说这里很贵，你太破费了，这样我会有压力的。”徐照影心里有些忐忑不安，来这么贵的地方吃饭，她好似欠下了一个天大的人情。

“怎么可能会有压力？像你这么优秀的女士，应该有大把的男士想请你去高档饭店吃饭。”

徐照影摇摇头，自嘲道：“有谁想和工作狂人外加学术呆子一起吃饭？我这人可不是男人眼中的有趣女人。”

“不过吃顿饭，别想太多，我就是个吃货，早就想来尝尝这儿的泰国菜，怎奈总是一个人，今天好不容易找到了搭伙的小伙伴，开心不已。”

徐照影不再说什么，她又不是不谙世事的小姑娘，自然知道这一切都是精心安排的。或许正如孟天天所说，她应该改一改自己的性子，和男人约会，让男人买单，享受他们对自己的赞美，这便是单身的美好。她不懂享受，还一味较真，活该单身又没有男朋友。

这顿饭的氛围很好，徐照影也比之前更坦然了些，不过聊得最多的还是她在医院的见闻，以及在澳洲那些年发生的趣事。程嘉友不仅善谈，而且还是很好的倾听者，这也许是他职业带来的专业素养，让人不自觉地信任、亲近。

回家的路上，徐照影望着外面明亮的灯光，才发觉上海的夜色竟是这么绚烂美丽，她此前并未关注过。

“照影，我真的特别谢谢你。”专注开车的程嘉友冷不丁冒出这么一句话。

“我有什么好谢的。”徐照影低着头攥着羊毛大衣的扣子，漫不经心地回道。

“我孤身太久了，有时候一个人时心头会发慌。”

徐照影用余光瞥了一眼程嘉友，心却扑通扑通地跳着。虽然她只见过程嘉友一面，但知道他是个有分寸的人，忽然间说这些，有些让人恍惚不安。

程嘉友看了一眼徐照影，微笑着说道：“感谢你把皮皮带到我的身边，我想以后应该不会那么抗拒回家了。”

徐照影心头长舒一口气，她望向了窗外，略带玩笑似地说道：“我以为只有我一个孤家寡人呢，像你这么有趣的人，怎么会和我一样。”

“其实我们是一样的人，谨慎小心，不愿轻易敞开心扉。你用冷淡干练武装自己，而我看似热闹，但心里却是倦的。”

徐照影也轻轻笑了笑：“人嘛，就是这样，我们到了需要端着架着的年纪，这样不见得不好，我反而觉得踏实。”

“所以啊，在这世上能有一两个知心朋友也就够了。”

程嘉友执意要送徐照影到小区楼下，但徐照影想着毕竟不是特别熟的关系，还是婉言拒绝了。看着轿车扬长而去后，她才进了小区。今天不知怎的，总觉得脸颊发烫，她用双手拍了拍，才略显清醒。今天和程嘉友讲了许多交心的话，也不知道为什么要说这些，总觉得他这样优秀的男士，多接触接触不算坏事，不仅不觉得讨厌，而且还略微有些喜欢。

“朋友！等一等！”

徐照影方才拉开单元门，就听不远处有人在喊，方圆几米并没有什么人，好像就是在喊她。徐照影闻声望去，却见一个戴着帽子穿着厚羽绒服狂奔而来的男人。

“谢谢姐们儿！”

徐照影呆呆地拉着门，看着这么一个莽撞的人气喘吁吁地跑进来。那人摘下帽子，徐照影却不由地翻了个白眼，是楚惊鸿。

楚惊鸿的脸冻得通红，那件羽绒服套在身上，愈发显得膀大腰圆。待楚惊鸿把气儿喘匀了，才发觉眼前的人是自己的冤家。

他“哟”了一声，说道：“好巧。”

徐照影边按电梯边问道：“你回来了？”

“回来了。”

徐照影进了电梯，按了十层和十五层，楚惊鸿也跟了进来。电梯里坏了两节灯管，忽明忽暗的，愈发使密闭的空间显得阴仄。

楚惊鸿站在徐照影的背后，她能听到楚惊鸿略显沉重的喘息声和轻咳声。电梯很快到达了目的地，徐照影走了出去。

楚惊鸿按了关门键，电梯门关上的那一瞬却又被弹开了。徐照影站在门外，看着楚惊鸿说道：“三天之内来宠物医院。”

楚惊鸿一怔，随即点了点头，电梯门便又关上了。楚惊鸿晃了晃脑袋，才把刚才脑后麻嗖嗖的感觉赶走，这女人的气场着实奇怪，让他有一种莫名的压迫感，这压迫感包围着他，像中电了一样……

皮皮果然为程嘉友的生活带来了改变，以前一成不变，宣传金融产品的程嘉友，朋友圈里多了几张皮皮的写真照，有阳光下晒肚皮照，也有在花丛中捕捉蝴蝶的可爱照。孟天天在图片下面点了赞，徐照影也跟着点了一个。

三天的时间很快就到了，徐照影这一次没有落空，楚惊鸿终于来了。可这一次来，依然带给她的是头疼与烦躁。

第二章

冤家宜结不宜解

“院长，楚先生来了。”前台小护士打来电话，声音有些低沉。

徐照影正在查看上个月的账表，早就有些头疼了：“声明不是有模板吗？你打印出来，让他签个字不就行了，用得着给我打电话吗？”

“不是的，院长，他……不是来签弃养声明的。”

徐照影脑中轰轰两声，有一丝不祥的预感，她吩咐道：“把电话给他接。”

电话很快传到了楚惊鸿的手里，楚惊鸿“喂”了一声。徐照影一听这声音，心里就不免烦躁，她说：“楚先生，咱们都给双方节省点儿时间，签声明只要花费您短短的几分钟，然后我们就相互解脱了，我也好向动物保护联盟有个交代不是？”

“对，你说得都对，只不过……我现在遇到点儿麻烦事……”

楚惊鸿吞吞吐吐，徐照影早就皱起了眉头：“有什么话直说，我可猜不到您有什么麻烦事。”

楚惊鸿清了清嗓子，说道："我知道拖了这么久，本来就是我做得不对。但是，现在我得……把皮皮接回去。"

徐照影若不是努力克制，如今那电话筒早就扔在地上了，她压制着心头怒火，咬牙切齿地说道："你给我上来！"

徐照影捶着脑袋，头痛欲裂。楚惊鸿很听话，乖乖地上了楼，轻轻敲了门，徐照影并未理他，但他还是灰溜溜地进了办公室。

门里的徐照影坐在一张大的老板桌前，越发显得小巧了。不过小巧的人才更可怕，眼神更犀利，气场更能慑人。

徐照影环抱着双臂，言语中满是肃杀之气，她问道："你逗我玩呢？"

楚惊鸿慌忙摇摇头解释着："不敢，不敢。"

"你还是个爷们吗？我都瞧不上你。"

"该您瞧不上我，消消气哈。"楚惊鸿满脸堆笑，这可是以前没见过的姿态。

"你到底想干什么？"

楚惊鸿挠了挠头，有些急躁地说："我没想干什么，我前女友回来了。"

"你这说的都是什么跟什么，前言不搭后语，我听不懂。"

楚惊鸿"哎"了一声，回道："这有什么听不懂的，狗是我前女友的，现在我前女友回来了，她要见狗，见不着狗就阴魂不散，我也不想三番两次，婆婆妈妈啊。"

徐照影揉了揉太阳穴，好似自言自语道："真是奇葩。"

楚惊鸿一屁股坐在沙发上，他说："谁说不是呢，你说她走就走呗，回来还不让我安生。"

"我说你是奇葩，还真会给自己台阶下。"

楚惊鸿被徐照影刺激了好几下，分明也到了忍耐的极限，面上有些许不悦了。他说："只要不签弃养声明，这狗就还是我的，我还给你们交着寄养费，我现在只想把属于我的拿回去，有什么不可以。”

“嘭”的一声，徐照影把桌上的书扔到了地上：“你有完没完？别以为我不发火，你就可以来这儿肆意妄为。”

楚惊鸿有些懵，却见徐照影打开扬声器的开关，鼠标对着电脑轻点，顷刻便放出了一段录音。

录音里是楚惊鸿醉态十足的声音，颠三倒四地来回和徐照影揪扯。楚惊鸿认真听了听，才明白原来是徐照影借饭店电话那一日发生的事。

楚惊鸿不免打量着眼前这个娇小瘦弱的女人，虽然长得挺清秀可人的，做法和作风可让人怜爱不起来。

“你还录音了？”

“这可都是你说的话，男子汉大丈夫，想诋毁不成。”

楚惊鸿皱着眉说道：“喝醉酒说的话不作数，况且我又不是想要毁约，只是把小狗借两天，等我前女友走了，我就送回来。”

徐照影手头还有工作没有做完，她打了个电话，一分钟后保安便上来了，徐照影头也不抬地吩咐道：“师傅，送送客。”

医院的保安是徐照影花重金请的，退伍的特种兵。楚惊鸿看着魁梧的保安立在自己面前，只得闷声叹了口气，走了出去。

保安关上门，办公室顷刻便恢复了安静。

五分钟后，楚惊鸿的电话还是打到了徐照影的手机上，她按了几次拒接，但楚惊鸿锲而不舍，徐照影索性关了机。

徐照影放下手中的笔，揉了揉头，有些困倦。过了一会儿，她站起来捡地上被自己扔出去的书，把它们重新放回到桌子上。

从办公室的窗子向外眺望，上海的一切都笼在金色的余晖中，路上的车走走停停，徐照影内心蒙起一丝惘然和失落。自己追寻的到底是什么？怎么越走越看不到未来了？她如今除了赚钱之外，已经没有什么目标和方向了，可赚钱又是为了什么？

徐照影站在窗前思考了很久，最终晃了晃脑袋，把这些问题都晃出去了。今天心情这么差，都是拜楚惊鸿所赐，就算暂时没了方向，但赚钱总是没错的。再这么想下去，非厌世不可。

徐照影没心思工作了，便约孟天天出来散心。等孟天天赴约的时候，徐照影已经在跑步机上跑了五公里了。孟天天看着大汗淋漓，腿脚已不够利索的徐照影，有些大吃一惊。

“你这又是受什么刺激了？”

“碰到千年的恶煞，附在我周身阴魂不散。”

孟天天笑了，她说：“你小说看多了吧，这形容可有些吓人。”

徐照影跑得有些上气不接下气，顾不上和孟天天交流。孟天天看徐照影这副模样，擅自按停了徐照影的跑步机。徐照影的脚步慢了下来，她扯下肩头的毛巾在脸上擦了一把。

“你心情一糟就会跑步，我许久没见你如此，能把你惹成这样的人，我还真想见一见。”

徐照影倒在了休息的藤椅上，“哼”了一声说道：“你最好别见，见了恶心好几天。”

徐照影不想多说，孟天天知道也套不出什么话来，便只能陪她坐着。看着健身房挥汗的人，孟天天漫不经心地问道：“昨天程嘉友去我那儿了，一个劲儿地夸你呢。”

徐照影的心收紧了些，脸颊有些泛红，她边喝茶边问：“夸我干什么啊？”

“夸你人能干，还漂亮，有爱心，又温暖……我看，他已经把你当成猎物了。”

徐照影被茶呛了一口："猎物？"

"结婚的猎物，程嘉友这样的男人，不会随随便便找个女人结婚，你在他眼里估计能打九十分。"

徐照影尴尬地笑了笑："你怎么知道？"

"程嘉友说起你的时候神采飞扬，眼睛里都冒小星星，你要小心哦。"

"听你这口气，好像我要往大坑里掉了。既然程嘉友在你眼中是黄金单身，我接触接触岂不是更好？"

孟天天摇摇头反驳道："结婚还不是往坑里掉吗？他要是喜欢你，你要是中意他，那就处处朋友得了，结了婚，他毛病一暴露，你缺点也一大堆，就整天吵架嫌弃吧。"

"天天，你就这么恐婚？"徐照影和孟天天的三观太不一致，不管聊什么，最后都会争执起来。

"我一向如此，等老了，就到全国最好的养老院住下，看哪个老头有趣，就勾搭勾搭。人呐，都是一样的，就算是找这个世界上最完美的男人，长久的婚姻也会让你感到疲倦。"

"你这是怕淹死连水都不愿喝了。"徐照影喝掉手中的茶，又斟了一杯。

孟天天掉转头看着徐照影，一本正经地说："说真的，你要是想和程嘉友交往，我没意见，但你最好多观察观察，我总觉得你俩……不搭。"

徐照影不再理会孟天天，又在跑步机上跑了三公里才作罢。因为许久没有运动的缘故，待回家时，徐照影两条腿都抬不起来了。电梯直达十楼，电梯门一开，徐照影却吓了一跳，险些坐在电梯里。

楚惊鸿站在电梯外，戴着一顶鸭舌帽。走廊灯下，由于帽子的遮掩，看不清楚他的脸，但凭借身形，徐照影还是一眼就认出了他。她犹豫了一下，踌躇地走出了电梯。

“回来了？”

楚惊鸿的声音有些慵懒，低沉中听不出情绪好坏，徐照影心悸，但还算镇定。

“在我家门口做什么？！”

楚惊鸿没有回答，这加速了徐照影内心的恐慌，她稳着气息说：“你别做出格的事，否则我马上叫保安上来。”

楚惊鸿摘下了帽子，他那一小撮胡子自带三分邪气，楚惊鸿仗着身材魁梧把徐照影逼到了墙角，他说：“最近这日子过得太憋屈，我婆婆妈妈，你看着也心烦。咱们好说好商量，就两天，两天之后我便把小狗原封不动地给你送回来。说到底，我没签过弃养声明，要是闹大了，你们医院面子上也不好看，为了钱私自处理客户的狗，利益熏心，我再说点儿严重的不好听的，怕你心里……承受不了。”

楚惊鸿热乎的气息扑在徐照影的脸颊上，徐照影咬了咬嘴唇把头撇了过去。她相信，楚惊鸿什么事都做得出来。

见徐照影不说话，楚惊鸿继续说道：“但我不愿撕破脸，揪揪扯扯就为这点儿破事，不值当。”

徐照影沉默，片刻才低声回应着：“你女朋友会回来一次，就还会再回来，下一次呢？你也要来这么一出，扰得所有人不得安宁？”

“不会了，不会有第二次了。人的心总会死，这一次不过是看在以往的情分上罢了。往后不会再顺着她，也不会再麻烦你。”

徐照影抬起头，见楚惊鸿的眼中有些低沉有些闪烁，他好像紧咬牙关，在刻意忍耐。

徐照影推开楚惊鸿，开门进了屋，她站在屋里，看着面前这个高高大大，却有些失神落魄的男人，只叹了口气：“现在下班了，我不想谈工作的事，明天再说好吗？”

徐照影就这样关上了房门，洗了个热水澡，又喝了一杯热牛奶，想起楚惊鸿。徐照影从猫眼向外望了望，见楚惊鸿已经走了，心下才放轻松些。可楚惊鸿的眼神却不停在她眼前晃，徐照影虽然早早上了床，却思前想后睡不着。寻思片刻，还是开了手机给程嘉友打了个电话。

手机铃声里满是惠达银行的简短介绍，徐照影来来回回听了三遍，电话才接通。

“照影么？”

徐照影拉回了神思：“是，是我。”

“不好意思，刚洗了个澡，才听见手机响了。”

“没关系，是我叨扰你了。”徐照影看看时间，确实也觉得有些过意不去，都十点半了。

“出了什么要紧的事？需不需要我现在过去。”

“没什么要紧的，但确实有件事……”

徐照影与程嘉友挂了电话后，睡觉之前检查了两遍门锁，生怕阴魂不散的楚惊鸿突然出现在自己面前。这一晚上也睡得不够踏实。以前觉得这个小区挺好的，物业好，环境好，邻居也都比较友善。忽然蹦出来个楚惊鸿，害得她都有了要搬走的念头。

好不容易睡着，也不知道怎么睡到了天亮，总之第二天醒来，整个人都是懵的。徐照影刻意早早出了门，但还是遇见了在单元门口等待的楚惊鸿。

徐照影哼了一声：“你这人还真是避都避不开。”

楚惊鸿也不生气，更不说话，只默默地跟在徐照影的身后，一点儿声音都没有，不一会儿徐照影的后脊便有些发凉，她转过身，见楚惊鸿还跟着，连心里也是毛毛的。

“下午六点到医院来接皮皮，后天一早把它送回来，送到医院或者送到我家都可以。”

楚惊鸿一怔，竟然腼腆地笑了。徐照影已经走出去一段距离了，楚惊鸿赶忙跟了上去。

徐照影在路边的公交站牌站定，没好气地对跟了一路的楚惊鸿说：“你还有什么不满意的？干吗还跟着我？”

楚惊鸿眨了眨眼睛，显得很无辜：“你的医院和我的饭馆在一条街上啊，我不走这条路该走哪一条？”见徐照影有些不高兴，楚惊鸿摆摆手：“得了，您先走吧，我识趣儿，等您走远了我再走。”

楚惊鸿一屁股坐在公交等候椅上，徐照影这才继续前行。可就在下一个红绿灯，楚惊鸿又追了上来。他“嘿嘿”地笑着，拽着徐照影的胳膊便穿过了人行横道。

“我刚才就想跟你说了，今天这顿早点我请。”

徐照影哪是楚惊鸿的对手，在楚惊鸿面前，她就是只绑了腿的小鸟，徐照影赶忙推脱：“不……不用了！你这人怎么这么奇怪，我都说不用了。”

即便徐照影百般拒绝，但她还是被扯进了“牧民家”。

清晨的“牧民家”一股子的羊膻气味儿，徐照影皱着眉坐在靠窗的位子上，虽然此时的气候很冷，但徐照影还是拉开了一条窗缝。楚惊鸿亲自端上来两笼烧麦，一碗羊杂面，还有两个大油饼。

“这可都是我们店的特色，上海独一家，出了上海，也只有回内蒙才能吃上正宗的。”

徐照影夹起一个油饼，默不作声地吃了起来。在徐照影的脑海里，烧麦是糯米馅儿的，里面有藕丁、鲜肉末、蘑菇，万万不是这种瓷实的被大葱包裹着的肉丸子。

“你尝一尝烧麦。”

话音未落，楚惊鸿便夹起了一个烧麦，徐照影连忙厌倦地挡了回去：“我不吃羊肉。”

“哎？你不吃羊肉，那天晚上干吗来我店里？”

徐照影瞟了一眼楚惊鸿：“不吃羊肉就不能来？”

“你不给我面子。”

徐照影放下了筷子：“咱们有交情吗？为什么要给你面子。”

楚惊鸿哑口无言，从来没见过这种女人，他大笑了几声算是给自己解围：“咱俩当然有交情，不打不相识的交情，说不定以后还能成为好朋友呢。”

徐照影也不说话，只是又喝了一碗奶茶。还别说，楚惊鸿家的奶茶味道香醇，她只喝过西式的甜奶茶，这咸口的还是头一次尝，倒是挺适合早上食用的。

“徐院长，我楚惊鸿是个不太会说话的人，如果有得罪的地方，请你多原谅，我也看出来了，虽然你长得柔柔弱弱，但也是个干事情的人。以后有需要我的地方，你一个电话，撑场面、找靠山，或者打麻将三缺一，我都会像一阵风似的速速就赶来。”

这饭馆里的膻气味儿实在太过浓烈，徐照影搞不懂，怎么会有这么多人喜欢吃，而且外面还有排位的人。她站起来，关上了窗子说道：“我只求你别再给我找麻烦。”

楚惊鸿隔着窗子望着已走到马路对面的徐照影，他摸着脑袋，却抿了抿嘴笑了。

夕阳西下，日落时分，徐照影还在翻看新住院的毛孩子病例，不到五点半，前台便打来了电话，说是楚惊鸿已经来了。

“让他等着。”

徐照影挂了电话，顺势拔掉了电话线。今天的工作有些繁忙，她又忙了一个多小时，有人便来敲办公室的门了。她皱了皱眉，八成是那个楚惊鸿等不及了。

没她的允许，门便推开了。徐照影刚要发火，才发现是程嘉友，慌忙换上一副笑颜。

“刚来？”

“来了有一会儿了，听前台小护士说你在忙，便等了一下。”

徐照影有些不好意思，放下了手头的工作。

“要喝杯茶吗？”

“不喝了，晚上还要开例会，我把皮皮送来就得回去。皮皮在路上睡着了，这会儿在我车上呢。”

听闻程嘉友还有工作，徐照影可不敢耽搁，忙和他下了楼。一楼的大厅里，楚惊鸿一个人躺在贵宾沙发上，早已睡得前仰后合。徐照影摇摇头，这个楚惊鸿实在是入不了她的眼。

皮皮在副驾驶上打着呼噜，被抱下车的那一刻，还有些懵。

“我真有点儿担心，那个抛弃皮皮的人又怎能好好照顾它？”程嘉友摸了摸皮皮的头，有些无奈地说道。

“幸亏只有两天，应该不会出什么事，放心吧。”徐照影此刻除了宽宽程嘉友的心，什么也做不了。

一进宠物医院的大门，皮皮只用鼻子嗅了嗅，眼睛倏地发亮，挣脱了程嘉友的怀抱，屁颠儿屁颠儿地向四仰八叉的楚惊鸿跑去。皮皮踮起脚尖，用舌头舔着楚惊鸿的手，嘴里不住地呜咽着。

睡梦中的楚惊鸿被舔醒了，却吓得一咕噜爬起，躲到沙发的角落里，哆哆嗦嗦地说道：“别……别过来。”

原来那个五大三粗的楚惊鸿，真的怕小狗，看他这个样子，还不是一般的怕。

徐照影拾起拖在地上的牵引绳，牵起皮皮，不屑地说道："楚先生，我看还是算了，别说是两天，就算是一分钟，你都和这小狗待不下去。"

楚惊鸿摸着手臂上的鸡皮疙瘩，小心翼翼地从沙发上落地，声音中带着颤抖："我能行。"

这句"我能行"，没有底气。楚惊鸿抿着嘴唇，好似下了很大的决心："把绳子给我。"

徐照影无奈地把牵引绳递到了楚惊鸿的手里。皮皮今天异常兴奋，它摇着尾巴转着圈，用前脚扒拉着楚惊鸿的裤腿。楚惊鸿闭着眼睛，脸颊憋得通红，整个人像块石头。

"皮皮半夜会叫一次，你添点儿水，它喝过就不会叫了。它早上喜欢喝奶，喝完之后你带它去外面溜达溜达，差不多五六分钟就能上厕所。如果有时间，你带它玩玩滑梯，它很喜欢的。它不爱吃鸡蛋，也不吃……"

"行了，行了，我知道了，以前这可是我的狗。"楚惊鸿一脸不耐烦。

见楚惊鸿如此，程嘉友只得闭了嘴。他深深吸了一口气，把一罐未开封的鸡肉罐头递到了楚惊鸿的面前："虽然只有两天，我还是希望你能好好待它，它被你抛弃了一次，不要再伤害它第二次。"

楚惊鸿不情愿地接过罐头，没给一句回话。

程嘉友看了看表，对徐照影说道："这回真该走了，要不可就迟到了。"

徐照影把程嘉友送了出去："你去忙你的，皮皮这儿有我呢。"

程嘉友点点头上了车，他发动了车子，突然摇下车窗对徐照影问道："下周六可有空？"

徐照影想了想近日的行程："你有事儿？"

“我们行有一个 VIP 贵宾俱乐部，下周六组织了一场萌宠派对，你如果有空的话，能来做我的嘉宾吗？如果你能来，那我们这场派对就会显得更加专业，况且这里面可都是我们行千万级别的大客户，我也想给你介绍些优质客户呢，就是不知道你赏不赏光？”

“如果那天没有安排，我肯定会去的。”

程嘉友向徐照影摆摆手作别：“一定要空出时间哦！”

程嘉友干脆利落地走远了，徐照影却还在原地目送。

“徐院长！徐院长！你来一下！”楚惊鸿声音洪亮，隔着医院的感应门，徐照影便已觉得震耳。

徐照影沉着气回到医院，楚惊鸿依然呆若木鸡地站在原地，而皮皮却高兴地不住摇着尾巴，全然没发觉自己的原主人正在嫌弃着自己。

“又怎么了？”徐照影双手环胸盯着楚惊鸿。

显然楚惊鸿也察觉到徐照影对他的鄙夷，虽然他现在急需要徐照影的帮忙，但动了动唇，只说了句：“没什么，我走了。”

楚惊鸿和皮皮离开的画面很滑稽，那根牵引绳并不是最好的安全距离，楚惊鸿一味地躲，皮皮只想离他更近一点儿，快走成了快跑，皮皮追逐着楚惊鸿，以为在玩游戏，或许连路人都是这么认为的吧，除了楚惊鸿知道尴尬的内情，也只有围观的徐照影懂了。

皮皮一蹦一跳欢脱的样子消失在前面的路口。徐照影有些恍惚，多少人和皮皮一样，追逐着那个令自己欢喜的人或事，却忽略了真正对它好的人。动物都是死心眼，认定了就不放手，而人呢？有的执着一时，有的执着一世，到底空欢喜一时然后活得明明白白，还是就这么糊糊涂涂、自欺欺人地活，或许谁都说不清吧，别人眼中的糊糊涂涂、自欺欺人，在那个执着的人身上，却是真心实意啊。

跃身而过的车鸣声，令徐照影抽回神思。回过神的她不禁哑然失笑，或许真的不再年轻了，竟然想这么多有的没的，徒增惆怅。不管了！今天早点下班。

徐照影从没这么早下过班，回到家冲了个热水澡，看完最新一集的美剧，又和澳洲的老同学语音聊了会儿天。时间过得很快，徐照影临睡前，才发现自己忘了拿奶箱里订的牛奶，她穿着睡衣，随便裹了件大衣便下楼了。刚走出电梯门，倒霉地又和楚惊鸿相遇了。

此刻的楚惊鸿正蹲在那里，左手拿着一摞卫生纸，右手捏着鼻子。看来，皮皮就地解决了大小便。在徐照影看来，楚惊鸿那样子好似便秘，面部狰狞，痛苦万分。而皮皮被拴在单元门的门把手上，眨着无辜的大眼睛，瞧着楚惊鸿这滑稽的模样。

呵，这人，就是自讨苦吃。徐照影心里默念一句。她装作没看见，从楚惊鸿身边经过，从奶箱里取出了牛奶，转身去等电梯。

“等一下，徐院长。”

徐照影心头如麻一般揪作一团，最不想发生的事还是发生了。没等徐照影回应，楚惊鸿便先开了口：“我能买你手里那瓶牛奶吗？”

徐照影一怔，显然不明白楚惊鸿什么意思。徐照影转过头，楚惊鸿已经把手里的粪便处理掉了。

“下午那男人说小狗喜欢喝奶，我家没有现成的，所以……”

徐照影没等楚惊鸿说完，便把奶瓶递到了他的手上，然后走进了电梯。

“我还没给钱呢，徐院长！”

徐照影按了关门键，随口说了句“不用了”。

徐照影有些看不透眼前这个男人，他做的那些事确实没有责任心，令人厌恶。她原以为程嘉友的那些嘱托楚惊鸿并未听进去，但楚惊鸿却上心了。

或许，这上心也是暂时的吧，暂时的愧疚，暂时的一腔热血。

徐照影最近连轴转，抵抗力明显下降。夜里一直头痛，待安安稳稳睡着，再醒来的时候已是太阳高照，徐照影看看时间，竟然九点多了。她身体不太舒服，医院是不能去了，她只得打电话给助理，又交代了几件重要的事，便给自己放了假。她煮了些姜汤喝，显然没有什么大作用。即便再不愿意出门，也还是要去药店买些药回来。

徐照影穿戴好出了门，却在门外看见几个纸盒子，盒子上贴着一张便签。徐照影捡起盒子，竟然是几盒奶片。

“送上一点儿家乡特产，以表谢意。”

落款是楚惊鸿。

楚惊鸿五大三粗的，但这字却写得十分好看。徐照影嘟囔了一句“幼稚”，顺便把奶片扔进了屋里。

虽然上海不算特别冷，但风却是刺骨的。加上徐照影身体不佳，更觉得这种天气不能出门了。所幸药店就在家门口，她随便买了点药便往回走，却见楚惊鸿开着一辆越野车从小区出来。他开得有点儿快，没有看见徐照影。

看来，他是带着皮皮去见前女友了。徐照影祈祷他一切顺利，只有顺利了，她才能省点儿心。

徐照影吃过药便又昏昏沉沉地睡着了，这一觉再醒来，外面的天都黑了。她出了一身汗，连脸颊也红扑扑的，药效起了作用，此时除了有些腰酸背痛，头疼的症状倒是减轻了不少。

徐照影就是个闲不住的人，她睡了一整天，竟然生出许多愧疚之心，觉得荒废了大好时光，赶忙打开电脑，查看起相关的文献和资料来。徐照影知道，自己开宠物医院，其实还是为了做研究。当初来上海，也是因为师范大学的动物学实验室是全国最好的，有她导师的推荐，她能够在这里更方便地做研究。

文献看了很多，一有空她就钻进实验室里，但她关于动物传染学方面的研究，依然没有什么大的进展。

看完了两篇令人抓狂的文献之后，徐照影只觉得脑中又“轰隆隆”地作响，她摘下眼镜，按着有些痛的太阳穴，耳边好似产生了幻听。直到门铃连续响了五六次，徐照影才反应过来门外真的有人。

徐照影开了门，却见楚惊鸿手足无措地站在外面，抱着用毛巾裹着的皮皮，他局促地说道：“不好意思，徐院长，这么晚了还打搅你，我就是想让你看看小狗，它……好像生病了。”

徐照影心里咯噔一下，面上一阵阴云密布：“你怎么着它了？”

“没看住，掉喷泉池里了。”

徐照影把额前的碎发一股脑理在脑后，只觉气血往头上涌，此刻也不知道是烧的还是气的，脸颊红扑扑的有些骇人。

“这一天都不到，它就跌到水里去了？！你到底是怎么照顾的？”

楚惊鸿今日没什么男子气概，在徐照影面前反而像个做错事的孩子，他叹了口气，说道：“要骂一会儿让你骂个够，这会儿先帮忙看看吧，它这一晚上都在打哆嗦，把吃的东西都吐出来了。”

徐照影接过楚惊鸿手里的皮皮，皮皮用毛巾裹着，只露出两只水汪汪的眼睛，它确实在打哆嗦，这么冷的天掉到水里去，不病才怪。

徐照影早就进了屋，可楚惊鸿却还在外面站着，风从门外嗖嗖地吹进来，吹得徐照影起了一身鸡皮疙瘩。

“像木头一样杵在那儿干什么？你要不回去，要不关上门进来。”

楚惊鸿听闻，赶忙踏进门里，关上了门。

皮皮身上还很湿潮，想想楚惊鸿也不会处理，徐照影越发地嫌弃他了。

“它是怎么掉进水里的？”徐照影边做检查边问。

“追我前女友的车。”

徐照影的胸口堵了一下，随即说道：“你怎么不拴好牵引绳？”

楚惊鸿想说些什么，但最终挠了挠头，什么都没有说，八成还是和他前女友有关。

虽说狗会游泳，但天气这么冷，皮皮在冰水里早就冻得够呛了。徐照影检查了一番，发现没什么大碍，才放下心，幸运的是，她家里备着各种药。徐照影给皮皮打了一针，随后拿了一条珊瑚绒毯子给它盖上。看皮皮“哼哼唧唧”地闭上了眼睛，徐照影才晕乎乎地站起来，去倒了一杯热水。

徐照影瞧见楚惊鸿挽着衣袖，不住地挠着两条胳膊。八成是因为碰了皮皮，身上不舒服了。

“既然你已经打发前女友走了，那皮皮就交给我吧，明天补签弃养声明可以吗？”

“好的，明天我和你一起出门，顺便去签。”楚惊鸿瞟见桌上那一袋未开封的方便面，不禁问道，“徐院长还没吃饭呢？”

徐照影“嗯”了一声：“你快走吧，我要休息了。”

楚惊鸿谄媚地笑了笑，然后退到门外去了。

关上房门的那一刻，徐照影的头又开始嗡嗡作响。这次的感冒来得还挺凶猛。她去看了看皮皮，它已经不再打哆嗦，渐渐进入了梦乡。她又把毛毯重新给它盖好，才起身拿起了那袋方便面，可刚把包装袋撕开，门铃又响了。

徐照影从猫眼望出去，又是楚惊鸿！她猛地开了门，把站在门边的楚惊鸿吓了一跳。

“又怎么了？！”

虽然徐照影的语气里满是不耐烦，但楚惊鸿并没有在意，他只是举了举手中大大小小的袋子，傻笑着说道：“别吃方便面了，我给你做吧。”

没等徐照影回应，楚惊鸿已经闯进了屋里。

“我说你这个人，还真是自来熟。我用你给我做饭么？”

楚惊鸿也不恼，继续“嘿嘿”地笑着：“其实我也没吃，咱俩搭个伙我还有点儿食欲。”

“不用。”

楚惊鸿见徐照影要赶人，有点儿着急了：“我连面都带来了，顶多二十分钟，我做完就走。”

徐照影是个知书达理的人，前二十几年，没做过什么出格的事。就算再讨厌楚惊鸿，但他已经摆开了做饭的架势，徐照影也不好再硬来，只得把他一人留在厨房。

徐照影回到餐桌前，一边收拾着摊在桌上的书籍，一边偷瞄着厨房里的楚惊鸿。厨房里“叮叮咣咣”，楚惊鸿粗壮的身躯系着她的粉色围裙，有一种莫名的违和感。

楚惊鸿带来的是面粉，看他做饭的架势，倒是与饭店老板的称呼十分吻合。他那宽阔的臂膀和结实的肌肉，难不成是和面和成这样的？楚惊鸿的肤色很白，如果不是那小撮胡子，可真的没办法和内蒙汉子联系起来。

不一会儿工夫，厨房里便升腾起热气了，热气蒙在窗户上，薄薄的一层，隔开了屋外的世界。

徐照影正在发呆，面已经端到了面前。她慌忙回过神，把目光收回了筷子上。

“徐院长既然不待见我，我就……端一碗回去吃，碗明天给你送回来。”

“就坐这儿吃吧。”

楚惊鸿“啊”了一声，没反应过来。

徐照影只得又重复了一遍：“你就坐这儿吃完再走，别来来回回送来送去，没完没了的。”

楚惊鸿“哦”了一声，抿着唇坐到了徐照影的对面。

徐照影看着这碗面，土豆、青椒还有肉，热气冒上她的脸颊，她恍恍惚惚，好像回到了家乡那座小城的小房子里，也是这么热乎乎的面，冬天阴潮的房间内，她会把冻僵的手也放在碗上，那热气拂过的感觉，最是舒服。

“快吃啊，愣着干吗！”楚惊鸿边吸溜着面条边说着，吸溜面条的声音有点儿大。

徐照影用筷子挑起肉：“这是什么？”

“羊肉，我店里最好的肉。”

“早就说过我不吃羊肉的。”

“不好意思，我忘了。”楚惊鸿说着便把自己的碗推到了徐照影的面前，“你不吃就夹给我，这可是冬天最滋补的，你这个人不懂养生。”

徐照影一声不吭把大片的羊肉甩到了楚惊鸿的碗里，她又凑近闻了闻。

“别闻了，这肉一点儿都不膻。”楚惊鸿见她这么挑剔，有些闷闷不乐。

徐照影不去理会楚惊鸿，只是从冰箱里拿出一小罐酱，她在面里放了些酱，才勉为其难地吃了起来。还别说，这碗面闻不到膻味儿，倒品出鲜味了。她一天没怎么吃东西，这面挺对胃口，若不是楚惊鸿在，故作矜持的她早就三口并作两口把面解决掉了。

原本就有过节的两个人坐在一张桌子上吃饭，并没有什么话题可交谈，气氛显而易见的尴尬。这尴尬的气氛徐照影觉察到了，楚惊鸿也感觉到了，尤其在这深夜里，孤男寡女的，有点儿不自在。

楚惊鸿忽然想起了什么，跑进厨房从袋子里拿出几瓶牛奶放到徐照影的桌上：“我早上从店里拿的，准备明早给小狗喝，既然它在你这儿，我便拿来了。我正好多拿了几瓶，剩下的给你喝。”

徐照影抬起头看了一眼楚惊鸿，不免“啧啧”两声：“你竟然还能想着给小狗带牛奶，真是让我刮目相看。”

“我不养它，不代表我不在乎它。”

徐照影放下筷子，瞅了一眼睡得正香的皮皮，问道：“你既然这么怕狗，为什么又要养它？”

楚惊鸿还在吸溜着面条，好似没听到，须臾的沉默之后，他才说道：“这狗本来就是我前女友在养，我俩分手之后，她便出国了。偶然经过她原来的住处，便看见小狗正在垃圾堆里翻找吃的东西。这小狗原本就认得我，见了我便黏上了，我不能见死不救，可我也怕狗啊，我又不敢养，就只能花点儿钱寄养在你那儿了。”

听楚惊鸿这么解释，他之前的做法倒是说得过去。

“这么说来，你倒是个有责任心的人。”

楚惊鸿呵呵笑了笑：“谈不上有责任心，就是于心不忍，要不说最心狠的就是你们女人，什么都能放弃，感情、宠物，凡是让自己觉得不平衡的东西，狠狠心，都能丢掉。”

徐照影翻了个白眼：“能不能把您带有性别歧视的字眼收一收？”

楚惊鸿这才意识到自己说错了话，慌忙闭了嘴。

“你前女友下次回来还要见狗怎么办？我不可能再把它从寄养家庭借出来了。”

“不会的，她来看皮皮，不过想找个理由和我见一面。小狗追着她的车跑，她都没有下车。这样的人我不会再让她见到小狗。”

“你倒是能拎得清，这样最好，省得以后又有麻烦。”

楚惊鸿看了看表，竟然快十二点了，自觉有些过分，忙起身道别。

徐照影从冰箱里又拿了一罐酱，递到楚惊鸿手里：“我这个人不喜欢欠别人的，这是今晚做饭的报酬。”

还未等告别，门便关上了。楼道里的声控灯都灭了，楚惊鸿才进了电梯，他手里掂着那罐酱，撇了撇嘴，这女人，执拗得很。

徐照影虽然心有余悸，但楚惊鸿这回却说话算数了，干干脆脆地签了弃养声明，结清了与宠物医院的账。徐照影看着楚惊鸿过了马路，回到对面的“牧民家”，才长长地舒了一口气。这裹脚布一般的纠缠，终于到此结束了。她立刻清爽起来，头不再痛了，窗外明媚的阳光照进她的胸膛，人生好像顷刻美妙起来，让她有了逛街购物吃美食的欲望。

徐照影一身轻松，不忘给程嘉友去了电话，汇报皮皮回来了的消息。

“那我今晚下了班就接它回家吧？”程嘉友说道。

“皮皮有点儿受凉，还是放在我医院几天，等病好些了你再接走。”

“这样最好，皮皮在你那儿我放心。照影，你没忘了我们的约定吧？”

徐照影敲敲脑袋，什么约定？她是怎么都想不起来了。

“呃……”

“真是贵人多忘事，星期六的萌宠派对。”

经过程嘉友的提醒，徐照影才想起这件她早就忘在脑后的约定：“好啊。”

“那劳烦你准备一些店里的优惠活动，别看都是千万级的贵宾客户，但他们最喜欢这些赠送的礼品和礼券了。”

徐照影笑笑说道：“没问题，你帮我拓展客户，我当然要努力配合。”

“哦，对了，我今天有点儿忙，顾不上去你那儿，一会儿让我同事捎个东西给你。”

电话简短地结束了，徐照影在下班之前，收到了程嘉友同事捎来的东西。东西用礼盒包好，徐照影回了家才拆开看，竟是一件连衣裙，标签已经拆掉了，只能看到衣服的商标，这牌子价格不菲。徐照影虽然对程嘉友有好感，但冷不丁就收到这么一份昂贵的礼物，突然无从招架。

徐照影不是个擅长装糊涂的人，只得发了一条微信过去：送我衣服……什么意思?

几分钟后，程嘉友回复：别多心，贵宾回馈礼，多出一件送你。

原来如此，徐照影这才把衣裙又拿出来看了看，别说尺码还挺准。衣服也是当季最新款。她穿上后在镜子旁左右打量，藕色的衣裙很适合她，样子也是她喜欢的。

徐照影不免又发了一条：薅公司的羊毛。

程嘉友只是发了个笑脸，不再回复。

星期六如约而至，徐照影今日没有特别的安排，给自己空出了足够的时间，毕竟这活动有宠物医院赞助，她做了条幅、伴手礼，还特意派了两个同事协助自己。

程嘉友一大早就打电话给徐照影，交代今天的事情。

“照影，我一大早就去了会场，我让同事过去接你。”

“不用了，我自己开车，不过皮皮还是不大舒服，我看皮皮就不要去了。”

片刻沉默之后，程嘉友说道：“最好还是能让皮皮来参加，因为我在朋友圈有放过皮皮的照片，今天的活动也是以给皮皮交朋友的名义牵头的，它不来不太好。”

徐照影想了想：“那我先带皮皮过去，待一会儿便让它休息吧。“

“照影，你可不可以穿我那天送你的连衣裙？我只是预估了尺码，还不知道你穿上好不好看。”

“好啊。”

事情都交代完了，但程嘉友还是不愿挂电话，徐照影知道一定是有什么事情没说。

“嘉友，你还有什么事要和我说吗？如果没有，我就挂电话了。”

程嘉友清了清嗓子才说道：“照影，我想请求你一件事。”

徐照影哑然失笑：“有话直说吧。”

“无论今天场面如何，请你一定一定给我点儿面子，不要摆脸色，不要生气，好吗？”

“怎么？难道我今天赴的是鸿门宴？”

“怎么会？”

“那一会儿见。”

徐照影把还在昏睡的皮皮抱上车，便出发了。周六的清晨，没有往常的拥堵与烦躁。路上畅通无阻，连带着空气也清爽宜人。其实不用程嘉友说，徐照影也会穿上那条藕色的裙子，女为悦己者容，何况这裙子还是程嘉友送给她的。

不管孟天天怎么说，估计她这棵铁树是要结结实实地开一回花了。

举办萌宠派对的活动场所，在上海一家新开的五星级酒店，惠达银行包了一整个宴会厅，一下车，便可看到酒店外面的电子屏指引前来参会的嘉宾。

徐照影刚走到宴会厅的门口，带着惠达银行绶带的漂亮姑娘便迎了上来。

“您是嫂子吧？快进来吧，程哥在里面忙。”

徐照影被叫懵了，还没等反应过来，便已经被带到厅里了。小姑娘远远地唤着程嘉友的名字。徐照影看着程嘉友从远处箭步走来，此刻才了然于心。怪不得那小姑娘会叫她嫂子，程嘉友穿了和她同色系的衣服，很明显，两人的衣服是情侣款。

徐照影有些雀跃的小欣喜，却只能努力地压制在波澜不惊的表情之下。

“怎么？你们银行的贵宾回馈礼，你也拿了一件？”

程嘉友不好意思地笑了：“不这么说你怎么会收？你们医院的展台在宴

会厅西侧。”

“那我需要做什么呢？程经理。”

“有一个宠物健康讲座，之后便是自由活动时间，如果到时候你累了，便可以先走。”

程嘉友从徐照影手中接过牵引绳，把皮皮抱在了怀里。他边和到场的嘉宾寒暄，边把皮皮介绍给其它的小狗们，只可惜皮皮没有什么兴趣。

徐照影这才对活动有所了解，萌宠派对是以家庭为单位参加的，VIP 贵宾客户们也是家庭装出席，难怪程嘉友和她穿了情侣衫，八成也是为了应景。怪不得程嘉友特意恳求她不要生气给点儿面子，两人八字还没一撇呢就组成了临时家庭，如果她不是看程嘉友顺眼，估计早就翻脸了。

惠达银行对大客户的回馈活动很是精心，不仅有宠物医院，还有美容护理行业的厂商来赞助活动。宴会厅里到处是名贵的品种，这些毛孩子毛色漂亮，性格活泼，一看就是在家里被精心呵护的对象。皮皮不仅没有品种，还是一只“串串”，不活泼不说，还病快快的。徐照影不禁感慨，动物的命运和人是一样的，有的一出生，狗盆里便有吃不完的狗粮罐头牛奶，而有的却三餐不保还要学会看人脸色。不过好在皮皮的命并不算差，碰到了程嘉友这样的主人。

徐照影作为特邀嘉宾，第一个上台为贵宾客户带来一场生动精彩的讲座。因为徐照影在上海电视台也时常出镜，喜欢动物的市民对她并不陌生。讲座途中不仅掌声雷动，活动完毕，她也是最受欢迎的人。徐照影被团团围住，解答爱宠饲养和日常护理方面的问题，竟然还有来索要签名的。

徐照影怪不好意思的，但还是硬着头皮签了名。

“以前我就常在电视上听徐老师的讲座，今天才知道竟然是程经理的太太，常听程经理说起他的太太，现在能够见到您真是太荣幸了。”接过徐照影签名的胖贵妇，笑得红光满面。

“呃……”听到程太太这样的称呼，徐照影还是有些尴尬。

她晃神之间，程嘉友已经来到她的身边，接过了贵妇的话茬：“您以后有什么问题可以随时咨询照影，她是海外归国的动物学专家。”

“那当然了，你们惠达银行的活动一向好，今天又送了这么多体验券，真是太开心了。”

程嘉友把贵妇打发到工作人员那边了解最新的保险，这才对着徐照影舒了一口气。

“我记得我可是单身，怎么今天一下子就结婚了呢？”徐照影笑着问程嘉友。

程嘉友只是不住地对她抱拳作揖：“饶我这一次吧，我没有女伴，找别的女性朋友我不乐意，只能找你来。”

程嘉友话里有话，说得自然，让徐照影心里暖洋洋的。这或许就是后青春时代的男女吧，没有炽烈的情感表述，但也把这些不经意的话经过过滤变成情话来听了。

徐照影看皮皮一直没什么精神，自己也不太擅长在这种场合寒暄，便准备带着皮皮先行离开。程嘉友已经被咨询业务的贵宾们围住了，徐照影离开时，还是迎她进门的小姑娘把她送了出去。

“嫂子，您路上慢点儿。”

小姑娘甜甜地笑着，徐照影也笑着回应：“你快去忙吧，不用管我。”

“我刚来惠达银行半年，都没赶上程哥的婚礼，听说嫂子是个大美人，今天见了，果不其然。嫂子，我是贵宾理财经理，哪天去我们银行，我亲自为您服务。”

徐照影点点头，看着小姑娘小跑着进了酒店。她却关上了车窗，脸上的笑容僵在了脸上。车里只有轻微的皮皮的呼噜声，可这呼噜声，把四周衬得愈发安静了。

程嘉友，果然有事瞒着她。

徐照影系好安全带便开着车走了，这一路上都心不在焉的。好几次差点儿闯了红灯，还有一次差点儿追尾了。她心烦意乱，只得把车停靠在路边，用车载电话给孟天天拨了个电话。

虽然现在已经是十点多，不出所料孟天天还没有起床，电话无人接听。可徐照影不愿意放弃，一连拨了五个电话，终于电话那边有反应了。车里满是孟天天慵懒而又烦躁的声音:“你疯了啊？大清早的,能不能让人睡个好觉。”

“别睡了，我问你个事儿。”

“问什么啊，这么着急？”

须臾的沉默之后，徐照影问道：“程嘉友结婚了？”

“对啊，结了婚的。”

徐照影紧咬着嘴唇，一张脸早就憋得通红。她右手攥着档把，却有些颤抖，这是她今天听到最好笑的笑话。

“不过他半年前就离婚了,差不多上一次婚姻只持续了一年吧,也没孩子,别看他离过婚，依然是众人眼中的黄金单身男。”

徐照影正要开口骂孟天天,她却来了个大喘气。但徐照影心里还是不舒服:“你为什么不早点儿告诉我？”

“你也没问我啊，照影，难不成你真喜欢上他了？”

徐照影没有说话。

“就算你真喜欢他，也犯不着生气啊，他现在是单身，况且也没孩子，前一段婚姻大可忽略不计。”

徐照影把火气都憋了回去，只轻声说了一句：“睡你的觉吧。”

电话掐断了，车里又恢复了安静，徐照影缓了一会儿才重新驶入车道。开了十几分钟，徐照影的情绪才缓和了不少。她这是在跟谁掷气？程嘉友还是孟天天？

她确实没有问过，他们也确实没有告知的义务，况且谁离了婚还会见人就说？其实是她自己和自己过不去罢了。去参加一场活动，却被当作另外一个人。那个找她签名的宾客口中的程太太，想必最开始也不是她吧。

半个小时的路程，徐照影开了一个小时才回去。把皮皮送回医院吃过药后，她也回家了。徐照影的周末从来都不是这么悠闲的。她心里烦躁得很，书看不进去，音乐听不进去，同学群里的聊天也无法融进去，她扔了手机躺在床上放空，整个脑袋都是混乱的。

就这样躺了好几个小时，徐照影等来了程嘉友的电话，她想了想还是接了起来，只不过语气有些冷漠。

“回家了？”

“嗯。”

“今天实在太忙，没有顾及到你的周全，真是抱歉。”

“没事。”

“照影，你的心情好像……不大好。”

徐照影不是个拐弯抹角的人：“你千叮咛万嘱咐的事，我做到了。你现在是不是该向我说点儿什么呢？”

“还是生气了？”

程嘉友的语气一如既往的谦和，徐照影却和他客气不起来：“人前没有生气，不代表人后我也是个缺心眼，被人叫了一天的程太太，但是我还没晕。”

程嘉友并没有正面回答，只是“呵呵”笑了两声：“是我做得不够好，但我觉得有些话应该当面说，才算是尊重你。”

“那就改天再说吧，现在累了，我先休息了。”

徐照影擅自挂断了电话，以前觉得他温文尔雅，现在回个问话也吞吞吐吐的，让她心里不爽快。

徐照影这一天确实够糟心，不一会儿就睡着了。睡了不到一个小时，手机的短信提示音响来。徐照影眯着眼睛看去，竟是程嘉友发来的简讯：我在小区门口，你若是睡醒了，下来见我一面吧。

看到这条短信，徐照影怎么还能睡着？她起床捋了捋杂乱的头发，又等了十几分钟，觉得矜持度够了，才披了大衣下了楼。

程嘉友安安静静地坐在车里等她，她敲了敲窗户，程嘉友回过神，为她开了门。

徐照影上了车：“你有什么事。”

程嘉友笑眼看着她：“还生气呢？”

“没有，犯不着。”

“没吃饭吧，我带你吃东西去。”

不由分说，程嘉友已开动了车子。徐照影看着小区大门越来越远，忙去拉车门，车门开了大半，程嘉友只得又把车子停了下来。

“你真是个倔脾气。”

“我脾气一向不大好，也不是最近才这样。程嘉友，我是跟你走得近了些，但我对你依然一知半解，既然今天的活动你能来找我，说明你起码把我当朋友，但你隐瞒婚史，然后让我冒充你太太，这样合适吗？你有没有尊重过我？”

徐照影这些年独自闯荡，没什么好怕的。对待异性，也不似其他女子那般羞涩抹不开面子。程嘉友听了她的话，有稍许沉默。他关掉车载音乐，顺便帮徐照影关上了车门。

“从婚姻中走出来并恢复单身生活，并不如想象中潇洒。这段时间，我不过在打扫之前遗留的战场，这战场里有纠葛，有失望，还有心力交瘁。待我整理好一切准备重新出发的时候，才发现人们的思维并没有跟上我的状态，一个个解释已经来不及，所以只能出此下策。我怕你不肯来，所以没有明说。说了，恐怕结果也只有一个。”

虽然程嘉友话说的圆满，不愧是做理财经理的，嘴上从来不占下风，但徐照影听得别扭。

“你的意思无非就是，所有人都知道你已经结婚，现在收不了场了，只能把我推出去救场，得罪一个比得罪一群人划算。”

程嘉友一怔，却“噗嗤”一声笑了：“你这张嘴真厉害。”见徐照影并不笑，他也只好敛起了笑意：“并不是得罪一个划算，是只有这一个人可以理解我。”

徐照影心里紧了紧，她慌忙撇过头去：“我和你相交甚浅，又怎能理解你。”

“照影，我除了隐瞒婚史之外，对你都是诚以待人。难得遇见一个这么合得来的人，连生活都变得有趣起来，想送你礼物，却又紧张得像个孩子，生怕你不收。虽然我结过婚，但对待看中的人和事从不敷衍。”

徐照影许久不说话，程嘉友看着她脸上的表情缓和了不少，才笑着又说道：“说到底，今天是我的不是，我要给你赔罪的。我请你吃大餐。”

话罢，程嘉友却把一个包装精美的礼盒递到了徐照影的面前。徐照影疑惑地看了看他。程嘉友却目不转睛地说：“这个也是赔罪的。”

徐照影打开看了看，是一对镶着碎钻的珍珠耳环，这牌子她认得，价格不菲。他忽然送这么贵重的东西，徐照影脸颊有些发烫，她重新盖好盒盖，把东西放在了车座上，想要去开车门，谁知，车门却被程嘉友上了锁。

“照影，借着这个机会，有些话今天不得不和你说，就算你生气、不爱听，我也还是要说出来。”

徐照影故作镇定，余光中程嘉友的侧脸很好看，干净的脸颊上没有淡淡的胡茬。

“我不是二十一二岁年纪的男孩，早就不懂什么是鲁莽和义无反顾。你说得没错，我们不过相处得频繁些，还算不上有多了解，可我见你第一面，便很欣赏你，喜欢你的地方太多，所以……竟然心生畏惧，怕太主动招你厌烦，怕等待太久接收到的却是冷淡。下班了想要来看你一眼，也要思前想后，想找个不唐突的好机会。”

徐照影紧紧地攥着拳头，手心里早已冒了一层细汗。

程嘉友侧过身子，望着徐照影说：“上一段婚姻我已经处理好了，现在的我，想像小男孩一样，为喜欢的人做鲁莽的事，义无反顾，直截了当。照影，我可以这样做吗？”

徐照影原本清醒的头脑，现在却有些乱了，程嘉友这段话听得她云里雾里，不知所措。徐照影轻咳两声，说道：“礼物太贵重，我收了不合适。你方才说的话，我再回去斟酌一下，嘉友，你懂的，我们都已经过了随随便便谈恋爱的年纪。”

车里又安静了下来，这氛围让他们周身都麻嗖嗖的。徐照影尴尬地笑了笑：“车上有些闷，能开下车门吗？”

程嘉友回过神，他“嗯”了一声，车门便解了锁。徐照影下了车，朝程嘉友摆摆手：“这顿赔罪饭不用请了，我确实有些不大舒服，先回去休息了，你也早些回去吧，今天的事其实我有些小题大做。”

程嘉友把身子往窗外探了探：“你方才的话，我能理解为……并未拒绝我吗？”

“可以这么说吧。”

程嘉友抚着胸口，一副释然的模样：“那我就放心了。你好好休息吧，我还要回行里忙一会儿。”

徐照影目送程嘉友走远，她有些失神，连走路都心不在焉的。她确实是饿了，回家便煮了一碗面，随便拌了点酱，囫囵地吃着。徐照影的心还飘在半空，久久无法坠地。

她不知道自己做得到底对不对，其实她内心深处不就盼望着程嘉友能表白心迹的那一天吗？可不知为什么，她却没有立刻答应。可能是对他刚离异不久的身份有些介怀，也可能是今天确实生气了，有了情绪再答应下来，显得自己是多么没有原则。如果答应了他，现在的自己就不是吃白水煮面了，应该在高档餐厅里约会。那珍珠耳环也很漂亮，自己很喜欢，但已经拒收了，想反悔只能自己去买了。

可能是之前太过尴尬，程嘉友有一两周的时间里，除了接走皮皮那一次，就再没有主动来找过徐照影，只是偶尔传个简讯问候一下。虽然两人没见面，但上次的萌宠派对效果甚好，借着惠达银行的平台，博佳宠物医院在上海的精英圈中迅速传开，徐照影得到了不少优质的客源，最近来医院给宠物做检查咨询，求喂养经验的人络绎不绝，有很多客户都成为了医院的贵宾级会员。

好不容易收了工，徐照影才发现孟天天留给她的语音简讯，竟然是四个小时之前的。孟天天虽然是她的闺密，但也是个暴脾气，徐照影生怕她生气，赶忙打了电话过去。

电话那边的孟天天听上去并未有太大的怨气，原来她也在忙工作。

“你吃饭了吗？我请你吃宵夜。”徐照影的肚子早就咕咕响了。

“好啊，不过你还得等我两个小时，今天的工作还没结束呢，你猜……我和谁在一起？”

“谁？”

“你的猛烈追求者。”

程嘉友果然和孟天天相交甚好，这样的事都和孟天天说了。既然孟天天挑破了，徐照影也不能躲躲闪闪。

“那今天我做东，请大家吃宵夜，随便点地方，我大放血。”

徐照影到了孟天天的杂志社，影棚里，正如火如荼地工作着。孟天天坐在椅子上监工，瞧见她来了，忙指了指身边的座位，说道：“最后一组拍摄了，很快就会结束，我这一期的选题超级棒，是上海的魅力时尚先生，封面人物都是上海出名的精英男士，这一期的杂志肯定卖得异常火。”

程嘉友看样子又是来救场的，和她挥挥手算是打招呼了，她也挥了挥手算作回应。徐照影才发觉并没有想象中的尴尬，一切好似都是她想多了。

最后一位模特终于走向聚光灯前，只穿了一条小内裤，身上涂满了油。

“呵，这精英还是个健美男。”徐照影朝孟天天眨了眨眼睛，她知道这是孟天天喜欢的肌肉男类型。

谁知待看清那肌肉健美男的模样，徐照影差点儿把水杯摔在地上。

这真是冤家狭路必相逢啊。

第三章

太多第一次

没错，这周身涂满油、健硕如牛的时尚先生，正是楚惊鸿。刚才还调侃的徐照影，慌忙闭了嘴，就算楚惊鸿的身材出奇得好，但她也欣赏不来。

可孟天天并未觉出异常，边盯着拍摄现场边说道："那当然，没两把刷子，怎能上我的杂志。别说，这内蒙汉子还挺风趣幽默的，刚来便跟我们这儿的小姑娘打成了一片，嘻嘻哈哈，倒是挺招女生喜欢。"

孟天天自言自语，等不到徐照影搭腔，转头一看，徐照影正玩着手机。

"你倒是说句话啊，我跟个神经病似的说了半天。"

徐照影放下手机轻咳两声，压低嗓音说道："你看过上次皮皮的弃养声明了吗？"

"没有，宠物保护联盟的资料堆积如山，我哪能一份份地看过来。怎么了？那声明有什么问题？"

徐照影仰着下巴朝孟天天瞟着眼睛。孟天天定定地看着楚惊鸿，也瞪大了眼睛，她嘘声对徐照影一字一句地说道：“难道……他就是……那个……弃养……小狗的？！”

徐照影也不说话，只是把手中那杯茶喝了。孟天天却“啧啧”两声：“知人知面不知心，果然不能太相信男人，这也伪装得太好了。你看他满脸阳光、性格开朗，那面相就是敦厚老实的典范。真是道貌岸然！道貌岸然！我可不能让这种人上我的杂志。”

在场的工作人员没有注意到她们俩人的窃窃私语，拍摄还在进行，但孟天天的表情已经有些许不耐烦了。

孟天天问道：“这事儿程嘉友应该知道吧？”

徐照影点点头：“因为皮皮打过一两次交道，都不怎么愉快。”

孟天天不免“啧啧”两声：“要不常说男人容易成大事，程嘉友这一下午都没和我提过认识那‘坏蛋’的事，反而认真投入工作这么久了，要是我，早就和他撕破脸了。”

“你可别做得太明显，这小子和我在一个小区，我怕他报复我。”

孟天天却“噗嗤”一声笑了：“徐照影啊徐照影，你竟然也有怕的时候。”

徐照影朝孟天天翻了个白眼，没有回应。她怕什么？她不过怕楚惊鸿的胡搅蛮缠罢了。

在孟天天的敦促之下，只用了半个小时就收工了。楚惊鸿凑到程嘉友身边，咧着嘴笑着看自己的照片。孟天天走过去拍了拍程嘉友的肩膀：“快走了，快走了，饿得肚子痛。”

“哟，这不是徐院长吗？”

徐照影尽量往后躲，但还是被楚惊鸿看到了。徐照影只得尴尬地朝穿着三角裤的楚惊鸿点点头。

楚惊鸿摆了个动作，亮出了自己的肌肉，骄傲地展示给徐照影看。徐照影瞧着那油亮油亮的皮肤，却打了个哆嗦。

“孟大主编，今天我请客，吃烧烤去，‘牧民家’！”楚惊鸿收起撩人的姿势，对孟天天说道。

孟天天伸了个懒腰，答道：“好啊，既然你这么有诚意。”

楚惊鸿慌忙去换衣服了。徐照影却头大得很，她扯着孟天天的衣袖咬牙切齿地说：“说了今天我请客，怎么又和他掺和在一起了？”

孟天天朝徐照影使了个眼色，说道：“咱们因为皮皮的事，操心了多长时间，吃他十顿八顿也不过分。再说，我今天还得损损他呢。”

可徐照影只想好好吃一顿饭，不想闻满屋子的羊膻味儿。怎奈孟天天和程嘉友都没意见，她也只得随大流了。

楚惊鸿是个出色的生意人，“牧民家”从早上一直红火到晚上。看来楚惊鸿早就打过电话了，大堂经理预备了一个雅间，还是上次楚惊鸿录节目的那间。徐照影那日虽然喝多了，但她却记得自己当时的壮举，现在想起来，真是一个头两个大，但也只能硬着头皮坐进去了。

坐了不到五分钟，烧烤便一连串上了桌，速度很快。

楚惊鸿招呼着众人：“大家辛苦了，这顿好好吃。“

孟天天拿起羊肉串，说道：“楚大老板，那我可就不客气了。”

孟天天毫不客气，程嘉友也不动声色。只有徐照影像个傻子一样杵在那儿。孟天天用胳膊肘碰了碰徐照影：“快吃啊。”

“徐院长不吃羊肉，一会儿有小灶。”

还没等徐照影说话，楚惊鸿就帮着回答了。孟天天拍拍脑门，说道：“我吃得太高兴，竟然忘记了。楚大老板可以啊，挺上心的。”

说话间，徐照影的小灶就端上来了，是烤蔬菜和一小份的砂锅面片，热腾腾的砂锅里飘着色泽亮丽的番茄片，看上去便很有食欲。徐照影饿了，也不推脱，便闷着头大口大口吃了起来。

程嘉友只默默地为徐照影倒了一杯水，递到她面前。徐照影笑着说了声谢谢。程嘉友掏出手机，打开相册，给徐照影翻看着照片说道："这是前两天我给皮皮拍的，好看吧？"

徐照影只看了两张，手机便被孟天天抢了过去。

"没想到这小东西还挺上镜的，下一次我策划一期宠物和男士的专题吧，把全市热爱动物的男士召集起来做个宣传。哎？我忽然想起来了，楚大老板，你这名字我好像在哪儿见过。"

楚惊鸿眨着眼睛，使劲儿地回想自己和孟天天的交集。

孟天天又拍了拍脑门，说道："哦，对了，在弃养声明上看见的。"她见楚惊鸿一头雾水，便又解释道："我是上海动物保护联盟的志愿者。你是不是……弃养过小动物？"

徐照影知道，孟天天就是个泼辣性子，看不惯的事绝不拖到第二天，这话里话外刺激着呢。

楚惊鸿略显尴尬，随即却哈哈大笑起来："孟主编身兼数职，这么忙竟然还能记住我这种无名小辈。"

"并不是我想记住你，而是偌大的上海，签弃养声明的可没几个，这好事不出门，坏事传千里，偏偏这弃养的人我脑袋里都记下来了。"

"我这也是……迫不得已，总之，还是要感谢程经理和徐院长，如果没有程经理，我和皮皮还处在困境里。程经理，我得敬你一杯酒。"话音刚落，楚惊鸿便满了一杯递到程嘉友的面前："我干了，你随意。"

楚惊鸿仰头干了一杯，程嘉友也不说话，只是放在唇边碰了碰便放下了："楚老板请见谅，我今天开了车，不能喝酒。"

楚惊鸿"呵呵"地笑着，也不太计较，便招呼诸位吃饭，忙前忙后，生怕孟天天再把话题引到皮皮身上。

楚惊鸿边给孟天天满酒，边小心地问道："孟总编，我们这一期的杂志排到几月份了？"

孟天天啃着鸡爪子，漫不经心地说道："我这儿排到什么时候还说不准呢。别人可都是玩票性质，楚老板倒是挺在乎这码事的。"

"我不过一个生意人，能上咱们的时尚杂志，觉得脸上特有光。这不，也多一次宣传'牧民家'的机会嘛。"

"具体的日期再说吧，楚老板，你这可有弃养小动物的前科，说到底是个不大不小的黑点。虽然平常人觉得不过是不养一个小动物罢了，但是这可是责任心的问题。你们做生意做企业的，不就在一个责任心吗？别的企业家还救助小动物呢，到你这儿直接弃养了。如果你上了杂志，这事儿又让别有用心的人捅出来，你还要不要社会影响力了？"

孟天天说得头头是道，楚惊鸿可着急了，他不由坐到了孟天天的身边："别啊，孟主编，我虽然签了弃养声明，但没让那小家伙受一点儿苦，我只是个怕长毛动物的可怜男人。做慈善我可不比别人少，关爱老人，体贴环卫工人，社会捐助，我一点儿没落下。"

孟天天只是敷衍着，不愿给楚惊鸿准确的答复。不一会儿，孟天天、程嘉友和徐照影便凑在一起，讨论起上海动物保护联盟的事儿。几个人谈得很开心，楚惊鸿却插不进话，只得怏怏坐在一边。这顿饭吃完已经是晚上十点了。只要忽略了楚惊鸿，这霸王餐吃得还是挺尽兴的。

"照影，我先送你回家吧。"程嘉友打开了副驾驶的车门对徐照影说道。

"我自己走就行，你和孟天天顺路，还是你们先走吧。"

"这么晚了，你一个女孩子在外面我不放心，况且也不远，我送完你，再和天天一起回去。"

“程经理何必那么麻烦，我送徐院长回去就行了，我俩不仅住在一个小区，还住在一个单元，我是最合适的护花使者了。”刚才在店里告过别的楚惊鸿，又从店里奔了出来。

虽然已经是十点多，但“牧民家”还陆陆续续有进入的食客，程嘉友笑道：“你不看店了？”

“我的店多了去了，哪能都照看过来，有经理在，我不来也没事。你们快回去休息吧，我保证把徐院长安全送到家。”

说话间，徐照影已经被楚惊鸿拽着走出去好远了。

程嘉友开着车追了上来，他摇下车窗对徐照影说：“还是我送你吧。”

“你们快走吧，几步路就到了。”徐照影不愿麻烦程嘉友。

虽然程嘉友有一百二十个不放心，但既然徐照影这么说，他还是随她去了。

徐照影个子小力气小，在楚惊鸿身边就是一只拴住腿的小鸟。直到走出去很远，徐照影才走稳了，她厌恶地甩开楚惊鸿的束缚。

“你这个人真是奇怪，我跟你又不熟，你总是一副好朋友的样子，我心里怪怪的。”

“你不把我当朋友，但我楚惊鸿够哥们，一直把你当朋友。”楚惊鸿耸耸肩说道。

内蒙男人都是这样？徐照影没接触过其他的，只这一个，内蒙男人的形象便在她心里大打折扣，粗俗不够细腻，自以为是又过分骄傲，那盲目的自信和夸张的热情，让人觉得脑袋里是不是少一根筋。

徐照影深呼吸了几口，努力让自己平静下来。她不知道是怎么了，其实楚惊鸿也没惹她，可她就是看楚惊鸿不顺眼，可能，就是之前积下的宿怨吧，量变引起质变，现在对楚惊鸿是无法改观了。

这大马路上人少车也少，走在马路牙子上，尽是二人的脚步声。楚惊鸿轻咳了两声，却用胳膊碰了碰徐照影的肩膀，然后凑过去有些踌躇地说道："那个……你能在孟大主编那里帮我……美言几句吗？"

徐照影瞥了一眼楚惊鸿，说道："美言有用的话，大家都说漂亮话就成了。"

"真的……没救了？"

徐照影看着路灯下自己的影子，喃喃说道："大男人，心里敞敞亮亮的好，既然孟天天都说出那些话了，你自己也该心知肚明，印象分这东西其实很重要的。"

楚惊鸿只是挠挠头，重重"哎"了一声，自言自语道："罢了，罢了。"

看上去楚惊鸿有些许遗憾，但并没有多大的懊悔。人烟稀少的马路上，空气凛冽凉人，徐照影喃喃自语道："有些东西是你的就是你的，不是你的强求也没有用。"

"这我当然知道，只不过想着能上封面，就把杂志邮回老家给我妈看看也好，省得她一直说我浪荡没出息。"

徐照影没有搭腔，只是用余光不经意地打量着楚惊鸿，他说那话的时候，她的心头闪过一丝酸涩，这种感觉好熟悉，是她已经快要忘掉的不愿提及的感觉。

所幸路程并不是很远，他们只走了十几分钟，便到了小区门口。两人一前一后进了电梯，徐照影照例先到，可徐照影刚走出电梯，楚惊鸿便跟了出来。

徐照影警惕地问他："还有什么事？"

楚惊鸿憨笑了一声："倒是也没什么要紧的，就是想问问你上次送我的那罐酱是从哪儿买的？我那一瓶酱都快见底了。"

徐照影有些许吃惊地问："这才几天啊？你当主食吃呢？"

"当然不是，我那天回家下羊肉面，顺便放了一点儿酱，没想到这两样东西配起来味道绝了！于是我就在店里的羊肉面里试着放了点儿，没想到回头客太多，可我这酱只有一瓶，每天只能限量供应五碗，你告诉我是从哪儿买的，或者你那儿还有没有，我可不可以……再买几瓶救救急。”

楚惊鸿一脸的谄笑，但徐照影只能无奈地摊手，她说：“不好意思，有是有，不过只有一罐了，我还要吃呢。你买是买不来的，因为这是我爸做的。”

徐照影说完便闪进了门里，她趴在猫眼上看了半天，看见楚惊鸿怏怏地离开，进了电梯，她才放心地洗漱上了床。

她刚躺在床上十分钟，便接到了程嘉友的电话。

“安全到家了？”

“嗯。”

听到她肯定的答复，程嘉友那边好似舒了一口气。

“那个男人五大三粗又没涵养，我生怕他欺负你，所以一直在不远的地方跟着，没敢走远。”

徐照影心里“咯噔”一下，没想到程嘉友会这么做，心里暖暖的，又觉得有些过意不去。

“没关系的，他又不会吃了我，不是让你送孟天天先回吗？”

“我让她开我的车先走了。”

徐照影心里又是“咯噔”一下，她问：“那你呢？”

“我在你家小区外刚打了车，半个小时后也就回去了。”

程嘉友并没有说假话，电话里，徐照影听到程嘉友跟司机报了目的地。

“嘉友，以后不用这样做，我这么大的人了，知道如何保护自己。而且，我这个人最怕成为别人的麻烦。”

电话里的程嘉友只是温煦地笑着说：“你在我眼里不是什么徐院长，只是个女孩子。你也不是别人的麻烦，而是我乐意帮助的对象。”

徐照影摸了摸脸颊，有些滚烫，她还是说道：“下次真的不用了。”

“我保证没有下次，下次不管你愿不愿意，我都要亲自送你回家。”

徐照影只是对着电话呵呵地傻笑，她和程嘉友自从捅破了窗户纸，好像就变得没什么可说的了，虽然程嘉友还是原来那个平易近人、好相处的男人。

“照影，我有话想问，但是又怕你不高兴。”

程嘉友可是很少这么吞吞吐吐，徐照影回道：“你直说。”

“我今天其实心里有些失落，我竟然不知道你还有忌口的东西，那个楚惊鸿都比我知道得多。”

“嘉友，我们毕竟相处有限，相互了解需要时间，这谈不上失不失落。”

程嘉友少许沉默，之后说道：“我今天忽然萌生了一个念头，那就是搬到和你一个小区住，这样能多些照料和相处的机会。”

“别！别……真不用。”

“你讨厌我？”

“呃……当然不是。”徐照影笑着说道，“是因为这个小区我住得不大舒服，所以估计很快也要搬走了，你不用这么大费周折。”

程嘉友对徐照影的关心足足有二十几分钟，与其说是关心，倒不如说是担心。他担心的是楚惊鸿，楚惊鸿就像是飞进程嘉友眼睑里的小飞虫，无法忽视。

挂了电话后，徐照影很快便进入了梦乡，很久没有男人这么关注她，忽然来了这么一个，又是自己喜欢的，但估计是自己老了的缘故，心里既欢喜又感觉有点儿累。徐照影关机之前，瞧见微信里有加好友的请求信息，名字起得很梦幻，叫“芳菲的草”。一看头像竟然是楚惊鸿，她赶忙关了机，早睡，才能早解脱。

第二天，徐照影特意起了个大早，就是想要避开楚惊鸿。但很不幸，她在路上的公交站牌旁，老远就瞧见了穿着大红棉袄的楚惊鸿。显然楚惊鸿是在等她，楚惊鸿有力地挥舞着胳膊和徐照影打招呼，脸上洋溢着喜悦。徐照影翻了个白眼，真搞不懂，他有什么好喜悦的。

“这么巧，咱们又碰上了。”

徐照影不说话。

“你说以前不认识的时候，是一面都遇不上，现在认识了，天天都能偶遇，这是不是就是俗称的‘缘分’？”

徐照影依然不说话。

“我等了你一个晚上，你都不加我微信好友。”

徐照影呆若木鸡。

“你能说句话吗？我跟个话痨儿似的，你怎么像块木头。”

徐照影这次终于有反应了，她“哼”了一声，问道：“你想让我说什么？”

楚惊鸿“嘿嘿”笑了笑，说道：“说说咱爸住哪儿，我想去看看咱爸。”

徐照影打了个哆嗦，往后退了几步，和楚惊鸿隔开几米的距离，她“啧啧”两声，随即说道：“楚老板啊楚老板，你能不能有点儿节操？哪有为了一瓶酱就随便认爹的。”

徐照影话说得不好听，但楚惊鸿并不生气，他依旧“嘿嘿”地笑着说：“你帮过我那么多次，在我眼里就是朋友，朋友的爹就是我的爹，就是这么简单，你想那么复杂干什么？搞得好像我对你图谋不轨似的。”

“你这明摆着就是要图谋不轨，为了一瓶酱图谋不轨。”

徐照影走得快，楚惊鸿小跑了几步，双手挽着徐照影的胳膊，黏黏糊糊地说道：“你看你说得多难听。”

徐照影不仅打哆嗦，还头皮发麻。楚惊鸿粗犷的声音里透出撒娇一般的语态，实在让人接受不了。

“你快放开我，这大马路上你就拉拉扯扯，难看死了。”

“那你给咱爹打个电话，我想这周日拜访拜访他老人家，老人家炸酱的手艺这么好，可不能枉费了，我跟他好好切磋切磋呢。”

楚惊鸿一直纠缠到医院门口，医院的护士门卫都看见他们的徐院长在和一个人高马大的男人拉扯来拉扯去，一时摸不着头脑。他们站在门边讨论，这到底是难缠的医闹，还是他们徐院长的狂热追求者。

站在门外的徐照影看着医院其他人的指指点点，早就气得牙根发紧。

“楚惊鸿，我告诉你，你这辈子都别想和我爸见面。”

楚惊鸿一怔，他问道：“为什么呀？“

“因为我早就和他断绝关系了。”

楚惊鸿手上一松，徐照影便从他的掌心溜走了。看着徐照影三步并作两步小跑进了医院大门，楚惊鸿才摸着自己下巴上的细碎胡茬，失魂落魄地说了一句：“不会这么惨吧……”

徐照影若不是看见程嘉友一早速递来的鲜花，今天早上的心情算是又白搭了。昨天糊弄程嘉友的话，今天徐照影竟认真考虑起来。她或许真应该搬家了，搬了家，耳根才能清静些，离这个阴魂不散的人远些，她的生活才能继续美好起来。

好在繁忙的工作充斥了她的大脑，忙碌可以让她忘记不快，就这么浑浑噩噩地过了好几天，楚惊鸿倒是也没来找她，想必她说的话太绝，楚惊鸿也不好再纠缠。

过了几天清静日子的徐照影，冷不丁在某一天的黄昏时，见到了程嘉友还有皮皮。

“程经理一向很忙的，怎么今天有空过来？”

程嘉友有些无奈：“是很忙，最近行里有开门红的任务，整天忙得脚不着地，但皮皮好像生病了，我观察了几天，发现并没有好转，趁着今天不用加班，赶忙带过来给你看看。”

程嘉友一进门，徐照影便发现皮皮有些蔫儿。她赶忙做了下检查，发现皮皮并没有什么毛病。

“它平时在家也这样？”

程嘉友面露愧色地说：“其实这都怪我没时间陪皮皮，忙的时候中午也回不了家，下班回来急匆匆带它下楼大小便，也就玩个十几分钟就又上楼了，晚上我还要填写报表。等我忙完，皮皮已经睡着了。”

听程嘉友说完，徐照影也了解了个大概，恐怕皮皮是在家憋的，狗天性活泼，像六七岁的孩子。一直拴在家里，论谁都会忧郁的。

“先把皮皮放到我家几天吧，等你忙完了，有空陪它了再接回去。我时间弹性大，照顾它也方便些。”

程嘉友抿着唇，窘迫地笑了笑说道：“皮皮这样到处辗转，心里一定很难过吧？”

“被遗弃的动物，内心是有创伤的，它们有情感，不是没心没肺的傻瓜，待它和你之间建立了信任，承认你是它的家人之后，很快就会好起来。”

徐照影方才说完，门卫大哥便一溜小跑着来到她跟前，面色有些紧张汇报道：“院长，那个家伙又来了！”

见门卫这等表情，徐照影有些摸不着头脑，她朝门口望去，果然，来了个她不愿看见的人。

楚惊鸿捧着一大束百合花招摇地闯进门来，他一眼就瞧见了徐照影，于是大步流星而又旁若无人地朝她走去。

“徐院长，这是送你的。”

楚惊鸿嗓音洪亮，那束鲜花太扎眼，被楚惊鸿直直地递到徐照影面前。

“红彤彤的玫瑰代表了我热辣辣的心，香水百合象征着徐院长的高贵……”

徐照影打断了楚惊鸿，她问道：“你到底想要表达什么？”

楚惊鸿贱兮兮地朝徐照影眨了眨眼睛回道：“你懂的，还用我说吗？”

徐照影耸了两下肩，才把一身的鸡皮疙瘩收下去。这花是楚惊鸿塞到她怀里去的。花香四溢，徐照影皱着眉头把花放到了前台，一言不发。

虽然在下属的眼里，徐照影是个精明能干而又富有魅力的女人，但这么热情奔放的追求者上门，依然让下属们瞠目结舌，毕竟，千年的铁树要开花了，一开还是好几朵。此时医院里没有要接待的客户，时间凝结住，大家的目光都聚在他们二人身上。

尴尬的氛围中，是几声“哼哼唧唧”的狗叫声救了场。这沉默被打破，伴随着楚惊鸿的失魂落魄。

“救命！”

话音未落，楚惊鸿就闪电般地躲在了徐照影的身后。皮皮早就从诊疗室里冲了出来，三步一蹦两步一颠儿地来到了楚惊鸿的脚下。于是你追我逃的戏码又开始了。

徐照影揉揉酸痛的太阳穴，语气凌厉道：“别踩我新买的沙发，好几万呢！”

“可是我怕。”

楚惊鸿的声音里满是颤抖，但皮皮依然摇着尾巴求抱抱，满眼放着光芒与欢喜，等待着楚惊鸿从沙发上下来，和它一起玩。

“楚先生，冒昧地问您一句，您来这儿到底是干什么的？难不成是上门找刺激？”程嘉友看不下去了，开口问道。

听程嘉友这么一说，楚惊鸿有些面上挂不住。他鼓足勇气，深吸两口气，在心中念了三遍“阿弥陀佛”，踮着脚尖从沙发上站起，皮皮越发兴奋了，不住挠着楚惊鸿的裤脚。

“有些话说出来就没有美感和意境了，鲜花赠美人，是人都能看出来我什么意思。”

程嘉友倒是平静，他说：“楚老板好大喜功，就算是送个花也要弄得人尽皆知，鸡飞狗跳。”

楚惊鸿听出不少的敌意，倒也不恼，他回道：“我做事一向光明磊落，所以做什么都能放在太阳下面晒一晒。”

程嘉友和楚惊鸿一交手，便知对方并不是什么善茬，也无心和他争个高低。虽然还有几句话憋在肚子里，但公司来了电话，扰乱了他的思绪。

“照影，我得先走了，去行里开检视会，那皮皮……”

“你放心去吧，我和皮皮玩两天。”

直到程嘉友出了门，楚惊鸿才面露怯色地说：“徐院长，咱们能把小狗栓起来一会儿吗？我这身上又开始痒痒了，不信你瞧，都起疹子了。”

说话间，那粗壮的胳膊便支到了徐照影的面前，力证自己没有说谎。

徐照影一眼都不想多看，起不起疹子跟她没多大关系，她打落了楚惊鸿的手，毫不客气地说道：“嘉友说得对，你就是来这儿找刺激的。我这个地方都是以小动物为主，人的需求要往后靠。你受不了就不要一个劲儿地往这儿跑。”

“这样才能显示出我的一片赤诚啊。”

楚惊鸿是个没正形的人，徐照影没法子，她说道：“你什么心思我都明白，可话我已经说清楚了，想要配方没可能，这事我搞不定的，就算我能搞定，也没理由帮你。我还有三台手术要做，您请便吧。”

徐照影就这样消失在处置室的门后。楚惊鸿托着腮站在前台，盯着那扇门看了许久，喃喃地问着前台小护士：“你们院长真是冷酷无情。有没有什么方法可以让她这座冰山融化？”

楚惊鸿问得认真，可是小护士却躲得远远的不想回答，对于在他们医院已经挂上名儿的人来说，还是少接触为妙。

徐照影做完手术，外面天色已晚。因为临近年关，她早早给一些远路的同事放了假。如今人手不够，有些手术还得她亲自上阵了。虽然都是小手术，但徐照影连轴做了几台，此刻已有些体力不支。

徐照影牵着皮皮走出了医院，快要立春了，天气已转暖，虽然依旧风声瑟瑟，但已不似先前那般刺骨。皮皮哼哼唧唧，一副精神萎靡的样子。徐照影叹了一口气，把它抱了起来。皮皮一头扎进她的胳肢窝里，有些委屈，有些低落。

上海虽好，却时常透着凉意，徐照影想，这凉意大概还是从心底而来吧。说到底，徐照影是个寂寞的人，她不太喜欢社交活动，常常一个人在家里待一天，睡觉、看书，沉浸在自己的世界，时间久了，就算在最亲近的孟天天面前，也会有一丝丝的疏离感。

走了十几分钟后，原本安静的皮皮猛地抬起了头。它“哼唧”了一声，四肢不断地扑腾着。徐照影没有心理准备，皮皮从她怀里挣脱摔到了地上。踉跄地从地上爬起便向公交车站冲去。

徐照影不知道发生了什么，只得叹了口气紧紧地跟过去。在距离车站五米远的地方，徐照影放慢了脚步。的确，皮皮也只有见到他才有这种反应。一如既往的滑稽。皮皮前脚搭在楚惊鸿的鞋面上，吐着舌头摇着尾巴，而楚惊鸿踮着脚尖，抱着站牌，憋得满脸通红。

“这次没喊救命，有进步。”徐照影饶有兴致地看着，却不搭以援手。

“为了取悦你，我不仅需要勇气，还需要代价。”楚惊鸿尽量不去看皮皮，想要给徐照影一个轻松诙谐的笑容，但勉力一笑，发现有些难。

徐照影重新把皮皮抱在怀里，她边弹着皮皮的脑门边说道：“你说你是不是脑子坏了？谁不待见你，谁喜欢你都分不清，狗生短暂，且活且珍惜啊。”

楚惊鸿也不说话，只是跟在徐照影身后，隔着两三米的距离。

“你小时候一定是个心想事成的孩子。”

冷冷的空气里，徐照影的话轻飘飘地进了楚惊鸿的耳朵里。楚惊鸿快走两步迎头赶上，他问道：“这话怎么讲？”

“你最擅长的就是磨人，想要得到什么就死缠烂打，最后把人的意志都磨光了，就得到你想要的了。”

楚惊鸿竟有些害臊，却只得呵呵一笑：“你就直说我不要脸呗。”

“我倒是想说啊，可你人高马壮的，万一生气了打我一拳，我岂不是自讨苦吃。”

“怎么会呢？我想讨好你都来不及。”

在徐照影怀里的皮皮依然不够老实，探着头给楚惊鸿献殷勤，眼睛里都大闪光芒。

“你说你到底是图什么？一罐酱而已，何必让自己每天难堪。”

见徐照影搭了腔，楚惊鸿又打开了话匣子：“那不是一罐酱，那是白花花的银子票子啊。这两天一直有回头客想要吃羊肉面，为了保证前后口感统一，我没法子只得把羊肉面下架了。”

“真是见钱眼开。”

“挣钱是有快感的，徐院长也是生意人，这种感觉，你明白的。”

楚惊鸿说得意味深长。徐照影可不大爱听，她说：“我没有你那么强的挣钱欲望。”

“徐院长，您考虑考虑，就是一罐酱而已，独乐不如众乐，我会支付费用的。”

徐照影哼笑了一声：“你赚钱很容易的，所以这看不出你任何的诚意。”

“那您说想要什么？拼了老命我也要办到。”

“收养皮皮，你能做到？”

面对徐照影挑衅的目光，楚惊鸿却一句话都说不出来，能说什么呀？这就是他楚惊鸿的软肋。

徐照影率先进了小区大门，楚惊鸿没有跟过来。

这年味是越来越浓了，小区里安放了很多不同造型的彩灯，物业还在加班加点装扮小区，离除夕也就是不到两个礼拜的时间。自徐照影大学出国之后，就没怎么过春节了，今年依然如此。

皮皮爱玩滑梯，在医院里憋了整整一天，现在上蹿下跳好不快活。还好皮皮是小狗，活动量也小，没一会儿就玩累了。

徐照影牵着玩累的皮皮进了单元门，才瞧见楚惊鸿跟了过来。

“徐院长，我经过深思熟虑，决定再和小狗相处试试。”

楚惊鸿的眼神坚定，见徐照影这般不信任，他不由重重点了点头，好似是给自己鼓劲儿，又好似是让徐照影相信他。

徐照影轻蔑地笑了笑，她说：“你的深思熟虑，在我看来还是过于草率。就算你愿意，我也不敢，这鲜活的生命万一陨落在你的手上，可如何是好？”她打落楚惊鸿卡在电梯门上的手，在电梯关阖之际，给了楚惊鸿一个白眼。

就算是成功的商人又能怎样呢？不过是个唯利是图，没有原则，胡乱来的人罢了。如果楚惊鸿坚定地拒绝收养皮皮，说不定徐照影还能多高看他几眼，事实证明，这样的高看对于楚惊鸿来说是不合适的。

徐照影洗过澡便上床睡觉了，皮皮在床边的脚垫上打着呼噜。她能感觉到楚惊鸿离开皮皮视线之后，皮皮的落寞与难过。可这又能怎样呢？徐照影给皮皮的肚子上盖了一块枕巾，现在的皮皮好似一个小姑娘，喜欢上一个不喜欢自己的人，伤心失落都是其次的东西了。

徐照影早上一睁眼，便瞧见了程嘉友发来的微信：一起晨练。她看了看微信发送的时间，是五点半。现在是六点了，看来程嘉友又等了她至少半个小时。

徐照影所在的小区附近，有一处全市最大的开放式公园，公园里专门设置了跑道，很多附近的居民都有来这儿晨练的习惯。

徐照影左手拉着皮皮，右手牵着程嘉友，这个晨练有点儿累。

“原来完美的程经理也有弱点，竟然运动神经不协调。”

程嘉友弯着腰喘着粗气，他上气不接下气地说：“你想不到的，我高中的时候还是校长跑队队员，工作这么多年，身材不紧致了，线条早就没了，如今只热个身便气喘吁吁。”

徐照影是知道的，最近的程嘉友被业绩压得喘不过气来，今天不过起得早一些，来和她见见面罢了。

最终晨练变成了散步，晨光洒在肩头，倒是很惬意。

“最近真是很抱歉，只能抽出这么一点时间来看你和皮皮。”

“这有什么抱不抱歉的，你想得太多了。”

程嘉友摇摇头笑着回答道：“就算是最一般的朋友，感情也是需要维系的，何况对我来说，你又不是一般的朋友。”

徐照影脸颊通红，慌忙把头撇了过去，自己早就不是小姑娘了。听到一两句特别的话就脸红脖子粗，想想自己的样子挺丢人的。

走神的徐照影没注意皮皮已经奔了出去，突如其来的冲力让她一个踉跄险些栽倒。若不是有牵引绳，皮皮估计此刻又扑到楚惊鸿的脚下了，以至于此刻楚惊鸿还能表现得洒脱自如。

“呦，真是好巧，碰上了。”

是不是恰巧碰上，楚惊鸿心里清楚得很。虽然是冬天，但楚惊鸿穿着短袖，锻炼了一早上，早就大汗淋漓了。他用手扇着风，有意无意展示着自己充满肌肉的臂膀。在他面前，程嘉友太没身材了，瘦了吧唧，惨白到没有一点儿健康色。

“你不去健身房，跑这儿干吗？”徐照影有点儿嫌弃。

“我买这个小区的房子，有一半是为了这个大广场，前两天雾霾我才去健身房的。徐院长，下次跑步叫上我，你看你把程经理都累成什么样了，人家今天还怎么工作？”

说者无意，听者有心。程嘉友不悦地说道：“累倒是不至于，只是许久没活动筋骨了，改天我和楚老板好好比试比试，毕竟年轻的时候也是拿过第一第二的。”

楚惊鸿“噗嗤”一声笑了，他说：“年轻的时候？有多年轻，小学还是幼儿园？”话罢，他却拍了拍程嘉友的肩膀继续说道：“我就是这么没正形，开个玩笑，程经理别生气。”

程嘉友善言但不喜欢争辩，即便这话听得不够舒服，但他也是无奈地耸耸肩而已。可楚惊鸿是个没有眼力见的，依然自顾自地说着：“咱们择日不如撞日，就今天比试比试呗，上次上海半马，我名次很靠前的。”他看了看四周：“就从这儿开始，绕着这个湖跑两圈，看看谁快。”

“行了，楚老板，你以为谁都像你这么闲？程经理还要赶回银行开晨会呢。”徐照影少不了多瞪了楚惊鸿几眼。有时候瞧不上一个人，就连他说话的样子都嫌弃。

楚惊鸿有点儿轴，他看了看手表说：“这才六点半，绕湖跑两圈，也就八百米，我最多两分钟。”

徐照影皱着眉头对程嘉友说：“你快走吧，别跟他鬼扯了。”

可程嘉友却脱掉了外套，嘴角动了动，不屑地笑道：“楚老板都这么说了，我再走会叫人看不上的。”

两个半大不小的男人撅着屁股做好了起跑姿势，皮皮脱掉了牵引绳，兴奋地在起点左跳右蹦。

徐照影觉得好幼稚，但无奈那两个人都认真起来，她除了配合，别无他法。她无奈地说了一句“开始”。楚惊鸿和程嘉友便奔了出去，后面还跟着奋力追赶的皮皮。

徐照影瞧着他们渐渐远去的身影，却禁不住摇摇头，到底不如十七八岁的少年了，就算是常年注重锻炼的楚惊鸿，跑步的样子看上去也没什么活力，更别提程嘉友了。十七八岁的少年，就算是跑得慢，也由里而外散着挥不去的朝气，朝气这东西，一到社会，很快就没有了，是个奢侈品。

在徐照影看来没有活力而又幼稚的比赛，对于参与的二人来说，却都较真起来。此刻的两个人，齐头并进，血脉喷张，大喘粗气。

“程经理，您最好悠着点儿，别把老命都搭上了。”楚惊鸿的嘴一刻都不得闲。

程嘉友看着表：“现在已经两分钟了，楚老板方才在吹牛吧。”

“我不这么说，你能上钩吗？”

又是一阵沉默，然后是加速，追赶。男人之间的较量是无时无刻的，这一刻丢了范儿，还不知什么时候能捡回来。

因为胜负未定，两圈跑完了两人还没有停下的意思。皮皮跑了半圈就累倒在徐照影的脚下，仰着肚皮吐着舌头。徐照影则坐在休闲椅上放空自己，只觉得那两个人无趣。

“我在追求……徐照影。”

楚惊鸿瞥了瞥和他说话的程嘉友：“干吗……告诉我。”

两个人跑得气喘吁吁，说话成了最费力气的事。

“我想……知道，你是不是对手。”

回眸中，四目相对，随即两双眼睛又目视着前方，他们不约而同地停下了脚步，汗水流淌在脸上，打湿了衣衫。沉默几分钟后，楚惊鸿却“哈哈”笑了几声：“你这么不自信？”

“倒也不是，你是我们行的大客户，我不想因为这件事和你闹得不愉快。”

楚惊鸿擦了擦额上的汗，笑着说：“那咱们今天打个赌吧，再来个八百米，谁输了谁退出。”

程嘉友诧异地说：“这种玩笑开得没有意思。”

楚惊鸿瞟了一眼远处的徐照影，回道：“程经理，咱们之间的这种对话也挺没意思，咱俩是不是对手没有任何意义，她喜欢谁，谁就赢了。没有道理，不需要竞争，毫无公平。”

程嘉友凝视了楚惊鸿几秒，开口说道：“那我知道了，对不起，我错怪你了。你不是徐照影喜欢的类型。”

楚惊鸿也怔了几秒，说道：“那可说不准，女人最善变了。”

楚惊鸿又狂奔起来，程嘉友“哼”了一声，也追了出去。直到两人跑到徐照影身边，已经累得说不出话了。

“你们刚才聊什么呢？”徐照影牵好皮皮，随口问道。

“没聊什么，只是感谢程经理上次给我拍的硬照。”

徐照影看了一眼程嘉友，程嘉友只是点着头附和：“对，就这些。”

晨练终于结束了，程嘉友原本要和徐照影吃个早餐再送她去上班，可因为和楚惊鸿突如其来的较量，时间都搭进去了。虽然有十二分的不乐意，但程嘉友只能离去。

“徐院长，咱吃早点去？”歇息了一会儿的楚惊鸿，此刻精神大好。

“你吃你的，我吃我的，别往一起凑。”

楚惊鸿说道："您今天心情不好，我先走了，晚点儿再见。"

招人烦的楚惊鸿终于走了，还好他今天没有提酱的事，否则徐照影又该头疼了。徐照影回去洗了个澡，随便吃了点儿面包，给皮皮喂了些牛奶。

临近年关，医院里最近也冷清了不少。同事们都分批回家了，除了一两个本地值班的人，也就剩下徐照影坚守了。最近患病的小动物并不多，她也不是很累。上班的时候也多是看书做研究。偶尔还能早一会儿下班。或许加班成了一种习惯，即使可以早早结束，她也要再多干个一两个小时再走。今天准备下班的时候，外面的天色又已经晚了。

徐照影照常去寄养区找皮皮，却瞧见趴在一旁的楚惊鸿。大厅里只有保安一人。

"他什么时候来的？"

"也就是半个小时。"

"一来了就在那儿了？"

"是的。"

徐照影又返回了寄养区，她并没有进去，站在玻璃门外，瞧着里面的楚惊鸿。楚惊鸿手里拿着一块手绢，他扯着一端，皮皮在笼子里扯着另一端。皮皮异常兴奋，尾巴像条小皮鞭不停地甩来甩去。这样的撕咬游戏是狗狗最爱的。楚惊鸿有些小心翼翼，嘴角时不时浮上一丝笑容。

徐照影推开门，轻咳了一声，楚惊鸿从地上站起来。

"你怎么又来了？"

"给你带点儿夜宵，本来想送完吃的就走，没想到和它玩了一会儿就忘记了时间，我这就走。"识趣的楚惊鸿披上外套便出了门。

徐照影见楚惊鸿走远了，才拿起他送的吃的。都是肉，满满当当的一餐盒。徐照影不爱吃肉，尤其是晚上，所以临走前，她把夜宵给了下半夜值班的保安。

“徐院长，这里面还有一封信。”

保安追出来，递给徐照影一个东西。确实是信件，信封上面还有楚惊鸿亲笔写的：徐院长亲启。

徐照影把信封随便揣进外衣口袋里，也不知道他在搞什么幺蛾子。她的手机在包里震动着，是程嘉友打来的。

“回家了没有？”

“正在回去的路上。”

“照影，我原本打算下个星期把皮皮接回家，但现在看来有些难度，单位临时安排出差。”

徐照影看了看跟随在脚边的皮皮，说道：“那你去吧。”

“我还要告诉你一个好消息，上次你买的‘资金托管计划 1 号’，涨幅在年化收益百分之十，等我回来，你一定要谢谢我。”

徐照影脑袋里飞速地算了算，这份理财年前就要到期了，收益大概好几万。不过投了几个月的时间，竟能有这样的收益，她以前可从来没有想过。

“等拿到钱，程经理想要什么奖赏，只要我能办到，都可以提。”

挂了电话，徐照影的心情不由地好了起来。钱这个东西，真是奇怪，她不喜欢不看重，却能让她心情好起来。所以，当找不到人生目标的时候，赚钱是个不错的选择。

徐照影回了家，吃了酱拌面糊口，皮皮睡在脚下，她上床了才想起那个信封。徐照影从口袋里拿出信封拆开，竟然是一封保证书。

楚惊鸿字迹工整，这封保证书没有一个错别字，看来是誊抄过的。有理有据，要点清晰。归结起来，就是希望徐照影给他一个改过自新的机会，希望重新和皮皮相处试试。保证书写得很诚恳，但徐照影还是揉了揉扔进了废纸篓里。

为什么要给他机会呢？还是不要给自己找麻烦了。

徐照影打开手机翻看朋友圈，很多朋友已经开启了返乡游玩模式，朋友圈里满是祖国大好河山的照片，或者是愉悦欢乐的小视频。大家包围在过年的氛围中，倒让徐照影有了一丝孤独感。

微信的提示音响了两声，是“芳菲的草”发来的。徐照影点开看，竟然是两个账号。还没等徐照影看明白，楚惊鸿的电话便打来了。

“徐院长，您看到我发的消息了吗？”楚惊鸿笑嘻嘻而又小心翼翼地问。

“你发的那是什么鬼东西，我看不懂。”

“我在家里装了摄像头，您点一下那个链接就能下载一个软件，第一个账号是登陆软件的账号，密码是八个‘8’。第二个是我在直播网站上的账号，您可以关注一下。”

徐照影揉了揉太阳穴，说道：“你搞这么多复杂的东西干什么？”

“让您时刻监督我，您不是不放心我和皮皮在一起吗？休息时间登陆监控软件，白天上我的直播号，全方位随时随地恭候您的检阅。想什么时候看什么时候看，当作休闲娱乐看也未尝不可。”

“你真是闲得无聊，不要再骚扰我了，再这么胡搅蛮缠，信不信我报警？”

电话那端火速的挂断，徐照影耳边立刻清静了。楚惊鸿看来是真闲，哪儿来那么多的想法和主意。

徐照影临睡前做的最后一件事便是查看邮件，这一看不要紧，她的心脏差点儿漏了半拍。

是师范大学的郑教授给她的讯息：亲爱的影，前些时日下乡调研，收集了一些新的样本。如果有空，希望你能来参与实验，或许能找到你想要的东西。

天呐，这个古板的郑教授，这么重要的事还只刻板地发邮件通知，差点儿就错过了。徐照影一直在从事动物传染病学方面的研究，而郑教授是国内这方面的翘楚。徐照影看了看邮件的时间，竟然过去了三天，截止日期在明日。徐照影迅速地回复了邮件，之后便安排工作，待一切安排妥当，已经是夜里三点了。徐照影现在只有一件事放心不下，那就是皮皮。皮皮当然可以去宠物医院，但是那样的话，皮皮会一直关在寄养区，程嘉友去了外地，孟天天是个比她都要忙的人。

徐照影做了一番思想斗争，又思前想后做了权衡，迫不得已只能用下下策了。这个人再三做了保证，这阵子接触下来，他看上去不是那么坏。既然楚惊鸿这么有诚意，那就给他一个机会试试吧。

第四章

倒贴不要钱

楚惊鸿睡眼惺忪地打开房门准备晨练时，却被门口的徐照影吓得心脏骤跳。徐照影穿着睡衣，见到楚惊鸿，便开门见山地说道：“摄像头放哪儿了？”

楚惊鸿听闻才回过神来，嘴角笑地咧到了耳岔子边，他说道：“全面接受徐院长的检查。”

楚惊鸿装了三个摄像头，客厅、卧室、餐厅，都装在最高处，三百六十度旋转，没有死角。

“你装这么多摄像头，就不怕我看了不该看的？”

徐照影边说边打量着四周，她还是第一次来楚惊鸿家中。楚惊鸿的家里很干净很整洁，摆件并不多，仅有的几件工艺品看上去就很上档次，装修风格粗犷充满异域风情，符合他这个人的性格。

“哪有什么不该看的，别污了徐院长的眼睛就好。”

徐照影见他笑得贱兮兮，心里不住地叹气，这种人从头到脚都感觉油腻腻的。可不知道为啥，自己的生活总和他有点儿牵连，而且黏住了就撕不干净了。

“你那直播又是什么鬼东西？”

楚惊鸿愣住了，有些诧异地说：“怎么？徐院长没看过直播？”见徐照影一脸茫然，楚惊鸿打开了话匣子：“我在那个直播平台可是红人，徐院长无聊的时候打开看看，解解闷。以后我上直播会带上皮皮，主要也是为了让徐院长放心。”

徐照影嗤鼻一笑，无聊的时候看这个五大三粗的男人，那她一定是疯了。

“看在你这次这么有诚意的份儿上，我就暂且考察你一下。”

楚惊鸿等的就是这一句，此刻早就笑成了一朵花，他说：“徐院长，把皮皮交给我，你一百二十个放心。”

“跟我来吧。”

楚惊鸿二话不说便随着徐照影去了，徐照影打开房门，皮皮闻到了楚惊鸿的气味，一下子扑了上来。徐照影没有给楚惊鸿躲避的机会，一把捞起皮皮，然后塞到了楚惊鸿的怀中。

“啊！”

“别扔，抱紧了！”

看着楚惊鸿那张有些扭曲的脸，徐照影有些幸灾乐祸。她知道，即便之前楚惊鸿和皮皮单独相处过，但楚惊鸿也没有摸过皮皮，这回直接把狗塞到他怀里，楚惊鸿的心理承受力恐怕已接近极限。

“徐院长，我马上就会起疹子的……”

“你那是心理作用，既然想要证明自己，又怎能只是做做样子？”

楚惊鸿知道自己躲不掉，样子很难看。皮皮依然兴奋如初，它跳起来不住地舔着楚惊鸿的脸颊，楚惊鸿除了向后仰着脖子，别无他法。

“楚老板，要不是我临时有事要离家几天，肯定不会把皮皮丢给你。”

伶牙俐齿的楚惊鸿像块木头一样钉在徐照影面前，一只小狗便让他丧失了对答如流的能力。

“这可是你表现的最佳机会，能不能得到酱的配方，就在此一搏了，可别让我失望。”

楚惊鸿抱着定时炸弹走了，徐照影却并不轻松，她的筹码压得很重，好在有二十四小时的监控，她这才敢把皮皮交付出去，好在皮皮是开心的。

徐照影收拾好东西，便赶往师范大学的实验室。从澳洲毕业后，徐照影并没有放弃研究，特异性疗法是徐照影和郑教授共同研究的课题。他们试图从疫区的样本中找到可以利用的血清，用以攻克新出现的瘟疫。两三年过去了，依然没什么进展，但每年的研究却不能中断。一进入实验室，徐照影便掐掉了通讯设备，如果没有特殊情况，她会在一个星期之后出关。实验室的工作是枯燥、谨慎而又乏味的。但是对于有科研目的的人来说，时间却又过得飞快。

待徐照影和郑教授稍稍可喘口气的时候，看看时间竟然十二点了。

“小徐，咱们歇一歇吧，太拼也不行。”

徐照影摘掉眼镜，也觉得头昏，她回道：“我一进实验室就这样，身体太过透支，也不知道还能坚持多久。”

“我今年七十岁，这个课题参与进来的人，前前后后十多个，可现在只剩下你和我了。”郑教授说得意味深长，花白的发还有少许卷曲，脸颊上也沟壑丛生，布满了岁月的痕迹。见徐照影有些发呆，郑教授敲了敲桌子提醒她：“你在想什么呢？”

徐照影这才回过神，不好意思地笑着说：“郑老师，我很抱歉。对于这个课题，我也打了退堂鼓。到底什么时候有结果，我心里没有一点儿底。”

郑教授也摘掉了眼镜，他说："或许再过一两年，或许再过十几年，或许一直没有结果。这就是科学领域的未知，也是挑战。人这一生，如果太过功利和充满目的性，我们就会变得愈加急躁，把它当作一种信念来做，说不定会坚持得更久。"

郑教授去休息了，徐照影知道郑教授方才的话是安慰她的。他们这个课题组多年都没有结果，这些年申请经费也越来越难，见不到结果，往后的日子更难过。徐照影晃了晃脑袋，想把沉闷都晃出去。

学生已为她和郑教授从食堂打来了饭菜。郑教授年事已高，匆匆吃了几口，就去午休了。徐照影边吃饭边打开手机，虽然宠物医院有值班医生，但徐照影还是有些不放心。

手机刚开机，便有电话打进来，是楚惊鸿的。这世上没有凑巧的事，想必楚惊鸿快把她的手机打爆了才打通的吧。

"皮皮又怎么了？"徐照影开门见山问道。

"它现在身上……屁股上……毛上，都沾了屎，我的老天爷，徐院长，你得救救我！"

楚惊鸿声音颤抖，能听出来，他马上就要崩溃了。

"它拉稀了？"

楚惊鸿"嗯嗯"两声，继续说道："喝了一瓶奶然后就变这样了。"

"蠢货，给你喝冷牛奶试试，你也上吐下泻。"

楚惊鸿叹了叹气："我这不是知道错了吗？徐院长，那我该怎么办啊。它……它的屎都蹭到了我从波斯背回来的地毯上了，我已经完全控制不了它了，我头很痛。"

徐照影呵呵笑了几声："想要我告诉你该怎么办吗？"

"那当然了！"

“吃几片止痛药，头就不疼了。”徐照影说完便挂断了电话，原本以为楚惊鸿还会再打回来，谁知手机竟然安静了。

吃过午饭的徐照影也到休息室休息了，可躺下休息的她却怎么都睡不着。翻来覆去有一刻钟的时间，徐照影还是打开了微信，从楚惊鸿发送给她的链接下载了监控软件。输入账号，还有那一连串俗不可耐的密码之后，监控画面打开了。可徐照影却手一哆嗦，把手机扔在了地上。

画面太过辣眼睛，连带着心脏也超负荷了。楚惊鸿蹲在地上，打着赤膊，光溜溜的。徐照影定了定神，才把手机又捡回来。她觉得自己肯定是疯了，竟然看这种东西。徐照影鼓足勇气又看了一眼，慌乱中撞个不停的心这才平稳下来。光溜溜的楚惊鸿站起来了，穿着短裤，虚惊一场而已，差点儿就误会他是暴露狂了。

还别说，这摄像头的清晰度很高，拍摄的动作很连贯，一点儿都不卡。画面中的楚惊鸿在客厅里，茶几下的地毯上，皮皮正四仰八叉地吐着舌头躺在那儿。地毯上全是撕碎的卫生纸，想必皮皮把做清洁当作是做游戏了吧。徐照影观察了一会儿，楚惊鸿看上去还算平静。收拾完满地的纸屑，便拿着抹布跪在地毯上清理“战场”。皮皮在他身上左扑右抓，甚是快活。

这就叫自讨苦吃没事找事吧？本来照顾小猫小狗就是很艰巨的事情，徐照影就想灭灭楚惊鸿身上的气焰。

就这样看着看着，徐照影便睡着了，直到闹铃响起，徐照影才被惊醒。或许是太累了，这一觉竟然睡得又沉又香甜。她揉了揉惺忪的睡眼，去关闭闹铃的时候才发现监控依然开着。她不经意地扫了一眼监控，不由抿着嘴笑了。

楚惊鸿头顶披着硕大的浴巾坐在床上，怀里抱着皮皮，监控中的皮皮也披着浴巾只露出了两只水汪汪的大眼睛，还不时打个哈欠。生无可恋的楚惊鸿捏着浴巾一角，机械地给皮皮擦着身子，画面安静、美好。如果没看到前面的情景，又有谁知道楚惊鸿经历了什么。

徐照影放心地关掉了监控软件，随即给楚惊鸿发了一条微信：表现不错。正要发送，她却犹豫了，想了三两分钟，还是把编辑好的信息删掉了。如果让楚惊鸿知道自己看了监控，自己的高冷气质会在一分钟之内掉线，以后再面对楚惊鸿可就不好办了。

关掉手机，徐照影又一头扎进了实验室，等再出来的时候，已经是夜里十点。徐照影捶着酸痛的腰身，整个人好像被拆散了一样。本来打算今天回家的，但看看时间，明日还要一早就来，她也就打消了这个念头。徐照影睡得并不好，一晚上脑袋里都还是白日做实验的情形。其实，每次进实验室的工作都差不多，提取样本，分析数据，几百上千次的重复，只为了找到一个可能存在的答案。这个过程和在宠物医院工作没什么差别，她最初的激情正在慢慢被耗尽，她真的不知道自己还可以坚持多久。但，像郑教授这样的老学者依然在坚持，她不敢说放弃，也没有资格说放弃。

学校里的夜很安静，只有偶尔一两声猫叫，然后就是瑟瑟而起的风声。徐照影翻来覆去，睡不着。她索性打开手机想要听听音乐。不出意料，微信、邮件蜂拥而至。有用的、没用的，徐照影按照轻重缓急一一给了回复。原以为楚惊鸿会给她发微信，可惜让她失望了。无意间看到楚惊鸿居然悄无声息地换了微信封面：从头披着浴巾的肌肉男抱着从头披着浴巾的小狗，茫茫然地注视着前方。头像上楚惊鸿还加了一行字——慢慢奇怪起来的人生。虽然画风清奇，但还算和谐。

徐照影知道，楚惊鸿才是皮皮主人的最佳人选，而程嘉友就是退而求其次的选择。有时候，这就是没有道理可言的，皮皮跟着程嘉友有吃有喝，但楚惊鸿一个召唤，甚至不用召唤，只要他站在那里，皮皮的眼里就再也看不到别人。

徐照影想的有些出神，手机里又飞进来一条微信，是语音，程嘉友发来的。

“不知道你睡了没有，想你了……”

她看了看时间，已近凌晨。徐照影迅速地回了微信。三秒钟之后，程嘉友的电话便打进来了。

“怎么还没休息？”

程嘉友的声音温柔而又沉稳，听着他说话，徐照影竟然有了一丝丝的困意。

“我进实验室了，有点儿累，睡不着。”

“是吗？许久没联络，竟然不知你的近况，心里空落落的。”

不管程嘉友说什么，徐照影都会有心动的感觉，他的话好似微风又似一只大手，轻轻拂过她毛躁的心。平日里口若悬河的她，却连这么简单的话语都应接不了。过了一会儿，她才说道：“呃，有件事要告诉你一下，我进实验室没办法照料皮皮，暂时交给楚惊鸿了。”

电话那端有少许沉默，随即程嘉友说道：“跟那样的人一起生活，你不怕皮皮出点儿意外吗？”

“这个问题我考虑过，但他很有诚意，我想给他一个机会，况且皮皮很喜欢他，再试试吧。”徐照影等了许久，都听不到程嘉友的回应，她不免叫了两声他的名字。

“我在，只是现在有些担心。”

徐照影轻笑一声：“有什么好担心的？”

“你好像……很信任楚惊鸿。”

“哪有？”

电话那端程嘉友说道：“你别忘了，我整天和不同的人打交道，读人心术，断人心语。你的朋友圈我无权干涉，但他是个随心所欲的人，没有太多顾虑，我一是担心皮皮，二是担心你。和他接触久了，难免会吃亏。”

“我和他……话不投机半句多，算不上朋友。皮皮那边……既然是我做的决定，我一定全权负责……早些睡吧，我累了。”

电话就这样挂断了，徐照影哪还有睡的心思。原本她还算平静，但皮皮就是系在她心头的小疙瘩，时不时拧一下，让她忘不了。虽然她相信楚惊鸿，但确实也没有把握。徐照影随意刷新着朋友圈，却看见楚惊鸿发的最新消息：没睡的朋友，一起来嗨。消息最后，还加了一条链接。

徐照影真是个又宅又古板的人，她不懂楚惊鸿在搞什么鬼。手指划在链接上，竟然打开了。

手机不大的屏幕上，出现了直播的页面。

天呐，徐照影拍了拍额头，她一定是疯了，明明知道他是个奇葩，却还要看奇葩的表演。

画面中的楚惊鸿，浑身涂着橄榄油，小麦色的皮肤油光铮亮。楚惊鸿是全身出镜，只穿了一条玫红色的三角短裤，骚里骚气的。

“欢迎新来直播间的朋友们，我是‘芳菲的草’，我知道你们都睡不着，所以跟大家分享一下我最近的健身工具，喏，就是这只狗狗杠铃，家里有猫猫狗狗小兔子小刺猬大尾巴狼的，都可以运动起来，现在送给大家一套人畜互动的杠铃健身操……”

画面中的皮皮被托在楚惊鸿的掌心，完全搞不清状况，瞪着眼睛吐着舌头一脸兴奋。楚惊鸿在镜头前摆着健身动作，不时鼓动人们给他点赞送礼物。虽然楚惊鸿看上去一脸淡定，但徐照影看得出来，他还是对皮皮心存芥蒂，否则不会用一块帕子隔在他们之间。

徐照影看了五分钟，只觉得这个世界都疯癫了。在线观看人数竟然有三万人，不时飞出的弹幕上满是对楚惊鸿的崇拜与赞美之语。除此之外，还有不停刷礼物的粉丝，他们好像活在另一个次元。画面里表演的是疯子，画面外观看的是傻子。这个全民娱乐的时代，到底又是谁娱乐了谁？怕是夜太寂寞，人心太过孤单吧。

虽然口中骂着奇葩，徐照影却又看了一会儿，她打着哈欠看了看时间，竟然在这个魔幻的网页上专注了半个小时。楚惊鸿还在卖力地忽悠，皮皮打着瞌睡。虽然徐照影看不惯楚惊鸿的做法，但有一点可以肯定，楚惊鸿摸着皮皮的时候，身上不起疹子了。一切比想象中还要好。她还有什么不放心的？虽然这视频不着边际，但至少可以证明皮皮没有性命之忧。

在实验室的时间过得很快，好像一眨眼就过去了，这次的研究暂时告一段落了。徐照影走出实验楼的时候，才发觉时光飞逝。短短一周，气候变暖和不少，阳光也更温煦了。她喜欢这样安静闲适的时光。徐照影深深吸了几口沾满阳光的新鲜空气，她该好好吃顿大餐，然后舒舒服服泡个澡。

前几天和程嘉友刚联络过，因为程母忽然生病，程嘉友年后才会回到上海。她和孟天天约了一起健身。

“欢迎徐院长出关！欢迎徐院长出关！”

突如其来的广播把徐照影吓得一哆嗦，她循声望去，竟然瞧见一辆挂着横幅的越野车。红色的横幅上赫赫然写着几个大字：热烈欢迎徐院长出关！车头上横着个扩音喇叭，喇叭里还在重复着方才的欢迎语。而车身旁歪歪地站着楚惊鸿，地上趴着吐着舌头的皮皮。

如果不是正值放假，校园里人少，徐照影真想找个地洞钻进去，她受不了这种高调而又哗众取宠的行为。楚惊鸿老远就看见了徐照影，绅士地朝她挥着手。可徐照影的脑海中，全是直播中满身涂着油搔首弄姿的男人。

徐照影打起精神走了过去，第一件事便是关掉喇叭。

“你跑来干什么？”

“恭迎徐院长出关啊！”

“好好好……咱们撤掉横幅赶紧走吧。”

徐照影以最快的速度钻进越野车里，生怕碰到什么熟人。楚惊鸿抱着皮皮上了车，一轰油门，便飞驰而去。

车里放着悠扬的草原歌曲，车外已是张灯结彩，路旁挂着中国结和大红灯笼，街边飘来贺岁的音乐。

“你是怎么知道我在那儿做实验？”

“问呗，只要长了嘴，还怕问不出来？怎么样，徐院长，喜欢我的欢迎仪式吗？”

徐照影斩钉截铁地回答：“不喜欢。”

“别啊，我可是精心准备了，没有功劳也有苦劳，你总得表扬我几句吧。”

徐照影瞥了一眼楚惊鸿，便瞧见他谄媚地笑着，徐照影赶忙目不斜视地说：“你目的性那么强，还要表扬有意思吗？”

楚惊鸿微微笑了笑说：“我是真心实意来恭迎徐院长的，是你治好了我的皮疹，是你治好了我的恐毛症。”

“所以啊，这回扯平了，别再提酱的事，提了我就头疼。”

路遇红灯，楚惊鸿猛踩一脚刹车，险些闯灯，徐照影也险些一头撞在玻璃上。

“我没说酱的事，只是求你带我见见咱爸。”

“那是我爸，别咱爸咱爸的。你说话的方式我很不喜欢。”徐照影把车载音乐的音量关小，义正言辞地说道。

“好好，我的错。那我什么时候有机会见见伯父大人？”

徐照影不耐烦地说：“早和你说了，我和我爸断绝来往了。”

“徐院长，做人不能这么不厚道。”

徐照影不再理他，把帽子盖在脸上，只想安安静静地休息一会儿。刚才，自己就不该上他的车，这两天果真是脑袋发晕了，和他搅在一起准没好事。可徐照影刚闭上眼睛一两分钟，手机就响了。她看到来电显示，却有些慌张失措。

楚惊鸿见她不接，探过头来看了一眼说道：“呦，是和你断绝关系的爸爸打来的……你怎么不接呢？”

徐照影正当犹豫不决不知如何是好时，电话接通了。讨厌的楚惊鸿趁她不注意，伸手过来替她按了接听，徐照影脑海里闪过一万句骂人的话。

徐照影不知道要说些什么，举着电话默不作声。所幸，电话里传来了徐父的声音：“回家的票买了几号的？我到时候去接你。”

“呃……还没买。”

然后又是令人尴尬的沉默，几秒之后，依然是徐父解了围：“最晚也要年三十到。”

“知道了。”

就这样结束了通话，徐照影靠在车窗上一言不发。

“你不是说你们断绝关系了吗？原来是骗我的啊。”

徐照影没有解释，也不想解释。她也想不明白，已经两三年没有来往的父亲，怎就忽然来了电话，令她无从招架、措手不及。

“这回你不能再抵赖，我要和你一起回去……”

徐照影打断了楚惊鸿，没好气地说道：“我说了我要回去吗？”

“你刚才……不是……”

“让我安静一会儿好吗？”

楚惊鸿看出她情绪不对，识趣地闭上了嘴，他把车载音乐的音量又往小调了调。

四周终于如愿安静下来，甚至连车外喧嚣也听不到了。徐照影脑子里很乱，她在想徐父的意图，毕竟两年多前，他们最后一次见面并不愉快，哦，不对，是他们每一次的会面都不愉快，以至于她都忘了，她在距离上海不远的地方，其实还有一位至亲。

徐照影不知道自己是什么时候睡着的，等醒来的时候，车已开到了小区楼下。她睁开眼发现车上并没有人，车外不远的地方，楚惊鸿正拿着一节树枝和皮皮玩撕扯游戏。楚惊鸿面容严肃，还有点不耐烦。但间或皮皮抢走树枝时，他嘴角不经意笑着，可随即又恢复了原来的模样。徐照影知道，楚惊鸿的内心对于皮皮还是拒绝的，但这拒绝已不够坚定。

徐照影看看时间，糟糕，和孟天天下午还有约会，马上就要到点儿了，她竟然睡过了头。徐照影捋了捋杂乱的头发，便下了车。

“徐院长你不回家吗？”

楚惊鸿见她急匆匆的样子，停下了手里的游戏跑了过来。

“我还有约会，现在打车过去。”

“今天可是周末，这个点儿很难叫到车的。我好人做到底，送你过去。”

徐照影推辞不过，还是上了楚惊鸿的车，她是知道的，在小区门口站半个小时，也不见得会等到一辆空车。

半个小时之后，徐照影到了约会的地点，上海游泳馆。孟天天早就来了，直嫌弃徐照影不遵守时间，但看着从车上走下来的两个人，一脸惊异。

“呃，他送我来的。”徐照影赶忙解释。

“哦……”孟天天上下打量着楚惊鸿。

楚惊鸿倒是落落大方地问道：“孟主编喜欢游泳？我知道个地方，可比这儿好百倍。正好我有几张贵宾体验券，等着我拿给你。”

楚惊鸿转身回到车上翻找，孟天天赶忙盘问起徐照影。

“什么情况？你怎么和他搅在一起了？”

“呃……我进实验室几天，托他照看小狗。“

“这和你们搅在一起有什么关系吗？”

是啊，是没什么关系，可徐照影不知道要怎么回答。好在楚惊鸿很快就回来了，他晃了晃手上的体验券，说道：“今天最后一天，差点儿就过期了，要不要去？”

“当然要去了！”孟天天斩钉截铁地回答。

“那我们赶紧出发吧。”楚惊鸿火急火燎地拉开车门说，“女士们，请上车。”

徐照影皱眉，问道：“你也要去？”

楚惊鸿也是一脸疑惑：“正好三张，不去等着作废吗？”

“那我坐天天的车。”徐照影忙说道。

“今天周末车太多，我怕没有停车场，所以坐地铁来的。”

徐照影狠狠瞪了孟天天一眼，这个不争气而又爱占便宜的闺密，今天太扯她后腿了。即使不情愿，但除了坐楚惊鸿的车，她们没有更好的选择。

半个小时之后，他们终于到了目的地。既然是出来占便宜的，徐照影即便不愉快，也不能多说什么。她游泳水平一般，游了一个来回便体力不支了。徐照影在躺椅上观摩孟天天和楚惊鸿的比赛，蛙泳、蝶泳、仰泳，两个人比的不亦乐乎，但孟天天毕竟是女人，不一会儿也败下阵来。

孟天天从泳池里爬出来，用浴巾擦着湿漉漉的头发，远处的楚惊鸿爬上了跳台，只见他纵身一跃，便跳入水中，让人看上去就觉得爽快。

“你们刚才在聊什么？嘻嘻哈哈的。”徐照影看着泳池里朝她挥手的楚惊鸿，不禁问道。

“没什么，就是答应他下下期上封面，还有他的个人专访。”

徐照影恨铁不成钢：“他给了你什么好处，竟然改变主意了？”

孟天天耸耸肩：“他家饭店钻石级六折打折卡，外加这个顶级游泳会所的终身会员。”

呵，楚惊鸿也太有手段了，徐照影伸出小拇指讽刺道：“我鄙视你，做人没原则。”

“咱不能一棒子把人家打死吧。虽然第一印象很差，油嘴滑舌的。但现在看来，可能是一场误会。你还别说，他倒是挺幽默的。”

徐照影“啧啧”两声不予附和，但孟天天却不以为然地说：“我看他八成是黏上你了，你就说你喜欢他，还是喜欢程嘉友。”

“我谁都不喜欢。”

“口是心非。”

徐照影忽然发现这个闺密有点儿烦，但还是耐着性子解释道：“跟楚惊鸿是凑巧。”

“原来更喜欢程嘉友啊。”

徐照影也不反驳孟天天，说实在，她确实更喜欢程嘉友，有能力，有魄力又温暖。她不愿承认，一是矜持，二还是因为程嘉友不够坦白，让她心上有了难以解开的疙瘩。

一下午的时光终于结束了，楚惊鸿一路把徐照影护送到家门口才算了事。

“楚老板，你陪了我一天，够累的，谢谢了。”

楚惊鸿“嘿嘿”地笑着说：“对徐院长无论做什么，我都心甘情愿。”

瞧他那副嬉皮笑脸的样子，徐照影就不想多废话：“把狗还给我吧。”

楚惊鸿慌忙摆着手拒绝：“我说了要照看小狗，自然说到做到。”

徐照影扯了一张便利贴，写了几行字，顺势把便利贴粘在了楚惊鸿的胸口上。她头也不抬地说道：“这是我爸的地址，凭你的聪明才智和三寸不烂之舌，就算没有我，你也可以得到你想要的。”

楚惊鸿还没有反应过来，手里的牵引绳便被徐照影拿走了。

“皮皮需要的是能够照顾它一辈子的人，这两天麻烦你了。”

楚惊鸿也不反驳也不辩解，只是低着头说：“你对我偏见太深，如果有需要我的地方你找我。”

徐照影终于如愿关上了房门，这一天可真够累的。她不是个精力旺盛的人，这么一下午的活动要比做实验累上百倍。她现在需要的是好好洗个澡，然后睡一觉。

可是，事情并没有按照她所希望的方向发展。她洗过澡之后，皮皮依然蹲在门口，它已经在那儿挠了一个小时的门，焦躁地不时发出呜咽之声。

徐照影安抚着皮皮，可惜没有一点儿效果。以前皮皮还能安安静静地躺在床边睡觉，这一回却没那么容易了。就算是徐照影拿了它最爱吃的东西也不见成效。她刚开始以为皮皮吃坏了肚子还没好。待她检查过之后，并未发现异常。又观察了一会儿，徐照影不免叹气，怕是皮皮又想楚惊鸿了。本来，皮皮就对他有所依赖，几天相处下来，这种依赖感越发强烈了。

徐照影拿来皮皮最爱的皮球，可皮皮却连看都不看一眼。过了半个小时它不再挠门，而是把头抵在门上，好似哭了般小声地叫着。

徐照影不知如何是好，楚惊鸿刚被她赶走了，这会儿要是再回去求他，怕是自己打自己的脸。她看看时间，已经晚上十点了，但还是摸摸皮皮的头安慰道：“我们出去玩滑梯吧。”

虽然天气渐渐转暖，但夜里的风依然很大。徐照影裹了裹身上的外衫，直后悔没戴帽子出来，此刻她那湿乎乎的头发在风中飞舞着，时不时打着脸颊，此刻的造型堪比黑山老妖。所幸小区里没什么人，徐照影牵着皮皮直奔滑梯。

路灯之下，幽暗的滑梯旁，却立着一个黑乎乎的人，那个黑乎乎的人正做着蹲起运动。仅凭皮皮摇尾巴的节奏和哈气的声音，徐照影便知道那个人是楚惊鸿没错。这也太巧了，总能碰上。徐照影知道，他是故意在这儿的。

这样的偶遇，连楚惊鸿也有些不好意思了，他解释道："养了小狗几天，它不在了，我竟然有点儿不习惯，是不是很没出息。"

路灯打在楚惊鸿的脸上，但楚惊鸿却戴着鸭舌帽低着头，看不清楚表情。

"哦。"徐照影许久才回道。

他们两个好似两块大石头，呆呆地立在滑梯旁，盯着皮皮上上下下在滑梯上玩耍，见它那顽皮的样子，不时露出如慈父慈母般的笑容。他们笑得那么不约而同，视线交汇时又略显尴尬，只得迅速掉转头去，以免这种尴尬继续蔓延。好在十几分钟后，皮皮就玩累了。徐照影和楚惊鸿才一起默不作声地离开。

"阿嚏！"徐照影连打了三个喷嚏。

"徐院长，您这是怎么了？"

"没什么，可能有点儿着凉。"说完，徐照影又打了几个喷嚏。

进了单元门的楚惊鸿这才看清徐照影湿乎乎的头发，便赶忙把自己的外衫和帽子都套在了徐照影的身上："这么冷的天一点儿都不注意。"

徐照影不停打喷嚏，此刻连头也一起疼起来了。楚惊鸿一路护送徐照影到门边，临走时说道："把皮皮给我吧，你晚上睡个好觉。你别关门，我回去给你找点儿药。"

"不用了，小病我从来不吃药。"

"那你也等我一下。"

楚惊鸿急匆匆地消失在电梯里，过了五分钟便又回来了，他手里提着一包东西。

"我这儿有从云南买来的红糖，就算不吃药也该熬点儿姜汤喝。"

"真不用了。"

"别推脱了，你照顾小猫小狗行，照顾自己却马马虎虎。熬个姜汤用不了多长时间，我不会待很久的。”

楚惊鸿说罢便进了厨房，一阵叮叮咣咣。

徐照影窝在沙发的角落里，偷偷瞄着站在锅台前的楚惊鸿。楚惊鸿麻利地把姜片丢进砂锅里的瞬间，随着雾气升腾而起的还有他散发出的安全感。徐照影又往那宽大的棉衣里缩了缩，愈发觉得暖和了。

姜汤十几分钟便熬好了，热气腾腾地被端到徐照影面前。

“趁热喝。”

徐照影也没推脱便默默地拿起了勺子，热气蒙在眼睛上，特别舒服。多少年没人给她熬过姜汤了？徐照影想不起来，好像徐母去世后，就没有再喝过了吧。

“你盯着我看什么呢？是不是我太帅了。”

徐照影这才回过神，赶忙端起来三口并作两口喝掉了，她随即说道：“我本不想夸你，但你在厨房的样子还是挺帅的。”

“我也这么觉得，但我妈最讨厌我这个样子。”

徐照影也不接话，要是她生个儿子也是这样死缠烂打、胡搅蛮缠，她也讨厌。

楚惊鸿把喝空的碗接过来，顺势洗了放在沥水架上：“我走了，你休息吧。”

他走得很干脆，还带走了那个小跟屁虫。这个夜注定是安静的，喝过姜汤之后，徐照影出了一身汗，只不过裹在厚厚的被子里，还是觉得不够暖和。改天一定要问问，楚惊鸿的棉衣从哪儿买的，怎么会那么温暖……

接下来的几天，徐照影找了家政，把房子从里到外打扫了个干净。前几年，她都会自己打扫，今年没想到这么忙，连收拾家的时间都没有。医院在放假之前，也打扫了个干干净净。

今天是大年二十九，她例行去医院检查过之后，也给下属们放了假。三层的大楼里走得空空荡荡，徐照影却坐在办公桌前没有离开。还有一部分病例没有整理出来，她想要加会儿班，年后的工作量就会小一些。

她忙得连午饭都忘了吃，还是一个电话把她从工作中揪了出来。打电话的是徐父。

“票买好了？”

“呃……票没买到，卖……卖完了。”

电话那端有少许沉默，随后便挂断了。

徐照影却舒了一口气，这项艰巨的任务就这样做了了断。是啊，从初中起她便没有再和徐父一起生活过。她知道她有赡养徐父的义务，但平日相处起来，怪怪的。

徐照影的感冒还是没有彻底好，蒙着被子睡了一觉竟然就到了第二天。她打开电视，电视里是喜庆的音乐，每换一个台都是拜早年的主持人。徐照影看了一会儿就打瞌睡了。可她睡了那么久，哪还能睡着。徐照影有点儿饿，她起身想煮碗面吃，刚点着火，转身打开冰箱才发现连下面的酱也没有了。她用筷子戳着瓶底，可瓶底只有薄薄的一层红油。徐照影关了火，在厨房里发呆。思前想后好一阵子，她还是穿上衣服出了门。

上海是一个国际大都市，汇聚了全球各地的务工人员还有求学者。大年三十，学生和务工的都返乡了，她坐在出租车上，看外面空空荡荡，连着心里也空了。平时一个小时的路程，今天二十分钟便到了。火车站的售票大厅里也不比往日，售票窗口甚至都不用排队。

“有回宁波的火车吗？”

“不好意思，票都卖完了。三天以后有票。”

售票大厅里回荡着车次到站进站的信息，徐照影心下有些怅然，她耿耿于怀对徐父的谎言，这回坐实了没有票，心下倒是真的轻松了。

“徐院长？！”

徐照影脑中“嗡嗡”几声，还没等她回转头，楚惊鸿便奔了过来。楚惊鸿一身休闲打扮，手里还拎着个笼子，笼子里关着皮皮。

“真的是你！徐院长这是干什么去？”

楚惊鸿这次在照顾皮皮的事情上很主动，还说在徐照影感冒没好以前，都不用操心皮皮的事。徐照影自然不能太过冷漠，她回道：“想回宁波看看，可惜没票了。”

楚惊鸿听闻，眼中绽放着惊喜，他说：“没关系，没关系，我送你去啊。”

“不不……不麻烦了。”徐照影赶忙回绝道好，“回不回都没关系，别耽误了楚老板回家。”

楚惊鸿从身上掏出火车票，在徐照影面前晃了晃说：“我也去宁波，只是不认路所以不敢开车去，你要回去真是太好了，我车就在停车场，有认路的人咱还坐什么火车？！我现在就退票去！”

徐照影呆若木鸡，真是没想到，连过个年都不让人消停。

楚惊鸿跑到了售票窗口前，麻溜地把火车票退了，然后兴冲冲地拉着徐照影走出了火车站的大厅。

直到离开上海一百多公里，楚惊鸿都还在喋喋不休。

“因为有小狗在，所以我不愿意坐火车，但开车确实不认路，过年可是我饭馆最红火的时候，我只给自己放了三天假，要是时间都浪费在找路上，那我可就郁闷死了……”

这一个多小时，徐照影不知道楚惊鸿在兴奋什么，有什么好说的。从火车站被拉上他的越野车，徐照影一直都是懵的，现在慢慢回过神来，又烦躁起来。

她打断了楚惊鸿，没好气地问道：“你说你不回自己家，往宁波瞎跑什么？”

“我妈带着我爸出去游山玩水了，我回去也没用，还不如去看看我的徐伯父呢。”

楚惊鸿又咧着嘴角笑了，好像还带着那么点儿不好意思的羞涩。

徐照影自是不屑，她说道：“说得好听，还不是为了钱？”

“为钱是次要的，看伯父才是第一位，不管你信不信。”

徐照影只得闭了嘴，皮皮趴在她的腿上打着呼噜，她也把座椅调平闷头睡起来。如果让孟天天知道她又和楚惊鸿搅在一起了，一定会被嘲笑死的。

比起让人嘲笑，五个小时之后的事情才更加让人崩溃。

车停在小路旁，徐照影和楚惊鸿都下了车，两人面面相觑。

“你不是认识路吗？”

徐照影翻了个白眼说：“我上次回宁波还是六年前，如今石子路都变柏油路了，迷路很正常啊。”

“那您说我们下一步该怎么走？”

四目相对，徐照影也不知如何是好：“随你吧。”

“随我？！那就不走了。”

徐照影以为楚惊鸿是开玩笑的，谁知他竟然跳下路基，领着皮皮朝那条小河去了。现在天色已晚，漫天星云，黑漆漆的小路上，不仅没有路灯，连月光都没有。说起来，这是荒郊野外，徐照影心里忐忑，只得裹紧衣服跟了上去。

“你真不走了？”今天可是大年三十，徐照影忽然有些悲戚戚的。

“我倒是想走，但是油箱马上见底，咱走了半个小时都没见着一个加油站，总得找到一条正确的路才行。”

徐照影自知理亏，如今只能依着楚惊鸿。她的语气早就软下来了，徐照影试着问：“楚老板有什么办法吗？”

楚惊鸿也插着腰环顾了一下四周，却答非所问。

“你饿不饿啊？我给你抓鱼吃。”

他从车上拿出一个小箱子，箱子打开，楚惊鸿变出两个小马扎，一个钓鱼竿。两个人拾了点儿树枝当柴烧。楚惊鸿看了看手机说：“太好了，这个地方有信号。”

他找了几块大石头把手机架在高处，顺手点开了直播软件。

“你要干什么？”

楚惊鸿边调整角度边回道：“直播啊，赚点儿油钱。顺便看看这里面有没有救星。”

神经病！徐照影心里骂了一句。楚惊鸿对着手机自言自语，不一会儿朝她招了招手。

徐照影摸不清头脑便走了过去问：“怎么了？”

“快和我的粉丝打个招呼。”

“不要，要玩你自己玩。”

楚惊鸿跟她使了个眼色说：“这可是直播，别扭扭捏捏的，大方点儿。”话罢，楚惊鸿便把手机对准了徐照影：“朋友们，这是我的最佳搭档。”

徐照影即便有一百个不乐意，但还是对着镜头面带微笑地挥了挥手。待镜头又转向楚惊鸿，徐照影冷着脸坐回到火堆旁。

火渐渐旺起来，把四周照得通亮又暖和。楚惊鸿一边对着摄像头像傻瓜一样喋喋不休，一边拿着鱼竿钓鱼。她时刻防备着，以防自己再一次进入楚惊鸿的拍摄范围。半个小时之后，昏昏欲睡的徐照影听到楚惊鸿兴奋的呼喊声。

就在这个漆黑一团的地方他竟然真的钓到了鱼。见楚惊鸿乐呵呵地跑过来，徐照影不由往后躲了躲。楚惊鸿见她这样，兴致也减了大半。他冷着脸说道：“手机快没电了，直播早就关掉了，放心吧。”

徐照影这才重新坐回到火堆旁。火光照在楚惊鸿的脸颊上，照亮了他笃定的眸光。人们常说，男人在做事的时候是最有魅力的。此话不假，虽然只是烤一条鱼，但那认真的样子倒是挺帅的。徐照影禁不住打了个哆嗦，有点儿受不了自己强行给他找帅点。

那个小小的工具箱里东西可真不少，楚惊鸿从里面刨出个小刀，分分钟便刮了鱼鳞、掏了内脏。动作行云流水，干脆利落，让人看得心中爽快。鱼被插在木枝上，楚惊鸿往鱼肚子里塞了一袋调料包，调料包是自制的，用纱布包裹着。

吃人嘴短，徐照影客套地问道："有什么需要我帮忙的吗？"

"不用，我掌勺的时候，最烦别人给我打下手。"楚惊鸿边说边翻转着插着鱼的树枝。

徐照影嗤鼻一笑说："毛病还真不小。"

"有些人觉得做饭不过是油盐酱醋的调和，其实那是他不懂厨艺中的美学，对我来说，做饭也是一项精密的技术，作料加入的顺序不一样，会影响到一味菜的最终口感。有人打下手，我很容易分心，所以，我平日在饭馆很少下厨，下厨的时候直径两米内都不能有人。"

"那我今天岂不是侵犯了你的美学距离？"

"那不至于，今天这顿只能叫作果腹。"鱼在火上烤着，发出"噗嗤噗嗤"的声响，楚惊鸿却"哎"了一声，有些遗憾地说："如果有薄荷就更好了，在鱼肚子里塞满薄荷叶，待鱼肉烤熟进了口，那种清香会让你回味好几天。等我回了上海，专门做一顿烤鱼给你吃，今天就勉强凑合一下吧。"

说着话，烤鱼便递到了徐照影的面前，可这烤鱼只有一条。

"就一条，我怎么好意思吃。"

"我只是捉条鱼给你烤来玩的，向我这样专业的游玩高手，车上不带点儿干粮岂不叫人笑话？你吃你的，我现在就去找干粮。”楚惊鸿已经走出去十几米去又返了回来，“这么黑，你不害怕吧？”

徐照影摇摇头，楚惊鸿把跟在他屁股后面的皮皮牵到了徐照影的脚下，才放心地离开了。徐照影从没吃过这么好吃的烤鱼，可能是鱼太新鲜，也可能是楚惊鸿的调味包里有秘密武器，就算鱼肚子里没有塞满薄荷叶，她也一样吃得津津有味。

楚惊鸿十分钟之后便回来了，手里拿了一袋压缩饼干，还有两瓶矿泉水。他一口压缩饼干，一口矿泉水。

徐照影攥着矿泉水瓶，有些不好意思地说：“早知道你就这种干粮，就把烤鱼分一半给你吃。”

“我也是这么想的啊，以为你吃几口就不吃了，谁知道竟然这么能吃，只给我留了几根鱼刺。”

徐照影一怔，脸腾地红到了耳根子，她不好意思地说：“那你早说啊，让我里外不是人。”

“我早说你还能踏踏实实地吃？”

徐照影不说话，只是瞪了楚惊鸿一眼，她摸着脚下打着呼噜的皮皮，被柴火烤得周身暖暖，连心上也暖洋洋的。

“我在直播间找到一个可以支援我们的朋友，但离这儿有点儿远，怎么也得三个小时。一会儿你到车上睡一会儿，我守夜。”

徐照影知道，这个时候只能听楚惊鸿的。在越野车的后排座椅上，徐照影抱着皮皮裹在楚惊鸿的棉服里。皮皮散发出的温热，把她的手心暖得正好。头顶上的天窗映着闪烁的繁星，车外站着来回走动着只穿了件卫衣的楚惊鸿。越是疲惫越是睡不着，就连楚惊鸿脚底辗轧过碎石的声音，她也听得分明。徐照影微微抬起头，便能瞧见他的身影。暗暗星光下的楚惊鸿，背影宽厚。

他撸起袖子做着舒展运动，这个健硕的身影抚平了心下的毛躁和不安。

三个小时之后，楚惊鸿的朋友终于来了，开了一辆破旧的摩托，带着救命的油。油被灌入油箱，楚惊鸿点燃车子，轰轰隆隆的声响中，油表盘上的指针又指向了令人安心的位置。他们与朋友作别，继续朝前行进。在没有路灯的石子路上，车灯带来仅有的光亮。这光亮隐匿了星光，也隐匿了二人的思绪。电台里转播着春节联欢晚会，楚惊鸿忽然把音量调大了一些，顺便把车子停了下来。

“徐院长，您听到了吗？广播里在倒计时。”

徐照影没有回答，广播里的主持人正齐声倒数着：“五！四！三！二！一！”钟声响起，满场欢腾。

“徐院长，给您拜个年，过年好。新的一年财源广进，心想事成。”

楚惊鸿满脸喜色，边说边发动了车子，轰轰隆隆中，车子加速前进，这轰隆声也让徐照影的那声“过年好”听得不够真切。

他们从黑夜跨到黎明，待看到第一缕晨光时，也看到了朦胧晨光中收费站屹立着的“宁波”二字。

这个年，过得不一般。

第五章

相见如故

宁波的清晨蒙在细细的烟雾里，上海不见的绿意，因隔了一条江，在宁波又舒展开来。从青石小路到街边万巷，只不过三十分钟的路程。宁波宁静恬淡，自是与上海有不一样的风貌。略显宁静的街上，散落着昨夜的烟花与爆竹，散不去的是淡淡的烟火味。

自从进了市区，徐照影就沉默寡言了，只是间或给楚惊鸿指条路。越野车终于在一处窄巷子口停了下来，再也开不进去了。

“前面是古城区，不能开车了。”

“那我们就走进去。”

楚惊鸿停了车，从后备箱拿出为徐父准备的礼物，牵着皮皮，迎着晨光走进了巷子口。巷子都是青石壁，壁上挂着湿潮的绿苔，耳边是滴滴答答的水声。立春前后的气候乍寒乍暖，听着屋檐偶尔滴落的水声，身上凉凉的。

别看巷子口狭窄，但走过那道长廊，里面甚是宽阔。巷子里人头攒动，人群中有老有少，排着长队。

“你家在哪儿？”

“顺着排队的人群走，就找到了。”

可是这队很长，他们顺着走了两分钟才瞧见头。晨曦而上，微微的阳光下，高高挂起的牌匾略显陈旧。

徐记平安面。

楚惊鸿默默念着牌匾上的字，牌匾之下支着一口巨大的锅，锅前站着一位戴着蓝布围裙鬓边白发的老人。老人顾不得说话，面条在锅中翻滚，老人暂不去管它，只麻利地在碗里放入香菜、荷包蛋、香菇丁、鸡腿肉丁，米醋、酱油。待碗中妥当，长筷便从锅中捞起白面，迅速放入碗中，兑一勺清汤，再抓上一把细细的花生碎，最后从锅边那个带盖的小坛子里舀出一汤匙的酱，酱滑入碗中，这一碗面就算告成了。前前后后速度之快，也就三十秒。

店面很小，里面支着一张桌子，但不设堂食。买到面的人，就蹲在巷子里大口吃着，旁若无人。

看到那勺酱，楚惊鸿就知道，这是徐父没错了。再看看徐父和徐照影的长相，两人相似之处甚多，就更加确定。只不过，徐照影瓷实地站在原地，像个墩子。楚惊鸿碰了碰她的臂膀，提醒道：“说话啊！”

徐照影深吸两口气，走到那口大锅前，细弱蚊蝇般地说了句：“我回来了。”

徐父手上缓滞，抬头看了看来人，又低下头来捞着锅里的面，囫囵地“哦”了一声，便又专心致志地煮起面来。

楚惊鸿轻叹，这都是什么糟糕的家庭关系，搅得他心头也乱糟糟的。楚惊鸿撸起袖子，便把徐照影往里面拽，他说道：“这么多人，赶紧帮忙啊。”

徐照影站在徐父的背后，两手来回地搓着，她从来也没帮过徐父，连饭都不会做的人，瞧着排队的阵势，不知如何是好。楚惊鸿倒是自来熟，找了个围裙系上后，便往锅跟前凑。

“叔，我帮您下面。”

话音刚落，大铜勺就扣在了手背上，楚惊鸿被烫的向后闪了两步，那大铜勺又跌进锅里去了。

“不用，我嫌你碍事。”

楚惊鸿吹着发红的手背，一面瞄着徐照影。徐照影却只看着脚下的皮皮，谁也不想理。

待阳光刺眼、雾气散去时，已经临近中午，方才还乌泱泱的一片人，此刻早都散去了。古城区本来人就少，加上过年期间更加宁静了。徐父支起歇业的牌子，靠在还有余热的大锅旁，点着了旱烟，“吧嗒吧嗒”地抽了起来。

徐照影从里间挪到了外面的大石头上，楚惊鸿看过去，她就像个傻子，痴痴呆呆的，哪还有半点院长的威风和架子。

“叔，今早的钱都给您整好了，您看看？”楚惊鸿捏着一沓子厚厚的钞票，谄媚地靠了过去。

徐父也不说话，只是用烟杆敲了敲大锅旁的匣子，楚惊鸿会意，忙笑呵呵地把钱放进了匣子里。

石头一样的徐照影轻咳了一声，终于开口说话了：“平日里都三天打鱼两天晒网，怎么今天开张了。”

徐父瞅了一眼徐照影，又吸了一口烟说：“多攒点养老钱罢了，反正以后也不招人待见。”

楚惊鸿又呵呵笑了笑说道：“瞧您说的，哪有那么惨。徐院长因为买不上火车票，老着急了，我们连夜开车往回赶，如果不是因为走错路，昨天肯定都到了。”

徐父抬起眼帘“哼”了一声，说了句：“别瞎掺和。”

楚惊鸿自知话有点儿多，忙重重地点头附和着，然后闪到了一边。待大锅里不再有热气时，徐父终于抽完了那袋烟。他边清理着烟丝边问道：“住几天？”

“明天就走。”

徐父拿起半截粉笔在店面门口的小黑板上，草草写下“初二歇业”四个字，便脱掉了围裙。

“回来也没个准儿。”徐父摘掉围裙往巷子东边去了，自言自语道：“什么都没准备，现在还得买菜去。”

“叔，我跟你去啊！”

“别跟着，嫌烦。”

徐父越走越远了，徐照影这才站起来舒活一下筋骨。巷子里的阳光正好，柔柔地散落在身上。宁波是小城，不似上海那般高楼林立，也不似上海的车水马龙，这里的一切都刚刚好。

楚惊鸿瞧着那口大锅，对徐照影说道：“你们家买卖真好。”

“好什么？他平日里多半是喝酒、打牌、瞎胡闹。剩下的时间才养家糊口。”

“可这人还真不少。”

“宁波在大年里有吃面的习俗。这一天的人，能赶上平日一周的人。你看他吊儿郎当的，不想开业就在小黑板上随意一写，如果不是味道还可以，早就饿死了。我以为他今天八成又喝得醉醺醺，没想到竟然一早就迎了财神。”

徐照影说得平静，说得那么事不关己，让楚惊鸿心下不舒服。他看着黑板上的字，却说道：“可能是等不到你才开门做生意的吧，人老了是很孤独的。”

“谁知道呢。”

楚惊鸿不敢再瞎搭话，他好像知道了些徐照影不愿意说的事。好在半个小时后，徐父买菜回来了。楚惊鸿明白这尴尬的气氛不会消失，还不如自己找点儿事做。他便应承要做今日的饭菜，可是又被徐父无情地拒绝了。

楚惊鸿是个厚脸皮，况且是带着目的性的，自然不觉得有什么。徐父虽然有些老态龙钟，但好歹把饭菜做熟了。有肉有菜还有酒，摆在陈旧的木桌上，倒是也显得满满当当。徐父瞧见楚惊鸿摆在桌上的马奶酒，才露出几分喜色。

几杯酒下肚，楚惊鸿才觉得气氛好些了。

“你谁啊？一见面也不做自我介绍，等着让人猜啊。”徐父此时已微微有了醉意。

“我是徐照影的好朋友，楚惊鸿。”

“惊鸿？”徐父在口中默念了好几遍，却哼了一声，醉醺醺地说，“不是因为照影改的名字吧？”

楚惊鸿一愣，把两人的名字也默默念了念，才发觉其中趣味，他笑嘻嘻地回答：“这就说明一切都是缘分。”

楚惊鸿笑得太过灿烂，徐照影早就看不下去了，她只得闷头喝酒。这酒与宁波的酒很是不同，热辣辣、火烈烈，进肚后散出的热气，好似把周身的湿潮都赶走了，只是度数有点儿高，容易上头。

徐父嗜酒如命，如今见到好酒，自然是不舍得撒手，一会儿便有三两下肚了。徐照影看着他眼珠子都红，不免瞪了一眼楚惊鸿。

“差不多就行了，耍起酒疯来你负责？”

徐父见徐照影斥责，却又斟满了一杯说道：“我早就不那样了。”

徐照影知道自己管不了徐父，也不愿多说，便离席到门外坐着了。

楚惊鸿却不在乎，又给自己倒了一杯，他说：“叔叔，我陪你喝。”

徐父喝完了手中那一杯便把酒盅扣了过来，他回道：“不喝了，没意思。再给我热热饭，有点儿凉了。”

楚惊鸿端着碗去热饭，也就三五分钟的时间，再回来时，徐父已经趴在桌子上睡着了。徐家就这么一间房，上面还有个二十平方米的阁楼，楼下做买卖，楼上住人。楚惊鸿把徐父扶上楼睡觉，等下来的时候，徐照影已经在收拾残羹冷炙了。

楚惊鸿没去帮忙，只是出了屋。门口有一盏破旧的灯，灯影摇摇晃晃，把“徐记平安面”几个字照得忽明忽暗。

“要出去走走吗？”徐照影关上了门，站在灯下说。

楚惊鸿明白，她心里有千千结，自己又帮不了什么，所以咧着嘴笑着说“没问题”。

这里是宁波的古城区，建筑风貌都怀旧古朴，没有外面的烟花爆竹味，空气清新。

他们二人安安静静地走着，也没什么话可聊，更没有共同语言。楚惊鸿这个人最怕的就是尴尬，他尝试着找点儿话题聊聊：“这里有些老旧，怎么不换个地方住？”

“古城区政府要保护，所以这里不会拆，旅游经济又带动不起来，房子也没人买。他这些年，有点儿钱就喝酒了，哪还有钱换地方。”

楚惊鸿“哦”了一声，然后就沉默了。他一向聊天总聊双方都喜欢的，生怕触碰了旁人的底线，让彼此都难堪。出了古城，两人又走了十分钟，便瞧见一条河，河水清凌凌地流着，耳边还有树叶、禾苗的沙沙声。

楚惊鸿张开双臂，伸展了下旅途劳顿的腰身。

“你知道我为什么过年讨厌回来吗？”徐照影望着河面，不经意地问道。

星光依旧黯淡，楚惊鸿看不出她的神情，只能顺着话问：“肯定有让你难过的理由吧。”

徐照影却“噗嗤”一声笑了：“你这个人虽然讨厌，但有一点好，不喜欢问东问西，也不喜欢说教。”

楚惊鸿打着哈哈说："我自己也过得一般般，哪有时间问东问西。"

"因为我妈就是年三十死的。"

徐照影说得平静自然，楚惊鸿却吓了一跳。既然她开口说了，想必今天也是心里烦闷不吐不快，楚惊鸿不知道要说些劝慰的话，还是要撇开话题，支支吾吾间徐照影却自顾自地说起来："我爸酒品不好，喝多了就瞎胡闹，要不就在外面随便一躺就睡了，年三十那天我爸又跑别人家去喝酒，该吃团圆饭的日子却见不着他，我妈怕他睡在路上被车碾了，大半夜出去找他。就在这儿，我妈掉河里漂了好几公里才捞上来，上岸的时候已经没气了。也不知道是被我爸推搡下去的，还是自己走路没看见摔下去的。总之，我妈就是这么稀里糊涂地没了。"

河水依旧流淌，好像并没有发生过徐照影说的这件事。风又起了，吹得人凉飕飕的。谁能想到骄傲而又能干的徐院长，竟然有这么悲伤的往事。楚惊鸿本来就不是感情细腻的人，现在的他又该如何是好？他想拍拍她的肩头，却又怕唐突了；想说两句安慰的话，但没有感同身受，说出来也是个笑话。最后，他脱下了自己的外套，轻轻搭在了徐照影的肩头："你这小身板，多穿点儿吧。"

楚惊鸿也不多说话，只是陪着徐照影赏着景色。过年期间，总是有烟花。他们就坐在河岸，仰头等着哪家放烟花。楚惊鸿看了很久，其实他觉得一点儿都不好看，烟花这东西，赏的是心境。心境好了，自然觉得绚烂，心境不好，那便是绚烂后的一股青烟。所以，这是个锦上添花的东西，徐照影不需要，他也不需要，只是现在的他们，除了看别人的锦上添花，也无事可做。

不知坐了多久，远处间或还有"噼啪"的鞭炮声。徐照影从河岸上坐起说道："咱们回去吧。"

回去的路依然不够明亮，能够照亮路的只有从邻家窗户里散出的光亮。

“楚老板，如果你想要买配方，最好签好合同，我怕哪一天我爸没钱了，又会去找你的麻烦。”

楚惊鸿抬头，却见前面那个单薄娇小的身子，在夜色之下，一晃一晃地走着。他不知道要如何回答。他知道徐照影对自己做法的嫌弃，但今日的话，八成还是心境不同，把对自己的嫌弃暂时忘了吧。

徐记面馆本来就小，想要舒舒服服地睡下第二个人，有些难度。徐照影和楚惊鸿在隔了两条街的地方找了一家民宿住下。因为古城尚未开发，游客甚少，所以比起其他的旅游景点来说，这里的民宿环境要差上好多。两人虽然订了两间房，但不过在一间房上隔了一个木板，就算是翻个身子，隔壁也听得一清二楚。

楚惊鸿有择床的习惯，换个地方就睡得不踏实，开了一夜的车，精神早已疲惫。他迷迷糊糊睡了一会儿，还是被隔壁窸窸窣窣的声音惊醒了。“吱呀”的开门声后，噪音顷刻静止。楚惊鸿等了好一会儿，也没听到隔壁再次回来的开门声。他披衣起身，站在窗前，却见民宿小院子里，坐在台阶上的徐照影。她背对着他，身侧放着几听啤酒，徐照影仰头喝着。看着她的样子，这夜越发的安静了。

楚惊鸿也睡不着，但更不愿意出去，就猫在窗户旁边，静悄悄地看着外面，最后就这样趴着睡着了。待微光而上，徐照影从外敲了敲玻璃，才把在窗前酣睡的楚惊鸿敲醒。

“怎么在这儿睡了一夜？”

楚惊鸿打了个哈欠：“昨天看星星，看着看着就睡着了。”

“洗把脸去我爸那儿，打声招呼就走吧。”

楚惊鸿只得“哦”了一声，胡乱洗了一把脸，便跟着徐照影走了。本来就不远，两个人溜达着走过两条街，便瞧见了徐记面馆。面馆还没开张，徐父靠在大锅前，孤独地抽着旱烟。有些佝偻的背，在晨曦中背上了一层荣光。

清晨街上人少，徐父听见了由远及近的脚步声，侧眸便瞧见了徐照影和楚惊鸿。他一愣，紧皱的眉头松了松，又抽了一口，他边抽边说道："我还以为走了呢。"

"瞧您说的，走了不得跟您打招呼啊？"楚惊鸿"嘿嘿"地笑着，想要缓解这尴尬的气氛，但他发现，难。

"吃什么？我去买来做。"沉默了一会儿，徐父憋出这么一句话来。

"叔叔您昨天受累了，今天我来做。"

"吃过早饭我们就回去。"楚惊鸿满腔热忱，没等施展，便被徐照影的这句话给憋回去了。

"随便。"徐父敲着烟杆，漫不经心地答复着。

一早的气氛就这么奇怪，楚惊鸿知道，这里没有他说话的份儿。只得颠起大勺，在锅前忙碌起来。徐照影窝在屋里，抱着皮皮不讲话。徐父在屋外看着冉冉而起的太阳发呆。安静之中，只能听到楚惊鸿和面擀面的声音。

二十分钟后，香喷喷的早饭就端到了桌前。几碗素面片，清汤之上满是番茄与香菜，红绿相间，甚是好看。早饭很简单，除了这碗面，便是一盆马齿苋凉菜，是楚惊鸿早上顺道在路边拔的。

"你小子手艺不错。"徐父夹了一筷子的马齿苋，边吃边说。

"我是开饭馆的，这手艺也就马马虎虎能养家糊口。"

徐父听闻却"哼"了一声："男人做饭，最没出息。"

"啊？"楚惊鸿惊异出声，顷刻却又笑嘻嘻地说道："瞧您说的。"楚惊鸿"呵呵"两声，后面的半句话还是咽进了肚子里，徐父也是个厨子，靠卖饭为生，岂不是也瞧不上他自己？

"多住几天不行？你是有多见不得我？"徐父的矛头又指向了徐照影。

徐照影也不抬头，只是扒拉着碗里的面片，面无表情地说道："我还得顾着点儿医院呢，怎么能一出来就走好几天。"

徐父又是"哼"了一声："就是个给畜生看病的，你倒挺当回事。"

筷子"啪"地被摔在了桌上，楚惊鸿打了个寒颤，只感觉脖颈里凉嗖嗖的。他抬起头，果不其然看见了徐照影怒眼圆睁的脸。

"吃完没？快点儿！"徐照影怒气冲冲地对楚惊鸿咆哮了一句，转身便离开了饭桌。

楚惊鸿只得猛地扒拉了两口饭，把面片汤一股脑灌进肚子里，还没等放下筷子，徐照影已经拎着包穿好外套，向门外走去。她路过饭桌，冷冷地说了一句"走了"。

这话也不知是说给徐父听的，还是说给楚惊鸿听的。楚惊鸿见她这样，只得对徐父"嘿嘿"笑笑："叔叔，这是我的名片，您要是去上海了，随时随地联系我，百分百陪同，绝不推脱。"

待楚惊鸿追上徐照影时，只见徐照影气呼呼地站在车前。他赶忙用遥控按了开锁键，徐照影听到解锁声，便拉门坐在了副驾驶的位置上。

楚惊鸿倒吸一口气，此刻最好不说话。他回望了一下巷子口，心中默默叹了口气，一踩油门便离开了。今天可是大年初二，这个年过得真是不一般。徐家父女也是矛盾太深，过个年火药味都这么重，想想平日里都是多么不待见彼此。

车子直到驶出收费站，楚惊鸿才瞧见徐照影冰霜般的面颊上，慢慢有了少许血色。他斗胆打开了车载音响，放了一首舒缓的歌曲。声音并不大，但听了心里很舒服。徐照影就这样睡着了，楚惊鸿这两天觉得就跟打仗似的，像踩着风火轮一样来到了宁波，又踩着风火轮回去了，脚不着地，心里也跟着没着落。他打了个哈欠，想要抽支烟提提神，但顾及到徐照影，只能拿出一粒口香糖放入口中。

徐照影把手里的包又搂紧了些，却忽然发觉包的边角有些硌手，她打开包，用手摸去，竟在包底摸到了五瓶封口的酱。徐照影咬了咬嘴唇，才勉强把心里的酸涩忍回去。

她长舒一口气说道：“你怎么没跟我爸提酱的事？”

楚惊鸿猛地踩了一脚刹车，额上瞬间渗出密密麻麻的细汗。他拍拍胸脯，还有些惊魂未定：“下次说话的时候能不能先咳嗽一声？一直以为你睡着了，这不是诚心吓我呢？”

徐照影“啧啧”两声，有些不屑地说道：“你还有怕的时候？”

楚惊鸿擦了擦额上的汗，又缓了缓神，才继续上路。

“不想提呗。”

徐照影哼笑着说：“怎么会不想提？若是平常，我一早不打招呼就走了，可今天我专门留下吃早饭的时间给你，你却没有珍惜。如今你费劲跟我跑这一趟，岂不是很不划算？”

徐照影话罢，歪着头看着楚惊鸿，楚惊鸿面容平静，看上去并不想回答。

“你们两个人那么剑拔弩张，我再开口岂不是火上浇油太没道德？做生意谈合作，永远急不得，我这个人，做生意以前要先品品人，合得来才能有下一步，否则，即便这个交易我再想得到，也不会轻易出手的。”

徐照影听他说了这么一大段话，却“噗嗤”一声笑了：“那这次你品出什么来了？”

“我能品出什么来？我只品出了火药味。”

徐照影面上有些微妙，她把音乐的声量又调高了一些，侧过头去继续睡觉。但楚惊鸿却自顾自地说道：“虽然觉得你和徐叔叔的关系有些问题，相处方式也不够融洽，但毕竟我不是你，你所受的一切我都不能感同身受，我没有评判的权利，只希望这一次我的强制陪同出行，没有给你带来困扰。”

徐照影不再回应他，就这样静静地听着引擎声，慢慢睡着了。楚惊鸿说得没错，徐父是她心底最深处的痛，他是她的至亲，这辈子都无法割舍掉的关系。可那种既牵挂又怨愤的心，早已把她拉扯得筋疲力尽……

回家的路要比去时的路顺太多，楚惊鸿一鼓作气，开了四个小时之后，终于回到了上海。大年里，街上行人甚少。

“徐院长要上哪儿去？回家，还是去医院？”

徐照影这一觉睡得很沉，她睁开眼看了看外面，才知已经回到了市区，徐照影伸了个懒腰：“回家吧。”

两人进了电梯，楚惊鸿怀里还抱着昏睡的皮皮。

“我爸你已经见到了，能不能拿到配方，你心里应该也有盘算，皮皮你打算怎么办？”

楚惊鸿支支吾吾地说：“我脑袋昏昏沉沉，乱哄哄的，还没想过这事儿。”

“虽然皮皮很想和你待在一起，但我知道你心里还是有所抗拒。况且你签过弃养声明，皮皮如今的主人是程嘉友。任何事情都不能勉强，尤其这是托付一生的事。你实在有困难，就把皮皮给我照顾吧。”

徐照影话音刚落，电梯门就开了，楚惊鸿挠挠头说道：“你想得真多，先回去好好睡一觉，我先暂时和它处着。既然小狗是程经理的，那等程经理回来再做定夺。”

徐照影是被楚惊鸿推出电梯的，电梯关阖的一刹，楚惊鸿灿烂地笑着，并向徐照影挥了挥手。徐照影关上房门，才彻彻底底地放松下来，她忽然发现，自己好像并不反感楚惊鸿了，这真是一种奇怪的转变。

一个人的大年，不论怎么过都不会年味十足。想去的地方都在歇业，也只能在家做做舒展运动。不过在大年初五这一天，消失了很久的程嘉友终于出现了。

而且，程嘉友出现的方式有点儿特别。清晨六点，他出现在她家小区门口，穿着运动服，头上还束着发带。

“过年好，照影。”

徐照影瞧着眼前的男人，一时语噎，她机械地回了一句“过年好”，还是没有回过神来。

迷迷糊糊的徐照影，就这样和程嘉友踏上了晨练的跑道。不快不慢的步伐，在这个稍有凉意的早上，很适合。跑了有五分钟，徐照影才慢慢清醒了些。她侧眸看着身旁的程嘉友，开玩笑似的问道：“这大年都没过完，你就回来了？”

“没办法，这里的牵挂太多，扔不下也丢不掉。”程嘉友笑嘻嘻地看着她说道，“银行哪有休息日啊，就算收入再高再体面，客户一个电话，我就要立刻投入工作。况且，我的同事们一天假都没有休，我能清闲几天已经很满足了。”

“那你还有时间跑到这里晨练？”

“我不是专门来这里的。”

徐照影侧头看了一眼程嘉友，程嘉友目视前方，倒是跑的专心致志：“我是搬到这里住了。”

徐照影忽然停下了脚步，边说话边跑步，体力果然跟不上，她喘着气问：“开玩笑的吧？”

程嘉友也停了下来，他从口袋里掏出一枚圆形的门禁卡，在徐照影面前晃了晃：“年前就租好了，想给你一个惊喜，以后我每天送你上下班怎么样？”

程嘉友是个行动派，承诺的话还没说，所有的事便已经做好了。徐照影只觉得脸颊上有些热，心跳也杂乱无章，她边用手扇风边说道：“我们小区又不好，对面的小区更好一些，设施又新又完善，绿化也比这边好。”

“现在住这里正好，等结婚的时候，再去那边买新房好了。”

程嘉友说完便加快步伐向前冲去，但徐照影却跑不动了。晨光中，程嘉友的背影安稳而又轻快，塑胶跑道上的人群中，他最是显眼。

晨练在六点半的时候结束了，两个人边活动腰身边往回走。

“回去洗个澡，今天我们到外面吃早点，明天开始，我为你做。”

两人边说边走进了小区，徐照影从没被人照顾过。程嘉友突如其来的照料，让她措手不及，有些慌乱又有些欣喜，还有很多说不上来的感觉，交织在胸口，令心“砰砰”地跳个不停。

“哟，这不是程经理吗？”

这声音是楚惊鸿的，两人循声望去，楚惊鸿手里捏着一团纸，另一只手牵着皮皮。

皮皮瞧见程嘉友，甚是开心，扭着小屁股就往程嘉友的怀里扑，程嘉友忙蹲下身子，把皮皮搂在了怀里：“小家伙，几天没见，好像瘦了。”

皮皮“汪汪”地叫着，又往程嘉友的怀里钻了钻。

“这可不是瘦，以前啊，皮皮身上的都是肥肉，和我相处了一阵子，经过锻炼，现在它身上可都是肌肉了。只是显得瘦，可比以前结实多了。”楚惊鸿双手环臂，眼睛盯着皮皮说道。

“楚老板好久不见，我住四栋，以后就是邻居了。”程嘉友用手指了指房子的位置，笑着说道。

楚惊鸿顺手把手里的纸扔进了桶里，随即“哦”了一声：“那好啊，程经理，以后每天我们一起锻炼身体怎么样？之前咱们比赛过，你可是我的手下败将，搬来这儿住，总得有提高啊。”

“我来这儿住只是为了离照影近一些，好多照顾她一些。有机会，我们肯定还要较量一次。”

“哈哈，既然这样，程经理何必租别人的房子，直接租我的房子岂不是更好，这样离徐院长更近，更容易照顾。”楚惊鸿指了指自己的房子，开玩笑似的说道。

“我不喜欢太高的楼层，觉得空气稀薄，喘不上气。”

“啊？喘不上气？我可一点儿都没觉得，八成还是你体弱，还是要加强锻炼啊。要不哪天去了更高的地方，说不定得带氧气瓶呢！”

楚惊鸿说话越来越没谱了，徐照影听不下去了。她忙对程嘉友说道：“你的房子收拾好了吗？”

“快了，还差窗帘什么的没有选好，正好想让你去看看，帮我参谋着选一下，我除了黑白灰，也不知道什么颜色更好看了。”

徐照影点点头：“好啊，现在就去看看。”

程嘉友回转头对楚惊鸿说道：“楚老板，多谢你这段时间对皮皮的照顾，现在，我就带它回家了。”

楚惊鸿忽然有些懵，他瞧了徐照影一眼，没有说话。徐照影见他如此，说道：“这段时间辛苦你了，嘉友回来了，你也可以解脱了，现在就让皮皮跟嘉友回家吧。”

楚惊鸿想摸摸皮皮，可中途又把手缩回来了，他摸了摸自己的后脑勺，若无其事地回道：“也对也对，程经理一回来我就解脱了，铲屎这个活不太适合我，又脏又臭，呵呵，终于解脱了，那你们在这里等我一下，我把皮皮的生活用品拿下来。”

楚惊鸿说完，便头也不回地走了。程嘉友许久未见皮皮，他们就在小区里的滑梯旁玩了起来，程嘉友看着皮皮不免说道：“说真的，当初真害怕小家伙会过得不好，现在看来，情况并不糟糕。”

“人不可貌相，楚老板虽然粗糙，但对待皮皮也算是用了心。”

说话间，楚惊鸿便抱着狗窝从单元门口出来了，程嘉友顺势把那一堆东西接住。

“我终于可以自由地呼吸，不再担心狗毛满天飞了。”说完，楚惊鸿从裤兜里掏出一对耳机，递到了徐照影的手里，“你那天落在你家面馆里了，我替你收好的，本想当时给你，但事后也忘了个一干二净。赶紧收好，我可认得，这是全球限量版。”

徐照影翻了个白眼，把耳机揣进口袋里说道：“你肯定偷偷戴过，我这可是好东西。”

“就试了一次，音质不错，马上要出新款了，我准备也入手一个。”

楚惊鸿临走不忘拽了拽皮皮的耳朵：“别想我啊。”

可皮皮正玩得高兴，哪还管得了这么多，况且它也不明白，自己马上就要离开这个曾经想要百般甩掉它的男人了。

楚惊鸿朝他们二人摆摆手，潇洒地走开了。

“我们也走吧，皮皮玩累了。”

程嘉友租的房子和徐照影的房子，是斜对角，房子的面积不是很大，只有一室一厅，房间以灰色为主，家具很少，但各个精致，看上去简单却不简陋。

“这间房的主人急着出国，所以我以很实惠的价格租了一年。房子只铺了地板，刷了白色，倒让我能够随心所欲地装饰一番。”程嘉友边说边把皮皮的狗窝放在了床边的地毯上。

徐照影四处打量着，不住地点头，附和道：“你这房子确实租得好，阳光充沛，视野开阔，就是装修太过素净，我觉得纱帘应该选稍微跳脱些的颜色提亮一下，其实床单也可以做这样的选择。”

“那我们现在去逛一逛吧，顺便想请你吃顿大餐。”

徐照影知道程嘉友的工作很繁忙，置办物品的时间少之又少，正好今日医院里没有什么要紧事，徐照影便也随了程嘉友。

从小区到最近的商店有十几分钟的路程，徐照影自回到上海，还没有空出时间转一转。她今天才发现，原本空无一人的街道，人又渐渐多了起来，都陆续回城了。

“假期……去了哪儿？”程嘉友若无其事地问。

“回了一趟老家。”

“临时起意？我记得你说过要待在上海的。”

“嗯。”

程嘉友看了一眼徐照影，发现她一直在摆弄那对小巧的耳机，便继续说道：“火车票应该不太好买吧？”

“是楚惊鸿送我回去的。”

程嘉友笑了笑：“刚才他同你说话的时候，我就听出来了。只是不好意思问。”

徐照影收起了耳机，也笑着说道：“你也学会拐弯抹角了？”

“倒也不是，只是心里有些别扭，怕直接问你，万一碰了一鼻子灰，岂不是不好看？”

“光明磊落地回答你，为什么会给你不好看。嘉友，你想得太多。”

程嘉友把车载音乐的音量往小调了些，继续说道：“我其实不是个心胸狭窄的人，但这件事我总觉得别扭，潜意识里，陪你回老家探亲的人应该是我，可现在这个人并不是我，我很忐忑。”

“有什么好忐忑的，没什么大不了的事。”

“或许是我太过在意了吧，太过在意，才会敏感。再小的事也成大事了。”

徐照影偷偷瞥了一眼程嘉友，却发现程嘉友也正看着她。程嘉友的爱意稳稳地摆在心上，她知道这份爱意不假，带着谨慎的渴求和试探性的攻势，而自己不知道要把这爱意如何安放处置。

徐照影想了想解释道："楚惊鸿是为了生意上的事才去的宁波，送我回去是顺道而已。"

程嘉友忽然打了个转向，车子放缓速度，停靠在路边。程嘉友解开了安全带，徐照影也解开，但拨开插片的手却被程嘉友死死按了回去。程嘉友俯身向徐照影而来，温热的唇贴在她的脸颊上，蜻蜓一点，轻轻拂过。两人鼻尖相对，徐照影脑中却断了电。

这个吻太过轻巧，轻巧到需要慢慢回味，才能品出些滋味。

"他会是我的对手吗？"

"什么？"徐照影有些没听明白。

程嘉友却笑了笑，转移了话题："半个月之后跟我参加贵宾俱乐部的活动吧，上次的爱宠派对特别成功，怎么样？"

徐照影双手捧着脸颊，说了句"好啊"。

车子继续前行，向目的地进发，徐照影的脸却火辣辣的，那个原本轻飘飘的吻，如今变成了烙铁，烫在她心口。

这一天，徐照影过得异常充实，跟程嘉友订了窗帘，又重新买了床品，还看了他喜欢的书桌，中午吃过饭，两人分开后，她又去了宠物医院，陆陆续续已经有上班的同事了。过完一个春节，积食、肠胃炎的毛孩子多了起来，虽然是在假日，但人依旧很多。等处理完所有的事，竟然又很晚了。徐照影伸了一个懒腰，这才是她正常的工作吧，不忙碌还会觉得奇怪。她原本以为自己是无福消受那阳光海滩的生活，其实是她更喜欢忙碌罢了。

徐照影下班的时候，程嘉友已经在大厅的沙发上等着了，手里捧着一簇小小的花束，绿叶中点缀着一个个红彤彤的小果子，样子喜人甚美。徐照影接过手捧花，疲惫一扫而光，她知道此刻自己不必说什么谢谢。

“你倒是挺守时。”

“这样的情况可不是每天都能遇到，我加班的时候更多。只要能来，肯定不会偷懒。晚上想吃什么？”

徐照影想了想，却笑着摇摇头。

“那你就听我的安排。”

这样的时光在徐照影的生活中，少之又少。下班就去菜市场是她想都不敢想的，第一，她怕变成那样围着锅台转的女人；第二，菜市场就是她的噩梦，是她的弱项。

程嘉友选了一两样蔬菜，还有一条巴掌大的鲫鱼，还买了一些水果。

“回去熬一个汤，再做个沙拉，去你家还是我家？”

“去你家，我家里可是连锅碗瓢盆都不全。”

回家的路上放着轻音乐，有一搭没一搭地聊着天，时间好像放慢了不少。徐照影心里总是感慨，程嘉友这么优秀而且完美的男人，怎么会离婚呢？他和前妻之间，到底因为什么？性格不合？可程嘉友这般温润的人，想必是忍耐更多的那一方吧。

停好车后，程嘉友下车主动拉着徐照影，徐照影默默地接受了。心里还洋溢着小欣喜，这是她想要的生活，一个知己，一个小房，一顿热乎乎的家常饭。

“呦，两人这是在谈恋爱啊？”

真是巧，又遇到了楚惊鸿。徐照影下意识地想要躲闪，但程嘉友却死死地拉着她，让她无处可躲。

“是啊，楚老板反应迟钝才看出来？”

楚惊鸿挠挠头，打了个哈欠说道：“我一个大男人，才懒得关注这些叽叽歪歪的事呢。”

听他这么说，徐照影有些来气，她回道："不关注怎么一眼就瞧见我们了？还是脑袋里在作祟吧。"

"我脑袋里确实作祟了，我想着程经理怎么还不出来溜小狗。在我家这个时候不溜它，早就挠门了。"

程嘉友抬起手看了看时间说："在我家，皮皮都是晚上八点出来遛弯，不过几天生物钟就弄乱了。"

"我劝你啊，赶紧出来遛狗，这两天我也品出来了，别看是只狗，气性还挺大，一点儿委屈都不愿意受，就这么憋着，小心得郁抑症。"

"行了，你别贫嘴了。"徐照影趁机松开了程嘉友紧握她的手，"我爸临走时给了我几罐酱，给你一罐，别再碎碎念了好吗？"

楚惊鸿听闻，两眼放光，他忙说着："这可是你说的，我今天晚上等不到酱可不会睡觉啊。"

徐照影忙和程嘉友离开了这个"是非之地"，有楚惊鸿的地方就不安宁。厨房里，徐照影帮程嘉友择菜，程嘉友则忙着烹饪。对于徐照影来说，厨房就是梦魇开始的地方。就连削土豆皮她也做不好，三两下就削到手了。

"呀"的一声，削皮刀就被扔进水槽里了。

程嘉友扔下手中的活过来查看，不免长长舒了一口气："吓我一跳，以为流血了呢，还好是擦破皮，快出去吧，别在这儿搞破坏了。"

徐照影不愿意，总觉得不好意思。她想要把削皮刀再抢过来，程嘉友却从身后抱了抱她："快去和皮皮玩，以后，这里就是你的禁区。"

徐照影懵懵懂懂地被推出了厨房，她蜷缩在沙发里，怀里抱着皮皮发呆。关于程嘉友的一切，都是轻飘飘的，例如那个吻，例如这个拥抱。不经意，好似没发生，但是又真实存在。

徐照影向来吃饭不怎么规律，今天这顿热乎乎的，不免多吃了一些。晚饭过后，她摸着自己的肚子，只觉得很胀。

“明天想吃什么？”

吃得太多脑子就会迟钝，她想了半天，却只钝钝地摇了摇头：“再这样吃下去，我会变成大胖子的。”

“变胖点儿好，你现在太瘦了。”

没有做饭的徐照影，万分惭愧地承揽了刷锅洗碗的重任，饭不会做，但锅还是洗得不错。待收拾完，徐照影胃里才舒服了些。

“你想听什么音乐？我新买了一套音响设备，效果特别好。”程嘉友晃了晃手里的遥控器说道。

“改天吧，今天有点儿累了。”

程嘉友见她如此，只得作罢。皮皮早就挠门了，程嘉友只得笑呵呵地抱起皮皮，在它耳边说道：“我们出去溜溜，顺便送送我们的徐院长。”

果然是立春了，晚上出来，连风都不够清冷了。皮皮鼓着圆圆的肚子跑在前面，不用人领便到了滑梯旁，独自玩了起来，爱滑滑梯的皮皮开心得像个孩子。两人陪着玩了十几分钟，可皮皮还是没有要回家的意思。

“你赶紧带它回家吧，这越玩越兴奋，一整晚都不会睡了。”徐照影说道。

程嘉友自然知道，便抱起了皮皮。谁知皮皮却努力地挣脱了他的怀抱，三步并作两步跑到了徐照影的脚边。

“看来，你想送徐院长回家，那咱们就多送她两步吧。”

徐照影只是笑笑，程嘉友和皮皮一路跟着她进了单元门。

“就送到这儿吧，你也累了，早点儿回去休息。”

“嗯，明天见。”程嘉友轻轻摸了摸徐照影的头，与她告了别。

但是，皮皮今天显得有些许急躁，不论程嘉友怎么发出指令，它都不愿离开。僵持的时间久了，皮皮还会冲着程嘉友“汪汪”地叫。程嘉友试着抱起皮皮，可皮皮不住地扭动着小小的身体，并尖声叫着。没法子，程嘉友只得松了手。

“它这是怎么了？”

徐照影叹了一口气说道：“你知道的，它恐怕只认楚惊鸿。”

程嘉友抿了抿唇，有些许无奈地蹲了下来，他摸了摸皮皮的头：“你怎么就养不熟呢？我对你不好吗？那个人抛弃了你，知不知道？”

皮皮向后退了几步，委屈地“哼哼”着。程嘉友如何利诱，皮皮都不愿多走半步，最后索性躺在了电梯门口，闭起眼睛摇着尾巴。正在僵持中，单元门却开了，夜跑的楚惊鸿满身大汗地跑回来，瞧见电梯口的这一幕，也是有些不知所以。原本赖着不走的皮皮一下子来了精神，它从地上蹦起，三跳两跳摇着小屁股就跳到了楚惊鸿的面前，它抓着楚惊鸿的裤腿，要赖般地求抱抱。

“小臭屁，你知道的，我最讨厌抱你了，抱完你我得洗一个小时的澡，今儿还是算了哈。”

皮皮似懂非懂，依然兴奋地跳来跳去。程嘉友脸上有些沉郁，他不再纵容，从地上把皮皮拉起来，夹在胳膊下，甚至没有和徐照影告别就走掉了。他走得太快，走得让楚惊鸿摸不着头脑。

楚惊鸿朝徐照影一摊手，满面疑惑地说：“他好像有些不高兴。”

徐照影没有回答他，转身按了电梯，电梯门开了，楚惊鸿也跟了进去。电梯里很安静，楚惊鸿轻咳了两声说：“酱。”

电梯门再一次打开，徐照影无奈地说了一句“等着”。

楚惊鸿倒是听话，乖乖地站在门口，不时地舔一舔嘴唇。徐照影从冰箱里找出酱，重重地掷在楚惊鸿的手里。

“干吗这种态度，要是我没接住摔在地上可咋整。”

徐照影不想跟他贫嘴，说了一句“晚安”便要关门，但门被楚惊鸿支着，关不上。

“你还有事？”徐照影嫌弃地问道。

“你什么时候和他谈恋爱的啊，像你这样的大龄女青年，恋爱要慎重，万一选错了人，多苦恼。”

徐照影双手环臂，仰着头没好气地说：“要你管。”

“这不是吃人嘴短吗，我得关心关心你。”

“行了，别假惺惺了。赶紧回你家去。”只要和楚惊鸿说多了话，徐照影总头疼，这会儿头又疼起来了。

“我猜，你一会儿还得来找我，就那小狗，我觉得程经理搞不定，他那么暴躁，别一生气把小狗给炖了。”

“再暴躁有你暴躁？”

这话楚惊鸿不爱听了，他立刻严肃地反驳道：“瞧你说的，人不可貌相。你识人的本事太差。”

徐照影“嘭”地把门关上了，门外的楚惊鸿却又轻轻敲了几下门，扯着嗓子喊了句：“谢谢你的酱啊。”

其实，不用楚惊鸿说，徐照影心里也一直惦念着皮皮。在医院刚成立之初，就算只是来打疫苗的毛孩子，徐照影隔天都要电话回访，记录它们的身体状况。这些年做下来，竟成了习惯，慢慢地戒不掉了。更何况是让她百般费心的皮皮？徐照影并不担心程嘉友对皮皮不好，她担心的是倔强死脑筋的皮皮。

徐照影洗完澡便在床上看电影，只看了开头的二十分钟便心神不宁了。看看时间，晚上十点，虽然这个时间不适宜打电话，但徐照影还是打给了程嘉友。

电话一接通，徐照影就知道情况不妙，电话里传来皮皮的尖叫声。

“它怎么样了？”

程嘉友无奈地说：“木头门已经让它啃坏了，皮皮非要出去不可。现在正在闹脾气，我真想教育教育它，就算是只小狗，也需要懂规矩才行。”

“教育可以，但不是这个时候，它正闹情绪呢，你教育它，它能听吗？小狗和孩子一样，但又不是孩子。”

“你早些睡吧，别操心了，估计是我搬新家的原因，它还不适应，过几天就没事了。”

徐照影挂断了电话，她想着不去管，但最终还是败给了自己。

待程嘉友打开房门的一刹，看到裹着大衣头发半干的徐照影，还是有些意外。他赶忙把她拉进屋里。徐照影还没进屋，就听到“嗷嗷”的叫声。

“皮皮我带走吧，它这样叫一个晚上，恐怕邻居会投诉的。”

程嘉友沉默半晌说道：“你是要把它送到楚惊鸿那儿去。”

“先接回我家再说，我毕竟是兽医，对这些小家伙更了解，它也更容易听我的。”

程嘉友无奈地笑了笑：“其实我也头疼了很久，皮皮跟我分开这些天，变化太大。不够听话，而且太过活泼。今天晚上，我都快被它弄得精神分裂了，你来把它接走，其实是拯救我。”

“你对皮皮那么好，只是这个小东西不领情罢了，好好睡觉吧。”见程嘉友欲言又止的模样，徐照影看了忙问道，“你还有什么顾虑？”

“既然你问了，我就直截了当地说，能不能不要把狗送到楚惊鸿那里？”

徐照影一怔，没想到程嘉友会这么说，便也解释道：“我原本是这么打算的，如果皮皮在我那里能够安静下来自然是好，如果还是老样子，送回楚惊鸿那里试试也未尝不可。你干吗那么排斥？”

“第一，他抛弃过皮皮。第二，现在皮皮是我的狗。第三，我不是圣人，我的狗黏着我讨厌的人，心里会不爽。”

这条理清晰的论述，着实让徐照影有些吃惊，她试探地问道：“你为什么讨厌他？”

程嘉友忽然有些语噎，停顿了几秒才说道：“我以为你和我是一样的，难道你不讨厌他？”

这回轮到徐照影哑然了，她揉了揉被风吹得有些痛的头：“讨厌谈不上，就是个普通没有深交的相熟之人。我甚至都不怎么了解他，又怎么能对一个人轻易的讨厌或者喜欢。”

程嘉友笑了笑，语气平静，但眼底渐起波澜。

“如果只是没有深交的相熟之人，怎么会一起回宁波？”

徐照影倒吸一口凉气，努力让自己保持微笑，她说：“能不能不要这么纠结？因为你讨厌他，所以就胡乱猜测，甚至连我也要指责？这种做法不太好吧？”

程嘉友抓了抓湿漉漉的头发，他长长地呼出几口气，面上的表情才轻松了些，回道：“不好意思，我有点儿过分了。不过，照影，有几句话我要问你。”

“你想问什么？”徐照影的脾气不是很好，这会儿也让程嘉友搅烦了。

“我把你当作女朋友了，所以才会这么没有原则地生气，所以一个大男人竟然学会了吃醋和猜忌。我知道这样不好，但往后……我控制不住……偶尔又生气时，你能对我宽容点儿吗？”

四目相对，程嘉友的眼神里满是期许，可徐照影脑袋里却“嗡嗡”作响，她根本就不想回答程嘉友的问题，只得轻咳两声以掩饰尴尬。

“我……先走了！”

徐照影根本没有溜的份儿，此刻的她被程嘉友抵在墙上动弹不得。程嘉友发梢上的水珠滴落在徐照影的锁骨上，又凉凉地滑入衣服里。

“承认是我女朋友，有这么难吗？”

徐照影打落禁锢着她的手臂，急急追出门去：“小狗跑了！”

徐照影追上皮皮的时候，它已经从步梯的十三楼奔到了五楼。皮皮被徐照影抱在怀里，躁动一下子就止住了。徐照影喘着气走下一楼，她抬头望了望十三楼的窗户，窗里灯火通明，程嘉友并没有跟着追出来。

出了单元门，徐照影便放开了皮皮。皮皮撒欢似的朝前跑着，徐照影生怕它丢了，只得小跑着跟在后面。可皮皮轻车熟路地跑到了徐照影所在小区的楼门口便停下了，站在原地等着徐照影。徐照影却在走神，程嘉友的话那么直白，她又不是傻子，当然听得懂。她是喜欢他的，很满意，无可挑剔，可自己竟然跑了。徐照影捶捶脑袋，不禁骂了自己几句，你就活该单身吧。谁知道今天的逃跑，程嘉友是怎么想的。

就算再懊恼，事情也发生了。现在唯一能做的就是顺其自然。可她看着皮皮，心头也是思绪万分。她不知道要如何好好安放这个小小的生命，再回到楚惊鸿身边吗？可程嘉友是否会同意，楚惊鸿又是怎么想的，让怕毛的人接受养狗，皮皮的命运会不会重蹈覆辙？

毛孩子是充满灵性的，但它们的生命和情感又是脆弱的。它们可以轻而易举地就信任一个人，哪怕到最后伤痕累累，也不会轻易地离开。她害怕这脆弱的生命在辗转中凋零枯萎。

徐照影摇摇头，想这么多又有什么用，除了脑袋疼，还能有什么？她推开单元门，却被门里的那个人吓了一跳。这回，皮皮又高兴了。门里的楚惊鸿穿着厚厚的卫衣，卫衣上硕大的帽子戴在头顶，他正靠墙站在那里，脚尖来回点着地，好像在思索什么。

楚惊鸿听闻叫声眼睛一亮，他说道：“呀？这么巧？咱一个晚上碰着多少次了？上辈子五百次的回眸才能有这一世的擦肩而过，一晚上三次了吧，算一算就是一千五百次的回眸。这种缘分，让人赞叹啊。”

这人一嘴的胡言乱语，徐照影竟然习惯了不少。她开口问道：“你不会又去跑步了吧？这一晚上跑好几回，体力惊人啊。”

楚惊鸿嘻嘻一笑：“今天送走小狗后，我便做了大扫除，把家里仔仔细细地擦了一遍，擦到没有一根狗毛，擦干净了心里又别扭起来，总觉得空气中消毒液的味道有些浓烈。这不下楼来透透气，我可没跑步，也不是在这儿撩闲的。就是专门吸吸新鲜空气的。”

“那你继续吸新鲜空气吧，我要上楼了。”

楚惊鸿若无其事地问道：“程经理不要狗了？这就是传说中的爱狗人士？”

徐照影白了他一眼：“我喜欢皮皮，所以暂时代养一阵子不行吗？”

“你要是喜欢，何必替它找主人，自己养不就行了。”

本来刚和程嘉友闹了不愉快，这会儿徐照影早就没了耐心，有些许急躁地说：“这感情是慢慢培养起来的，以前没感情，现在有了！”

“我也是。”

徐照影胸口的暴躁瞬间被熄灭了，她痴痴地看着眼前这个身形魁梧的男人，对他刚才所说的话，有些难以置信。

“它在的时候烦，不在的时候也烦，你说我是不是犯贱啊，弃养声明都签了，现在却有点儿放不下了。我有时候都瞧不上我自己，不就是一只狗吗，竟然牵肠挂肚的。”

他说的话不好听，但感情还是挺实诚的。徐照影打趣地说道：“说明你人性未泯，还有得救。”

“你现在打算怎么办？自己养着？”见徐照影不说话，楚惊鸿继续说道，“要不我领回去吧。”

徐照影忙摆手说道：“不用，我是真喜欢，所以想养两天。”

“别难为自己，小狗晚上我领回去，早上再给你送回来，保证不让程经理看出破绽。”

徐照影从没有仔细看过楚惊鸿，她仰着头看了他几秒钟，竟觉得他长得与以前不太一样，眉眼间戾气少了些，竟多了几分柔情。有些许胖的脸颊说起话来竟有两个小酒窝。他不是外表那般粗犷，反而心思细腻，识人识相。

“你还不进电梯？”说话间，楚惊鸿已经把皮皮牵在了手里。

徐照影回过神，慌忙进了电梯。电梯很快就到了，徐照影走出去，望着电梯里的一人一狗，不禁脱口而出：“不知道为什么，皮皮竟然会如此黏你。”

“或许是因为我见过它最糟糕最无助的样子吧。”

电梯关阖，皮皮高兴摇尾巴的样子不见了。徐照影却长吁一口气，楚惊鸿说得对，他见过皮皮最落魄的模样，即便楚惊鸿只是随手一救，但这一丁点的温暖却点亮了皮皮的余生，它怎能不黏着楚惊鸿，怎能忘记这个带着阳光而来的男人。

第六章

徐家的女婿

楚惊鸿是个说话算数的人，大早起就把皮皮送到了她的家门口。

“吃过狗粮了，昨天这小家伙怕是太兴奋，竟然一点多才睡。”

徐照影拉过皮皮，不免问道：“那你一直陪着它？”

“我就顺势又做了个直播。”

楚惊鸿是个出色的生意人，绝对不会放过任何一次宣传买卖或涨粉儿刷礼物的机会。

“还是人畜互动健身操？”她不免开起玩笑了。

楚惊鸿听闻，有些吃惊地问：“徐院长难道也是我的粉丝？以前可没听说过啊。”

徐照影面上一僵，略显尴尬，她吞吞吐吐地狡辩着：“我误点进去的，就看过一次，一次三秒，辣眼睛辣了三天。”徐照影不敢看楚惊鸿，她心虚，她哪止看过一次，她走着坐着躺着，只要无聊就会点开看看，找找乐趣。

楚惊鸿却哈哈大笑起来："了解，明白，在徐院长的眼里，我这直播有点儿低俗，徐院长看过我的直播，那真是太有成就感了。如果觉得好，下次记得在平台上送我点儿小礼物。"

徐照影鄙夷地瞟了他一眼，楚惊鸿潇洒地摆摆手，消失在了她面前。徐照影洗了把脸，便牵着皮皮下了楼。她和程嘉友有约定，每天六点一起锻炼。出了楼门，徐照影便瞧见了在远处做热身运动的程嘉友。他一身运动服，倒是比西服领带的打扮看上去更加清爽些。她其实内心十分忐忑，昨天仓皇逃走，内心又悔又恼，自己的行为是不是伤害到了程嘉友，徐照影不得而知。但见程嘉友依然赴约，徐照影多少松了一口气，她暗自告诉自己，好男人不多了，不主动就是罪过。

"不错，很准时。"徐照影故作轻松地打着招呼。

程嘉友笑了笑，随即说道："昨天晚上皮皮在你家睡的？"

徐照影低低"嗯"了一声。

"它乖不乖，没挠门吧？"

徐照影囫囵地回答道："我昨天累了，回去就睡着了，它挠没挠门可是没注意。"

"哎，看来，这个小东西只怕跟我八字不合，我得找找化解的方法。"

徐照影侧眸说道："什么方法？"

"把你加入我们的队伍，不就可以了？"

早晨的时光短暂，但晨光又是一天内最好的。徐照影边慢跑边仰望着云层下万丈光芒，只觉得身上充满了力量。其实，她已经想好了，想要在今天早上，给自己一个痛快。

两人跑了一圈之后，徐照影便率先停下了脚步，程嘉友也跟着停了下来。她看着波光粼粼的湖面，攥了攥发凉的掌心，鼓起十二分的勇气说道："嘉友，昨天跑走是我的不对，是我太懦弱，太不勇敢，我想了一个晚上想明白了，我心里早就接受了你是我男朋友的设定，但却依然嘴硬，这样不对。我向你道歉……”

话还没说完，程嘉友便拉着徐照影继续朝前跑去。徐照影像只风筝，被程嘉友拽着，连心也一起在摇摆。

跑步中，程嘉友的气息不够稳，但每个字都稳稳地落在徐照影的心上：“不需要道歉，谢谢你的勇敢，我喜欢。”

徐照影杂乱的心跳终于趋于平稳，程嘉友的手一如既往的温暖，一如既往的宽厚，她不由也紧紧地握住程嘉友，这种坚实有力的感觉，感觉以后的人生都无所畏惧一般。

“徐院长！程经理！”

远远的，二人便听到大嗓门的叫喊，程嘉友小声嘟囔了一句“又来了”。

楚惊鸿的身体素质可是徐照影和程嘉友比不了的。他三步并作两步便跑了过来：“呦，一家三口遛弯呐？早起的时光，还是多跑跑步拉拉筋，老大娘老大爷跑不动才遛弯呢。”

“我们都是坐办公室的，不如楚老板力气大没处使，早起只是为了吸吸新鲜空气。”

“好啊，那你们继续吸空气，我先跑了。”楚惊鸿指了指脚底下乱窜的皮皮，“别跟着我啊。”

要不是有牵引绳，皮皮肯定早就奔跑着追出去了。

见程嘉友面上有些难看，徐照影建议结束晨练，说：“我们回去吧？”

他们一路往回走，不时还能看到犹如猎豹般步伐矫健的楚惊鸿，程嘉友心上又窝火了：“他怎么说话那么别扭，一家三口？这不是骂咱俩都是狗吗？”

就算楚惊鸿有那个意思，徐照影也不能附和，毕竟现在她心里揣着些不能告诉程嘉友的事儿。

“你想太多了，皮皮本来就是小孩子啊，所有养宠物的人都会把它们当孩子，‘一家三口’这四个字没毛病。”徐照影是明白的，楚惊鸿不管说什么，程嘉友都会觉得别扭。

程嘉友闷闷地不说话，一直到快回去了才回了一句：“是我自己的问题，我高兴的时候也会对皮皮称‘爸爸’，怎么楚惊鸿一说我就受不了了，真是长了心魔。”

“别想了，楚老板也是个大大咧咧的人，讲话不好听很正常。”

“照影，晚上我还是把皮皮接回去吧，既然它是我的家人，有了隔阂就要努力去化解，而不是把它推开。”

徐照影还是有点儿不放心：“真的可以吗？”

“嗯，就算不可以也要努力可以。做我们理财这一行的，就算最难缠的客户，也要找准机会来化解矛盾，何况皮皮并不是客户，而我对它没有给予足够的耐心和努力。”

徐照影心头一阵暖意，她说道：“你做得很好，是皮皮有心结。”

“不管怎样，只要是我的，不管是家人、朋友、东西，怎能轻易就让出去？这是对我自己的不负责。今晚，下班你来我家吃饭，顺便把皮皮带过来。”

既然程嘉友这么说，徐照影也只能照做了。虽然感觉程嘉友的情绪有些差，多半还是楚惊鸿捣乱的结果。

徐照影一到医院就忙得不可开交，连午饭都忘了吃，有一些手术只有徐照影有能力做，医院又是自己的，徐照影没有偷懒的机会。五台手术之后，她才有机会抬起头看看墙上的钟表，竟然晚上七点了。她又检查了一下所有住院的毛孩子，嘱咐了晚上值夜班的医生，这才披着星光下班了。

有五个未接来电，都是程嘉友打来的，徐照影想一定是有什么急事，她赶忙回过去，对方却已关了机。她翻看了一下微信，程嘉友给她留了语音简讯。原来程嘉友临时要代表市行去参加全国金融业协会举办的会议，走得匆忙，没能见面。

徐照影倒是长吁了一口气，这样也好。能拖一天是一天，想着皮皮那双可怜巴巴的大眼睛，徐照影于心不忍。她心里曾经飘过让楚惊鸿再次收养皮皮的念头，但碍于程嘉友，徐照影只得把这念头重新压了回去。

徐照影刚一进小区门，便瞧见楚惊鸿在儿童游乐区站着，双脚来回搓着地上的细沙，没发现徐照影已经走近了。

“干什么呢？”

楚惊鸿吓了一跳，他扶着胸口大喘了一口气后，说道：“这不是等你呢吗？”

“等我干什么？”

楚惊鸿摸了摸后脑勺：“哎，其实也不是等你，我在这儿等小狗呢。”

徐照影“哦”了一声，便赶紧上了楼，把早就尿急的皮皮牵出来，皮皮一出门就撒了欢。赶紧撒了尿，便闻着味儿找到了楚惊鸿。

楚惊鸿倒是表现得并不熟络，只是不温不热地陪着小狗滑滑梯。

“你怎么……今天上这儿等着了？我晚上可以给你送过去的。”

“你放心，程嘉友不是出差了吗，他看不见的。”

心事分分钟被戳穿，徐照影又“哦”了一声：“你怎么知道的。”

“我可是他们行的大客户，今天去办了一笔理财，听他们同事说起来的。”

两人之后便是沉默，带皮皮外出，其实很容易，皮皮就这么上蹿下跳地玩滑梯，一玩就是半个小时。

沉默中徐照影说道：“楚老板，真的要谢谢你，虽然我觉得把皮皮丢给你这件事欠妥，但还是心安理得地这么做了。”

楚惊鸿一副满不在乎的模样：“这种台面上的话别说太多，要来就来点儿实际的。”

“什么？”

“帮我搞到酱的配方呗？”

徐照影朝他翻了个白眼说道：“我以为你早忘了。”

“徐院长，一说正经的你就不接茬，真是精明。”

徐照影还没反驳，手机电话便响了，她看了看，竟然是郑教授打来的，郑教授向来不喜欢接打电话，徐照影没有多想便接通了。电话那端，果然不是郑教授，而是郑教授的女儿。

原来，郑教授在这次出了实验室之后，状态就不好，三天前突发脑溢血，病倒在医院里。而郑教授的一篇关于动物传染学的研究报告获得了本年度的国家级大奖，现在要对研究报告进行汇报演讲，熟悉这份研究报告的人非徐照影莫属。所以，郑教授的女儿恳请徐照影能够代替郑教授前往参加会议。

徐照影挂了电话，心上还是紧绷绷的。在国内，郑教授可以说是动物传染学研究的先驱了，如今竟然轰然倒下，毫无征兆。她还没做好独自奋斗的准备，如今却要走到台前。

“你怎么了，脸色这么难看？”楚惊鸿见她在旁默默无语，不免问道。

“我想去趟医院。”

虽然已经是夜晚了，但徐照影还是毫不犹豫地做了决定。在下班高峰期幸好有楚惊鸿在，否则也不会半个小时就能赶到医院。

郑教授的女儿和女婿在重症监护室外守候着，徐照影自然也没有见到郑教授。

“爸爸前几天还说起过和你合作的那个课题，说是要带队北上再做几次调研。还没等实践就倒下了。”

徐照影听了这句话，泪汪汪的。从某一方面来讲，郑教授算是她的精神支柱，如果没有郑教授，她早就泄气，放弃这个课题了。

徐照影宽慰了郑教授的女儿，又与医生了解了一下郑教授的病情，虽然心情沉重，但这件事对她来说更重要。

“很抱歉，皮皮这次彻底要全托了。”徐照影故作轻松地开着玩笑。

“有什么好抱歉的，它喜欢和我待在一块儿，挺好。”

会议在明天一早，徐照影回家简单地收拾了一下，楚惊鸿替她买了票，一个小时之后便到了机场。因为时间紧，只能坐红眼航班。

在安检外，楚惊鸿从身上掏出一个东西塞到徐照影的包里。

“这什么啊？”

“放心好了，不是违禁品。只是一个有助睡眠的小东西。对了，你什么时候回来？”

徐照影边翻登机牌边说：“后天下午吧。”

“那你上飞机后就睡觉吧，什么都不要管了，等下了飞机，我会把返程的机票信息发给你。”

徐照影心头热乎乎的，她客气道：“这多不好意思。”

“有啥不好意思的，我就是个生意人，心眼多着呢，我肯定在打我自己的小算盘。”

虽然楚惊鸿这么说，但徐照影还是被逗笑了：“我要是不告诉你酱的配方，你是不是能这么鞍前马后一辈子？”

“那我非疯了不可。”

徐照影挥挥手后便顺利过了安检。人的感觉有时候很奇怪，当初那么面目可憎的人，现在竟然可以轻轻松松地开开玩笑了。

一切都很顺利，登机之后，飞机起飞。红眼航班，旅客都很疲惫，徐照影却毫无睡意，她拿出郑教授的获奖课题，认真读起来。这只是郑教授研究项目的一小部分成果，可每一部分都耗尽了他的心血。以后的自己，能否也是这样她不敢想，她也没有郑教授的魄力，因为，她早已给自己开了一家宠物医院作为退路。她摸了摸包里楚惊鸿塞进来的东西，打开灯仔细地看了看，竟然是个高级的睡眠眼罩。这个眼罩，徐照影知道价钱，上过孟天天的杂志，是个高端货。徐照影微微弯起了唇角，这个大老粗，倒是会投人所需。

楚惊鸿有时候觉得，这世上的事儿有点儿太合他心意了。他怕小狗的时候，小狗就有人领养。他忽然有点儿想小狗的时候，小狗就又被送了回来。如果老天能再送他个女朋友，那就更好了。楚惊鸿看着刚洗过澡的皮皮舔毛，自己的思绪早就不知道飞到哪儿去了。今天这么一趟折腾后，楚惊鸿也累了，一沾枕头就睡着了，等再次醒来，是被电话铃声叫醒的。

他以为是闹铃，随便按了下手机，便把手机扣在了枕旁。谁知手机里，竟然有声儿传出来，而且还是个男人的声音。

楚惊鸿打了个哆嗦，赶忙拾起手机，看看来电，是陌生号码。

“您哪位？”

“你大爷。”

嗯？楚惊鸿听闻一咕噜就从床上坐了起来：“别开玩笑，我大爷早死了。”

“臭小子，我是你徐大爷。我刚下火车，快点儿来接我。”

二十分钟后，楚惊鸿顾不得洗脸，以最快的速度奔到了火车站。他停下车，上气不接下气地跑到徐父面前，徐父正悠然自得地端着杯奶茶，坐在肯德基里等他。

“哎呦，您看您，来之前也不提前打个电话，那样的话我早早就来车站接您了。”

徐父看着外面熙熙攘攘的人群说道：“你不是说随时联系你吗？难不成需要提前预约啊？”

“瞧您说的，您要见我哪用预约啊，吃早饭了没有？”

徐父摇了摇头。

楚惊鸿谄媚地笑着说：“正好，咱去我店里吃去。”

不一会儿工夫，楚惊鸿便拉着徐父到了“牧民家”。按照楚惊鸿对客人的重视程度，这顿早饭摆了满满一桌子。

徐父也是个贪吃的人，而且一桌子不常见的美食，他也毫不客气，举了筷子便大快朵颐了。

“看在你这么有诚意的份儿上，早上对我的大不敬暂且不追究了。”

楚惊鸿听闻，忙舒了一口气：“是我不好，但是我一直叫您‘徐叔’，这突然电话里来个大爷，我还以为……呵呵……找茬的来了。”

徐父瞟了一眼楚惊鸿，便又低头吃起来。这眼神和徐照影一模一样，不屑中带着点儿冷漠。

“我有徐照影的时候都三十五岁了，肯定比你父母大，让你叫一声大爷，又没占你便宜。”

楚惊鸿赶忙倒了一杯砖茶递到徐父面前：“对对，您说得没错，叫叔叔、大伯、大爷、大舅都行，您喜欢我叫您什么，我就叫您什么。我又不吃亏。”

“你小子嘴还挺贫，我可不喜欢。”

楚惊鸿除了陪笑脸，其他的也不敢造次了。照徐照影的话来讲，徐父是个不好伺候的主儿，他也没辙。

徐父喝了一勺汤面，却皱了皱眉头：“怎么有我家酱的味儿？”

瞧徐父的表情，便知他心里有嗔怒。楚惊鸿小心翼翼地回答道：“徐院长……给我的，我觉得这么美味的东西不能独吞，所以……所以拿出来和大家一起分享。”

“得了吧，你当我是瞎子？去宁波的时候，就那么几天，眼睛就没离开过我的酱坛子。”

“呵呵，叔……大爷……大伯……呵呵，真的是太好吃了，所以没忍住就拿出来卖了……”

“你给我钱了吗就用？”徐父把筷子往桌上一掷，就不吃了。

楚惊鸿赶忙把筷子又拾了起来，双手递到徐父面前：“您说多少钱，我现在就补偿，我不懂事，您再给个机会好不好？”

徐父“哼”了一声：“想得美，开这么大的饭店，你小子可不是缺钱的主儿。”

徐父接过筷子，又夹了两个烧麦吃。贪食的徐父打了个饱嗝，一股子的大葱味儿，赶忙喝了几口砖茶压了压。

砖茶下肚，徐父的表情有些狰狞了。

“叔，您怎么了？”

“肚……肚子疼。”

徐照影参加完会议和晚宴，已经是夜里十点多了。这一整天甚是忙碌。这是徐照影第一次参加如此大型的会议，见了许多平日里只在杂志和书上才能见到名字的真人。她原本以为自己是孤军奋战，其实只是没有找到属于自己的队伍。这里的专家，不论国内还是海外，不论年过古稀还是正当而立，对于自身的研究全都侃侃而谈，充满激情与希望。反观自己，倒是落人之后，显得无所事事，不够精进。

徐照影回到宾馆洗过澡后，才想起翻看手机，这才发现关机时父亲打来的电话。这个点儿着实晚了，她本来就对父亲有所顾忌，此刻正在犹豫要不要回拨过去，毕竟快过去一天的时间了。

正在踌躇间，电话打了进来，是程嘉友的来电。

“什么时候回家？”

“明天下午的飞机，两个多小时就到上海了。”

“那我去接你，顺便带你去吃大餐，消消旅途劳顿。”

有人关心有人疼的感觉就是不一样，徐照影心里暖暖的：“好啊，那我要狠狠吃你一顿。”

“照影，我想着今天要不把皮皮接回来？但楚惊鸿那个人，我确实有点儿头疼。”

“既然这样，那我们明天一起去接皮皮好了，其实楚老板人没那么坏。”

程嘉友有少许沉默：“或许吧，是我自己不愿意了解，不愿和他打交道罢了。”

电话挂断，徐照影终于滑进了被子里，被厚厚的被子包裹住，疲乏感也渐渐浮上心头。她迷迷糊糊地翻看着刚刚加为微信好友的专家们，此时却来了一条微信。

微信是楚惊鸿发来的：这么晚了，不打电话了。告诉你一声，徐叔叔来上海了，今天有些不舒服，我带他去看了病，没什么大碍。

徐照影看见这一条，还怎能熟视无睹？电话瞬间便拨了过去。

振铃三秒，楚惊鸿便接起了电话。

“我爸怎么回事？”

“忽然说肚子疼，就去医院检查了一下，老毛病了，要是以后再不注意，会不太好。”

徐照影心头“咯噔”一下，她问道：“什么老毛病？”

“呃……就是胃病啊，你不知道吗？”

徐照影脸上一红，随即把问题闪了过去：“明天我下了飞机就去医院。”

“不用，叔叔明天再输点儿液就能回家了。只是明天不能接你了，况且……我想，接你这件事……应该也轮不到我。我还是好好陪叔叔吧，你别太惦念。”

徐照影咬了咬唇，才把喉中的哽咽憋了回去：“谢谢你，楚老板，等我回去……会帮你要到酱的配方的。”

“我楚惊鸿在你心里就是这种货色啊？你现在提配方的事就是在侮辱我，先挂了。”

电话那端倒是挂得干脆利落，徐照影话一出口就觉得自己说错话了，但已经无法补救了。她这个人，如果不是自己当了老板，想必也是得罪一群人，她的职业生涯早就死在众人的口舌之下了。

徐照影这一晚上睡得不够安稳，迷迷糊糊，半睡半醒的，梦里都是父亲的事，早上起来的时候顶了两个黑眼圈。她上午原本打算在附近逛一逛，这回也没了心情。早早就赶到了机场。徐照影心烦意乱，她不知道自己在心烦什么，可能是父亲的突然造访，也有对父亲病情的担忧，可更重要的应该还是不知回去以后要如何相处。

飞机准点降落在上海机场。徐照影拉着行李箱走出来的时候，果然被眼前的景象打了个措手不及。

右手边是向她微笑招手的程嘉友，五米开外，是向她微笑招手的楚惊鸿，只不过楚惊鸿显然笑得更加造作。因为除了他，还有背对着他、端着杯子喝饮料的徐父。

徐照影只能硬着头皮往前走，走出出口，程嘉友很自然地接过了徐照影的行李。

“累了吧？一会儿车上你先休息一下，咱们再去吃饭。”

徐照影“呵呵”笑了两声，随即瞟了一眼楚惊鸿。

楚惊鸿可是个会看眼色的主儿，他心领神会地解释道：“徐叔叔想喝果汁，这家果汁只在机场有店。”

呵，真会胡扯，徐照影心里默念。不管怎样，这番话说出来，倒是解了她的围。

徐照影只得对程嘉友笑着说道："嘉友，这是我爸爸。"

程嘉友一愣，显然有些吃惊。他慌忙快走两步，来到徐父面前："原来是徐叔叔，真是抱歉，刚才竟然不知道是您，没有上前打招呼。"

徐父也是个有个性的老头，面对程嘉友的寒暄，他只是"嗯"了一声。

"照影，叔叔既然来了，怎么没有提前告诉我一声，这样做就太不对了，怎么能让叔叔一个人在上海没人陪？"

"告诉你，你能陪啊？况且我也不认识你，待一块儿不尴尬吗？"徐父边喝果汁边若无其事地说道。

小心翼翼培养起来的温和气氛，一下子又凝固成冰了。程嘉友显然不太在意，对付刁钻客户是他的职业技能，何况徐父的刁钻段位在程嘉友的眼里并不高。

"叔叔，我订了餐馆，今天我做东请您吃饭。"

徐父看了一眼程嘉友："我肚子疼，可不敢乱吃东西。"

楚惊鸿赶忙说道："叔叔最近胃不舒服，我在家里煲了热粥，菜也切好了，都去我家吃吧，程经理的大餐等叔叔身体舒服些再去。"

"快回去吧，这果汁也不怎么样。"

徐父掉头就往机场外走，楚惊鸿只得小跑着跟了出去。徐照影见状，只得深吸一口气，她这个爸明明就是添堵来了。徐照影也闷闷地跟在后面，再后面是拖着行李、有点儿懵的程嘉友。

"嘉友，我坐楚惊鸿的车吧。"

徐照影想多解释两句，但话到嘴边还是咽了回去，有些话说多了不见得好。好在程嘉友识大体，他只是拍拍徐照影的背："去吧，我理解，别因为我而苦恼。"

徐照影快走两步上了楚惊鸿的车，坐在副驾驶的位子上，徐照影透过后视镜瞧着闭着眼睛仰睡在后座的父亲，心里不免有些沉闷。

“来了也不提前说一声。”

“提前说有用啊？还不如这小子的名片好使。”

“呵呵……叔，徐院长当时在飞机上呢……呵呵。”楚惊鸿边开车边解围，但他甚感疲乏。

“楚老板，报告单和化验单都拿回来了吗？”

“在你面前的盒子里。”

徐照影拿出化验单翻看着，嘴里还不住地念叨：“你就好好喝酒吧，下次可不是胃痛这么简单的。”

“不用你咒我，这辈子我认了，我就是喝酒喝死的。”

“啪”的一声，化验单被摔在了前挡风玻璃上，徐照影的暴脾气又上来了：“既然你都认命了，还来找我干什么？回家继续喝酒啊。”

“谁说我是找你的？我是来找小楚的。”

姓徐的和姓徐的待在一处，一直都是这样的场景，没有什么父女之情，只是口舌当箭，互射对方几十下再说。好在从机场回家的路并不远，待熄了火，徐父便摔门先下车走了。

徐照影却还气呼呼地坐在车里。

楚惊鸿说道：“你别气了，徐叔叔今天是专门去接你的，他哪里是要喝机场的果汁？他只是嘴硬罢了。”

徐照影的眸光黯淡，捋了捋散落在额前的杂发，轻声回应道：“我知道。”

楚惊鸿的家从来没来过这么多人，以往朋友都是直接去“牧民家”聚会，有酒有肉的，所幸楚惊鸿的厨房和餐厅很大，尤其是专业的厨房，竟然有四个燃气灶，外加两个电磁炉，应付这么几个人倒是绰绰有余。

回到楚家，听着火苗的“噗噗”声，气氛又回到了和谐的状态。徐父虽然和徐照影一样是块臭石头，但他们都喜欢动物。徐父坐在沙发上给皮皮挠痒痒，徐照影则远远地坐着，不由地抿着唇呆呆地看着。

客厅里倒是和谐了，厨房里却烟火味有些重了。程嘉友主动请缨要帮助楚惊鸿做饭，但一山怎能容得下二虎。

“哎哎哎……你干吗在粥里倒一勺油？没见过你这么做饭的。”程嘉友皱着眉抢过了油壶，可惜晚了一步，油已经倒进去了。

楚惊鸿万般无奈地回答：“这样可以防止粥溢锅。”

“你多留意点儿不就行了，叔叔胃痛，你还倒油，这怎么喝？”

楚惊鸿把油壶又抢了过来，他说：“就这么一点儿油至于吗？”他翻了个白眼，往炒锅里又倒了些油，油还没有起锅，楚惊鸿已经看不惯程嘉友的做法了：“你怎么把葱姜蒜都放进去了？留一点儿生葱，等出锅的时候再撒，这样有味儿。”

楚惊鸿再着急也无济于事，反正所有的葱姜蒜已经都在锅里了，它们发出“滋滋”的声响，顺带着炸出些葱香味儿。

“有味儿也不是好味儿，徐叔叔应该吃不惯生葱。就我这种做法才好。”

楚惊鸿呵呵笑了笑：“程经理对徐叔叔挺上心啊。”

“那当然，那可是照影的爸爸，我不上心谁上心，难不成是你吗？”

楚惊鸿轻咳了两声，用以掩饰内心的波涛汹涌，就算是自己的厨房，今天看来也是做不了主了，忍字头上一把刀，他只能用这刀把案板上的肉馅剁得再碎点儿。

“我听照影说了，你想要酱的配方，如果我能帮你说上话，自然会替你美言几句，但请不要以此为理由，有事儿没事儿就找照影。毕竟我和她是男女朋友，楚老板要讲究分寸。”

楚惊鸿差点儿把刀扔了，但他忍住了，把火气压下来，又笑嘻嘻地说道：

“好啊，我就关心钱，程经理要是能帮忙那是最好了。”

话题聊到这个份儿上，也算是没什么可聊了。厨房里恢复了安静，只能听到震耳的剁菜声和“叮叮咣咣”的瓢盆声。徐照影不知道厨房里发生了什么，探着身子往里面瞧了瞧，但还是打消了进去一探究竟的念头，管那么多干什么，她又帮不上忙。

半个小时之后，大家终于圆圆满满地坐在了桌前。五个热菜三个凉菜，一锅海鲜粥，满满当当一桌子。徐父众星拱月般坐在了最中间的位子上。左手边是程嘉友，右手边是徐照影，楚惊鸿原本也想再往跟前凑凑，但想了想，还是在徐照影的旁边坐下了。

“叔叔，您尝尝那道炒秋葵，是我从一个泰国朋友那里学来的做法，味道很不错。”程嘉友急着献殷勤。

徐父尝了一口：“什么玩意儿，甜了吧唧的没味道。”

程嘉友定力不错，即便这样，还能保持微笑。

徐父又夹了一筷肉放入口中：“这个好吃。”

楚惊鸿听闻，赶忙又给徐父夹了几块：“喜欢您就多吃点儿，这做法只有内蒙有。”

徐照影闷着头说：“那个胆固醇高，少吃。”

“我就爱吃油多的，胆固醇高的，能吃死人的。”

四目相对，徐照影和徐父的眼珠子都快蹦出来了，楚惊鸿拿着筷子的手停在半空中，筷子上还夹着流油的红烧肉。几秒钟的沉默后，楚惊鸿“哈哈”大笑了几声，随即到处找着小狗：“皮皮，你去哪儿了，快来吃肉啊。”

这块肉就这样给了皮皮。好在父女俩结束了肉能致命的话题。这顿饭吃得真累。

吃过饭的徐父，摸着圆鼓鼓的肚子，躺在沙发上看电视，徐照影一个人在厨房里洗碗，不让任何人帮忙。

徐父瞟着在一旁陪坐的楚惊鸿说道：“你小子不是想要配方吗？其实很简单。”

楚惊鸿听闻，赶忙又往徐父身边凑了凑：“叔，您说。”

“那就是成为我徐江的女婿。”

楚惊鸿一怔，却哈哈笑了起来：“那叔叔您还有女儿吗？”

“没了。”

徐照影也从厨房出来了，楚惊鸿却笑不出来，他瞅瞅徐照影又瞅瞅程嘉友，虽然是自己家，却是万分不自在，他生硬地挤出一点儿笑意：“叔，您看您这不是让我里外不是人吗？人家两个人情投意合的，再说，把自己姑娘的幸福绑在一瓶酱上……您说合适吗？”

“我也没说捆绑啊，我是说谁和我闺女结婚，我就把酱的配方给谁。”

“那万一人家不稀罕呢。”

“这就是个嫁闺女赠送酱的活动，不稀罕也赠送，免费的便宜我不信没人占。”

楚惊鸿憋红了脸说道：“哈哈，倒是这个道理。”

徐照影早就听不下去了：“行了行了，赶紧回家吧，已经很晚了。”

程嘉友帮徐父拿着行李，一行人坐上电梯下了楼，楚惊鸿倒是服务到位，一直把徐老爷子送到徐照影家。

“不用送了，快回去吧。”楚惊鸿还没到门边，便被徐照影给拦住了。

既然如此，楚惊鸿只得作罢，他不忘嘱咐两句：“有什么事给我打电话，秒到。”

徐照影朝屋里望了望，然后压低嗓音说道：“他说他的，你别胡思乱想，听到没？”

楚惊鸿忽然觉得有天大的委屈："我乱想什么了？我能想的就是那瓶酱。"

"现在，连那瓶酱都不准想。"

门"嘭"的一声就关上了。楚惊鸿只得怏怏地回了家。他例行带皮皮去大小便外加玩滑梯，凉凉的风中，思绪却被风带着乱跑。徐父所说的条件听上去难度太大。但是仔细想想，也是一件挺美的事。徐照影除了脾气臭、不会做饭、为人古板、死宅、没有活力，像个老太太以外……剩下的也都是优点了。其实仔细想想，找徐照影当老婆，也是……也是可以接受的。

"楚老板。"

听闻有人叫自己，楚惊鸿的思绪被拉了回来，是程嘉友。

"程经理要回家了？"

程嘉友"嗯"了一声："我顺便把皮皮带回去，这孩子在外面待野了，得好好收收心了。"

楚惊鸿虽然不爱听，但也只得听程嘉友的，谁让自己签了弃养声明，此刻处境非常被动。

"配方的事，你放心。"

楚惊鸿听闻，却"噗嗤"一声笑了："难不成你准备让我上位啊？"

"当然不是了，人比酱重要。照规划，我准备最晚今年国庆结婚，到时候徐叔给了我配方，咱们再商量如何做这个买卖。"

"你这规划照影可知道？"

"她不需要知道，这些事不用她操心。"

程嘉友抱起皮皮就回家了，路灯之下，楚惊鸿看着皮皮肥硕的小屁股慢慢远去，心里很不是滋味，他也不知道哪里不对，总之就是别扭。

楚惊鸿怏怏地回了家，却见徐父靠在他家门上，气呼呼的。楚惊鸿赶忙奔了过去。

“叔叔，是不是有东西落在我家里了？”

“问那么多干什么？快开门。”

楚惊鸿不敢怠慢，赶忙开了门，徐父往沙发上一趟：“我那个闺女，就知道跟我吵嘴，我不要和她住一起，今天就在你这儿睡了。”

话音未落，徐照影就追了上来，她推门就进，连招呼也不打。

“躺在别人家做什么？有话回家再说。”

徐父却一副倔脾气，他说道：“你走，不想看见你。”

“徐院长，有话慢慢说，别动火啊。”

徐照影指着楚惊鸿，恶狠狠地说道：“你给我闭嘴！就是因为你，才搅得一团乱。”

楚惊鸿一怔，显然有些无法接受，但他还是沉着气说：“心平气和点儿，别夹枪带炮的。”

这边话还没说完，徐照影的手机就响了，今晚注定是一个混乱的晚上。

“怎么了？”楚惊鸿问了一句。

“程嘉友被皮皮咬了！”

徐照影带了些药便向程嘉友家里跑去，楚惊鸿则小跑着跟在后面。他并不关心程嘉友，他只是担心皮皮的处境。庆幸的是，虽然程嘉友被咬了，但他还算是个性格沉稳的人。虽然他一肚子的气，好在没撒在皮皮身上。伤口并不深，但虎口处有明显的两道血痕。

徐照影边给程嘉友消毒边说：“明天去打狂犬疫苗，今天就先这样吧。皮皮一向性格软，怎么会发生这样的事。”

“在外面野太久了，我没法控制了。”

楚惊鸿心口的小火苗蹭蹭地往上窜：“怎么说话呢？明明自己没有照顾小狗的能力，却把责任推到小狗的身上，这是大男人应该做的吗？”

“行了！你别添乱了，好不好？”徐照影朝楚惊鸿吼了一声。

“都是你们家的事，却把我卷进来，我还嫌烦呢！”楚惊鸿抱起在角落里打着哆嗦的皮皮，头也不回地就走了。

皮皮把头深深地藏在楚惊鸿的臂弯里。楚惊鸿心里很乱，他不知道一向坦荡荡的自己，怎么最近活得这么窝囊。徐父还在家等着，没五分钟，徐照影便追了回来，她站在楚惊鸿家门外，朝里边喊话：“你到底回不回家？”

徐父越发硬气：“不回！”

“你要今天不回家，以后咱们也都别见了。”

“不见就不见，我活了这么一大把岁数了，何必受你的委屈！”

楚惊鸿的脑袋都要炸了，他不知如何是好，再发顿火？好像也不大合适，楚惊鸿只能就这么抱着狗站在门边。

徐照影揉着杂乱的头发，整个人都要疯掉了，她喃喃道：“我的人生里怎么都是奇葩？”

说完，徐照影头也不回地走了，只留下憋了一肚子气的楚惊鸿。他在门边念了五十多遍“不生气”“不生气”，心里的火才真真实实被压了下来。皮皮一直在发抖，他想把它放在地上，但皮皮根本不愿离开他的怀抱，没办法，楚惊鸿只得找了一件前面带大口袋的衣服，把皮皮兜在口袋里，顺便帮徐父铺床。

“叔叔，您睡大床，我睡沙发。”

徐父的脸色稍显柔和：“那怎么好意思？”

“没关系的，就算您不来，我也常在沙发上睡。”

徐父也就不再推脱，这么一折腾，时间已经有些晚了。两人熄了灯便躺下了，暗夜里很是安静。他们各自听不到鼾声，想必都还没入睡。

徐父望着窗外的月色，淡淡地说道：“这么大的房子，竟然只有一张床，现在的小年轻不知道是怎么想的，家里万一来个人，都没有睡的地方。”

“我平常也就一个人，多置一张床多半还是空着。叔叔您不用多想，睡哪儿不是睡，沙发上也很舒服。”

“你这小子挺合我心意啊。”

楚惊鸿“嘿嘿”笑了笑：“是吗？那您也没打算把配方给我。”

“说到底，那就是一个家常的方子，你看得太重，这里面并没有名贵的东西或者是秘密武器，所以啊，我才会说只有徐家的女婿才能得到这个东西，其实得到手里，你才会发现它并不值钱。”

皮皮已经在楚惊鸿的脚下睡着了，他看了看正好的月色，不经意地说道：“我是一个以美食为生的生意人，只要尝一尝便知道这里面的心血与情感。叔叔，您的酱我尝第一口便有想要回家的冲动，那是家的味道，是饭店里少有的味道啊。”

徐父没有再说话，他翻了个身，好像有些困了。楚惊鸿也翻了个身，睡意渐渐袭来之时，却听徐父嘴里轻轻念叨着：“我只是想让她尝一尝，想让她回家。”

第二天一早，徐父就开始整理行李，窸窸窣窣的声音也惊醒了楚惊鸿。

“叔叔您这是？”

“回家去。”

徐父斩钉截铁，看来是拿定了主意。楚惊鸿知道没法劝，只能起床跟着一起收拾，两人出门的时候才六点半。真是太巧了，他们出门，徐照影刚刚锻炼完回来。

“上哪儿去？”徐照影问了一句。

徐父没有回答，楚惊鸿也没有回答。徐父径直坐在楚惊鸿的车上：“小楚，咱们走吧。”

可徐照影挡在车前面，她问道："您非要跟我这样的态度吗？为什么就不能好好说话？"

"这么多年，早就忘了怎么好好说话了。"

楚惊鸿也没有管徐照影，开车送徐父去了火车站，上海到宁波的列车每天有好多班，这个时间点过去能赶上七点四十的那一趟。楚惊鸿一直把徐父送到车上，徐父却把随身背着的包递到了楚惊鸿的手里："本来要给照影的，现在给你了。下次来玩还找你。"

"没问题！"

两人又随便聊了几句，火车便开动了。楚惊鸿一直到看不见徐父，才放下了挥舞的双手。手上的袋子沉甸甸的，他打开一看，是三大罐酱，并无其他。楚惊鸿转身，瞧见了站在不远处的徐照影。徐照影赶忙撇过头去，楚惊鸿也不去理她，只是路过时，把那个沉甸甸的包掷在了徐照影的怀里，然后头也不回地走掉了。

楚惊鸿很少与人生气，尤其是跟女人生气。但瞧着徐照影那么护着程嘉友，楚惊鸿的火气就"蹭蹭"地往上蹿。以后他都不愿再和她多打交道了，还是活得简简单单，自由自在些好。

徐父的离开，让大家的生活又回归到平静。徐照影从未享受过这么安宁的时光。早上和程嘉友起早锻炼，然后一起吃早餐，一起上班，回家便有晚饭，偶尔还能收到鲜花。只是以前一天能遇上好多回的楚惊鸿，这一次却很久都没有见过了。从程嘉友被咬之后，皮皮就一直在楚惊鸿那里没有回来。

"快点儿来吃饭。今天可是新下的菜谱，味道一定特别好。"

程嘉友又叫了她两遍，徐照影才听到。她赶忙坐到桌前，暖暖的一桌饭，让人胃口大开。

"刚才在看什么？竟然那么出神。"

“好久没看见皮皮了，刚才看到它在下面玩。我还以为楚老板搬走了呢。”

“听说楚老板的女友回来了，他昨天去行里还赎了些基金，说不定，要准备和女友结婚了。”

徐照影却哼笑了一声：“别胡说了，他哪里来的女朋友，他只有个烦心的前女友。”

“你对他还是挺了解的啊。”

程嘉友说得若无其事，但徐照影还是解释道：“他就那么点儿事，人简单得很，接触过的人谁不知道。”

徐照影说完不免心里犯嘀咕，原本以为楚惊鸿真是个大大咧咧的男人，谁知道竟然因为和她的一两句口角，便躲起来了，让她看不透了。

徐照影吃过饭，又和程嘉友看了一部电影，回到家刚洗了澡准备睡觉。可还没等钻进被窝，便听到一串急促的敲门声，敲门声中夹杂着楚惊鸿急切的呼喊。

“徐院长！你在不在！快开开门！”

敲门的声音急促，徐照影心里不免揪作一团。顾不得披上外衣便去开门，门外是焦灼到要发疯的楚惊鸿，他白色的 T 恤衫上沾满了血迹，仔细看，脸颊上、脖子上也都是，而他手中抱着用外套包裹着的皮皮，浑身淌血，奄奄一息。

第七章

重新认识的人

徐照影愣了一下。还没等她问，楚惊鸿便无助地说道：“求你救救它，求求你了。”

她用手拨开包裹着皮皮的外套，看了一眼，赶忙说道：“我们快去医院。”

徐照影接过受重伤的皮皮，楚惊鸿飞奔着到车库去开车。小小的它，脖子上、腿上、身上到处是被撕咬过的痕迹，皮开肉绽，触目惊心。

徐照影的手臂也是颤抖着的，不用问她就知道，皮皮应该是和别的狗打架了，而且打架的都不是同一个重量级的狗。

楚惊鸿紧握方向盘的手一直在颤抖，皮皮在徐照影的怀里时不时地“哼哼”着，声音微弱，细弱蚊蝇。前面一个红灯，楚惊鸿没有看到，险些闯了线。徐照影腾出手附在楚惊鸿开车的手上，她这才觉察到这个大大咧咧的男人，此刻内心是多么脆弱与紧张。

“不要紧，到了医院我亲自手术。”

楚惊鸿没有回答，可徐照影隐隐看到他眼眶中闪闪而过的泪光。

所幸，徐照影的宠物医院离得并不远，在路上她就给医院值班的医生打了电话。待他们刚来到医院门口，医院里灯光明亮，值班医生和护士已经在门口等着。他们以最快的速度把皮皮送进了处置室，拍片子，处理伤口，查看病情。而楚惊鸿却坐在处置室外的地板上，疲惫地揉着太阳穴，不说话也面无表情。

徐照影在处置室里，每检查一项心上便多一分沉重，很明显是大型犬撕咬留下的痕迹，个头起码是皮皮的十倍左右，而皮皮后腿的骨头被咬得粉碎。

“院长，截肢还是保守治疗？”

皮皮的呼吸不够均匀，起伏中满是无力和虚弱。她心上是痛的，一根一根的小针扎进来，痛感一丝一丝袭来，然后一点点加重。

徐照影又看了一眼 X 光片，沉着气说道：“准备打麻药，用最快的速度处理完。”

截肢这样的手术，并不算难。徐照影也是轻车熟路，二十分钟后，徐照影退下手术台，留下缝合等后续工作给助手，她脱掉手术衣走出了手术室。

门外的风吹凉了她额前的汗珠，楼道里有些昏暗，她险些被坐在地上的楚惊鸿绊倒。楚惊鸿抬起头，看着略显疲惫的徐照影，声音沙哑地问道：“皮皮怎么样了？”

“左后腿截掉一小段，身上的伤口清理干净缝合了，麻药再有十分钟就过了，已经输了消炎的药，今晚观察一晚上，如果能挺过去，应该就没事了。”

楚惊鸿用拳头捶着自己的脑袋，有些用力，额上的青筋都显露了出来。

“都怪我，都怪我，如果不是我那么紧张，这傻狗也不会不要命地冲上去。”

“到底怎么回事？”

楚惊鸿的眼眶通红，他声音暗沉地说道：“夜里我带皮皮到外面撒尿，不知从哪儿窜出来几只流浪狗，我一向怕这些，便呵斥着想把它们吓退，谁知却激怒了它们，这些流浪狗朝我不停地叫喊着，原本撒尿的皮皮却一下子冲到我面前，和它们对峙了，不一会儿就厮打在一起了。它个傻瓜，它身子那么小个头也不高，就连叫声也比不过那些大狗。皮皮被围在中间，一会儿就血肉模糊了。我一点儿办法也没有，从地上捡了很多石头，朝那些大狗砸去，可是却引来了它们对我的狂吠，原本躺在地上的皮皮又爬起来，挡在我面前，又一次被流浪狗咬得痛叫。后来，是小区物业听到动静来帮忙，才把那几只流浪狗赶走，可皮皮早就浑身是血了，它那么小，怎么就跟疯了似的挡在我前面。"

楚惊鸿不住地重复着最后那一句话，絮絮叨叨的，可徐照影这一次并没有烦他，她理解他所不理解的那些事，她知道毛孩子对家人的那份感情。

手术室的门开了，助手把皮皮抱出来送到了观察室。楚惊鸿看着带着伊丽莎白圈的皮皮，身上被裹成了粽子，手上却颤抖着，不知道能不能抱抱它。小小的它就那么安静地躺在白色的桌子上，肚子一起一伏的，楚惊鸿确定小狗还在呼吸，还活着。徐照影知道，今晚的楚惊鸿注定无眠。

她离开观察室，对忙了一晚上的医生说："今晚三倍工资，你早些休息吧，这里有我呢。"

徐照影回到办公室，煮了一壶咖啡。分了两杯出来。她重新回到观察室，递了一杯到楚惊鸿的手里。楚惊鸿接过来，默不作声地喝掉了。麻药的药效已经过去了，皮皮又痛地"哼哼"起来。楚惊鸿的手盖在皮皮的小肚子上，温暖是一味良药，皮皮的哼哼声小了一些。

"它还能走吗？"

徐照影长舒一口气："只要它能挺过来，明天的它还是一样活泼。"

"真的？"

徐照影点点头。楚惊鸿得到了肯定的答复，面上的愁容稍稍缓解了一些。长夜漫漫，充满了消毒液味儿的观察室里愈加难熬。楚惊鸿却是思绪万千。

“我小时候很淘气，我妈管不住我就吓唬我，她说我要是不听话，就会有长毛怪来吃我，我那时才三四岁，不相信，我妈就从邻居家借来一只狼狗吓唬我，狼狗认生朝我狂吠，我倒是被吓着了，还吓得不轻，发烧了一个礼拜，等退了烧之后就怕黑，怕长毛的动物，虽然长大之后不怕黑了，可长毛的动物依然是内心的阴影。”

徐照影没有答话，只是静静地听着，她心里感慨，有多少家长在用同样的方式教育孩子？明明是毛茸茸可爱的小家伙，怎么就变成怪物了，让已经长大的人都依然忘不掉当初的恐惧。

“它们怎么会是怪物？它们是上天派来的天使，教会我们友爱与善良，给予与陪伴，无怨无悔和全心全意。”

“是啊，我现在才明白，可是会不会……太晚了？万一……万一它撑不过来，我又该怎么办？”

徐照影看了一眼皮皮，包裹伤口的纱布上渗出鲜红的血渍，它小小的身躯已受到了前所未有的重创。她也不知道它能不能熬过去，因为它实在太小太小，小小的风吹雨打，在皮皮的人生里都是狂风暴雨。可徐照影还是宽慰道：“不会的，别想太多，猫狗都有九条命。”

“真的？”

徐照影又重重地点了点头，她希望皮皮真的有九条命。如果，如果它能活下来，那将是一件多么美好的事。可生命的无常就是这样，无法干预，只能静静等待。也许是咖啡太过奏效，两个人都无眠，瞧瞧窗外的月亮，皎洁、明亮。

“如果皮皮挺过来了，你以后有什么打算？”徐照影看着月色问。

楚惊鸿附在皮皮肚子上的指尖微微一颤，他想了想却坚定地说道："和程经理好好谈谈，把皮皮抱回来一起生活，撤回弃养声明。"

他虽然说得平静，但徐照影感觉到他心尖的温暖通过那只手，传到了皮皮的心上。

"你可想好了？那可是一辈子的事，现在你们可能相处得好，那以后呢？你会谈恋爱，你的女朋友如果讨厌狗怎么办？如果你以后的妻子怀孕了不能再养狗怎么办？如果，以后你的孩子害怕狗，对狗毛过敏该怎么办？难不成，再签一份弃养声明，然后抛弃它？"

"这对我来说，确实是挑战，但我可以找喜欢狗的女朋友，可以在妻子怀孕以前做好所有的预防工作，努力生养一个健康强壮免疫力强的孩子，如果问题一个一个来，我就一个一个解决。"

徐照影却嗤鼻一笑，不屑地说道："你想得还挺好。"

"这不叫想得好，这些都是未来，没有发生的事情，其实都掌控在自己手里，这是属于我的人生，连这点儿勇气和把握都没有，人这辈子活着还有什么意义？再说了，我现在还没有女朋友，以后当然要以会不会对皮皮好的标准来挑选了。"

"你没有女朋友？我怎么听说不是这样啊？"

楚惊鸿眨了眨眼睛，又摸了摸后脑勺："你听说什么了？我可真没有女朋友。"

徐照影轻咳两声用以显示这突如其来的尴尬，她这个人可不喜欢窥探他人隐私。她端起咖啡杯，径直走出了观察室："我困了，回办公室睡会儿。"

"喂！徐院长。"

"还有什么事？"

"我可真没有女朋友。"

徐照影翻了个白眼："没有就没有呗，干吗一直解释，我又不关心。"

"就是想告诉你，要是身边有看上我的姑娘，你一定要介绍给我，千万别挡了我的姻缘。"

在重重关上门之前，徐照影狠狠说了一句："我身边的姑娘怎么会看上你这样的大老粗。"

"我哪儿大老粗了？我正经本科毕业，也是文化人！"

隔着门，徐照影还能听到楚惊鸿的辩解。可她只是弯弯唇角不再理会。这一晚真的够折腾，看看时钟，躺下的时候已经是夜里三点了。很久没在沙发上睡觉，这一躺下感觉还不错，竟然几分钟就睡着了，等再睁眼时已经是八点半了。

她匆忙地从沙发上爬起来，用冷水洗了一把脸才慢慢清醒过来。她看了看手机，三个未接来电，外加好多条短信，都是来自程嘉友的。她赶忙回了过去。

"不好意思，嘉友，昨天在医院睡了一晚，太累了忘记和你晨练的事情了。"

"又有急诊？"

"皮皮被大狗咬了，紧急做了个手术。"

电话那端少许沉默，然后程嘉友的脾气便上了头："你说这个楚惊鸿是不是个祸害？好好的小狗跟在他身边才几天，这么快就伤着了，怕是再用不了几天，小狗的命都得毁在他手里。"

徐照影只是静静地听着，她不知道要如何接话，更不知道要如何平息程嘉友的怒火。过了一会儿，程嘉友的火气才消了些："皮皮现在怎么样了？"

"还在观察呢。"

"这个星期日就是第三期的私宠派对了，这不是耽误我的事吗？"

徐照影不知为何，一听他这么说就烦躁起来："好了好了，到时候再说吧。"

她挂断电话，整理了一下仪容便走出了办公室。办公室外，新的一天已经开始，生了病的毛孩子们胆怯地等待着检查，主人们一脸的焦灼和宠溺。徐照影走到观察室，除了皮皮，观察室又多了几个刚做完节育手术的毛孩子。

徐照影挨个检查过之后，才来到皮皮身边，看了看它的体征，问了问护士的状况。

皮皮状况蛮好，早晨还吃了些东西。虽然虚弱，但瞧见徐照影竟然还懂得摇尾巴。徐照影一颗悬着的心踏实了些，她笑着摸了摸皮皮的头："小家伙，大难不死，必有后福呀。"

一旁睡着的楚惊鸿倏地醒了过来，他问道："徐院长，皮皮还好吗？"

"会越来越好的。你要是有事就去忙吧，下班了再来接小东西。"

楚惊鸿摆摆手回道："我的救星在这儿躺着呢，我还能有多大的急事？我哪儿都不去，我就在这儿陪它。"

徐照影想笑却又忍住了，这个模样的楚惊鸿她第一次见。有点儿可爱，傻乎乎的。

楚惊鸿就这样在医院里待了整整一天，到晚上下班的时候，还是不愿离开。徐照影也没有再劝他。

程嘉友今日早早下了班，便来了宠物医院。徐照影在大厅瞧见了他那张黑着的脸，忙拦了下来，她问道："干什么啊？"

"看看皮皮。"

程嘉友对宠物医院轻车熟路，径直便向观察室走去了。徐照影小跑着才能跟上他，瞧他这副样子，徐照影的心也是七上八下的，她忙说道："你控制点儿情绪，别闹事啊。"

"那说不准。"

程嘉友推开门闯了进去，楚惊鸿还拉着皮皮的小爪子。程嘉友闷声走了过去，看了一眼被包成粽子的皮皮，脸色一下子就变了，没等徐照影阻拦，程嘉友的拳头已重重地打在了楚惊鸿的脸颊上。

“嘭”的一声，徐照影的心跳也跟着漏了半拍。她可从来没有见过打架的场面，而且是因为一只狗打架。徐照影上前想要拉住程嘉友，但却被程嘉友一把推开了。

“原来只是觉得你这个人讨厌，其实，你不止是讨厌，而且没有底线。你是不是想要把它折磨死才高兴？这可是一条鲜活的生命！”

楚惊鸿被程嘉友打翻在地，虽然痛，但好在没有出血。他嘴角火辣辣的，楚惊鸿说道：“这件事，无论起因是什么，都是我做得不好。”

“皮皮是我的狗，我现在要追究你的一切责任。”

“我愿意承担一切后果。”

程嘉友看他这态度，不知怎的火气又被点着了。他再次举起了拳头，可是拳头还没抡起来，就被徐照影给摁住了。但程嘉友的愤怒却没被摁住，他死死地盯着徐照影，说道：“你这是在护着他？”

“你俩打成一块烂豆腐我都不管！你冷静点儿行不行？这是医院，你是要砸我的场子吗？”

程嘉友见徐照影动了怒，愠色才消散了些。就这样僵持了几分钟，程嘉友终于平静了下来。

“皮皮什么时候可以出院？”

“再观察一天。如果没什么事，就可以回家养着了。”

程嘉友瞧了一眼楚惊鸿说：“那我后天来接皮皮。我们先回家吧。”

徐照影出了观察室，才对程嘉友说：“你先走吧。”

“不是下班了吗？”

“还有没处理完的事，今天不能早回家。”

程嘉友努力让自己的声音更轻柔些："那我陪你。"

"算了吧，一会儿再打起架来，你说我该怎么办？"

程嘉友面上不太好看，他缓了缓说道："那我先回行里，你忙完了打电话给我，我再来接你。"

"你不是已经下班了吗？

"这周日有私宠派对，比前几次的都要隆重，交给新来的同事，我还是不放心。"

徐照影叹口气说："别太拼了，注意身体。"

程嘉友摸摸徐照影的头，温柔地回道："你知道的，我最上心的就是工作和你。"

徐照影一直看着程嘉友驱车离开，才又回到医院。这个点儿只剩下一两个值班的医生。她其实也没什么事可做，只是有些不放心楚惊鸿。观察室的灯亮着，楚惊鸿依然托着腮看着皮皮。小动物的复原能力比人强百倍，不管是肉体上还是精神上。上午还精神不济，此刻却伸着小爪子和楚惊鸿玩起了挠手心的游戏。

徐照影进屋的声音很轻，但楚惊鸿还是听见了。他回头瞧了她一眼，然后问道："还没走？"

"你还好吧？"

"没什么不好。"

"他平时不是这样。"

楚惊鸿却笑笑说："这些都是无所谓的事，只要小狗能好好的。"

徐照影心中暗暗松了一口气，最初接触他的时候，总觉得五大三粗的人多少都是带着戾气的，可如今看来，那些不过是她的偏见罢了。

"你要吃东西吗？"

楚惊鸿摸了摸肚子说："确实有点儿饿了。"

"办公室只有方便面。"

楚惊鸿起了身："我去煮，你等着。"

徐照影倒是乐得轻松自在，虽然方便面俗称垃圾食品，但当夜晚降临时，却是最佳的美味。她也不想操心，便待在观察室里。头卡在伊丽莎白圈里的皮皮，活像一个扩音喇叭，眼神无辜。徐照影轻轻摸了摸皮皮的鼻尖，皮皮随即"哼哼"了两声。

"小傻瓜，以后变瘸子了，值不值呢？"

皮皮又"哼哼"了两声，好像在和徐照影说话。

"你想和楚爸爸在一起吗？你程爸爸不答应可怎么办？"

皮皮舔了舔徐照影的手，打了个哈欠，一闭眼便睡着了。徐照影见它这个状态，心下倒是放心不少，能吃能睡，就是好征兆。

楚惊鸿在外面敲了几下玻璃，徐照影听闻，赶忙从观察室出来了。两个人就在医院大厅的沙发和茶几上吃了这顿晚餐。徐照影尝了几口，觉得味道棒极了，不免问道："你这里面加什么了？"

"你这儿要什么没什么，我可没有料能加。"

"那怎么味道不一样呢？"

楚惊鸿却放下了筷子说道："你可能不相信，做饭，是要倾注感情的，有感情的饭才美味，否则只能叫作果腹。"

徐照影不由地犯嘀咕，可能厨子都爱这么炫耀厨艺吧，她很给面子地问："你这里面都是什么味道的感情？"

"忏悔，感恩。"

徐照影嗤鼻一笑，真想说句"瞎掰"，但还是忍住了。想给这浮夸的聊天留点儿面子，她可是喜欢实实在在的对话。

可楚惊鸿却沉浸在自己的情感里无法自拔，他自顾自地说道："忏悔是微酸，感恩入口绵长，幸福是舌尖最前端的那点甜。你知道我为什么喜欢你们家的酱吗？"

徐照影喝了一口汤，随即摇了摇头。

"酱的前味微酸，中味浓郁热暖，后味一直在口中挥散不去的是空落落的滋味，这种滋味促使人还想再尝一次。浓郁热暖的感觉稍纵即逝，所以为了体会这种味道，就会不住地想吃。徐院长，你是世界上最幸福的女儿，因为你能随时吃到倾注了这么多感情的酱。"

徐照影皱皱眉，却仰头把那一锅汤都喝了，一锅面两个人吃，楚惊鸿显然没有吃饱，他着急地说道："给我喝一口啊。"

"你再多说一会儿，我连锅也吃了。"

楚惊鸿舔了舔嘴唇，肚子咕咕叫着，但没办法，谁叫自己话太多，他又不是个傻子，徐照影的情绪不太对，但他今天也算豁出去了，继续说道："徐院长，徐叔叔的酱里都是忏悔和思念，你能吃出来么？"

"吃不出来。"

这样的回答楚惊鸿早就预料到了。徐照影的嘴硬心也凉，遇上这样的女人，他也无可奈何。徐照影独自上楼去办公室了，而楚惊鸿就这样默默地陪着皮皮。不是楚惊鸿不想回家，在这里熬了一整日，其实早就腰酸背痛了，但只要他一离开，皮皮就惊慌失措地"哼哼"，然后转着滴溜溜的眼睛找他。他怎么走得了？别看他平日里咋咋呼呼，可他的心比谁的都软。

徐照影多看了几篇文献，原本躁动的心才慢慢沉静下来。走廊里只开着几盏地灯，越发显得观察室的光很亮。徐照影扔给楚惊鸿一把钥匙，随即说道："你不回家可以到我办公室睡，那里有床，皮皮也可以抱上去。如果半夜有什么自己处理不了的事，可以叫值班医生。"

徐照影也不等楚惊鸿回话就走了，程嘉友还在外面等。程嘉友给她买了些消夜，可是吃过饭的徐照影对这些没什么胃口。

“又吃的方便面？”程嘉友嗔问。

徐照影“嗯”了一声。

“那东西对身体不好，少吃。”

一路上或许是累了，两人无言。下车时，徐照影已有些睡眼惺忪。程嘉友一直把她送上楼，瞧着快要站着睡着的徐照影，程嘉友轻轻把她揽入了怀中。徐照影的心轻快地跳动了几下，随后被这正好的温暖所包围。

“你早点儿休息，明天下午我去接皮皮。”

徐照影踌躇了一下，离开了那个温暖的怀抱。她建议道：“还是让它在医院多待两天，况且你被它咬了，前些日不是还心有余悸吗？我觉得你和皮皮之间，应该缓一缓。”

原本温柔的程嘉友脸一沉，有些许不高兴，他说：“皮皮跟楚惊鸿待在一起我浑身不舒服，不管怎样，我得把小狗领回来。”

“你不怕它再咬你？”

程嘉友有少许沉默，随后说道：“就算我怕，也要先把它接回来。下一步怎么办，需要我做决定，而不是把它扔给别人。”

徐照影也无话可说了，毕竟程嘉友说得没错，她无法反驳。气氛不太好，程嘉友适可而止不再深谈，他摸了摸徐照影的额头说：“快休息吧，明天我有空了就来接皮皮。以后的事以后说。”

程嘉友走了，但徐照影却有些疲惫，她搞不清哪里来的这么多麻烦事，一件接一件。

这一夜她倒是睡了个安稳觉，这些天发生了很多事，打乱了她规律的作息时间。自从程嘉友被皮皮咬了以后，他便有点儿像惊弓之鸟了，身旁经过小猫小狗，他也会神情紧张，虽然他努力让自己看上去很平静。徐照影心里憋着话，但见程嘉友的情绪不太对，她也不好火上浇油，但该来的还是会来。程嘉友下午抽了个空从单位跑出来，就是为了接皮皮。

这是一场可以遇见的尴尬，程嘉友站在观察室的门边，楚惊鸿胡子拉碴地站在门里，四目相对，眼中的表情都略显复杂。徐照影站在一边，有点儿头皮发麻。

“照影，我来给皮皮办出院。”

徐照影深吸一口气，有些话是不能烂在肚子里的，她鼓足气说道：“还是让皮皮和楚老板走吧，毕竟皮皮只认他。”

程嘉友一怔，面上有些难看，他略带怒气地问：“什么意思？我不能领走我的狗吗？”

“不是不能，只是觉得现在还不太合适。”

“那你说什么时候合适？”

“起码等皮皮的病好一些。”

楚惊鸿听闻，不由摸了摸窘迫的皮皮。皮皮好像预感到要发生什么，嘴里又小声“哼哼”着。见众人不说话，程嘉友沉着脸走到了皮皮面前，他想抱起皮皮，但一来自己的手上还包着纱布，二来皮皮裹得跟个粽子一样，他不知道要碰哪儿，第三，他心有余悸，已不能以平常心看待皮皮了。

徐照影看在心里，把程嘉友从观察室里拉了出来，她轻声说道：“你自己对皮皮也产生了阴影，何必非要这样。照顾小狗是很辛苦的，你工作没有楚老板灵活，皮皮在家也是被关着，况且你和皮皮的情绪不对，待在一起对双方都是折磨。”

“照影，你现在是偏向楚惊鸿了？”

徐照影不爱听这话，她本来就是暴脾气，可还是在忍着：“我不偏向任何人，我只偏向皮皮。”

“我今天就是要把皮皮接走。”

程嘉友的斩钉截铁，令徐照影头顶冒火，她问道：“你要怎么和它相处？”

“就算我不能自如地和皮皮相处，我也能为它找到更好的主人。”

徐照影再也忍不住了，她说道：“你这么执着，是不是想把皮皮带到后天的私宠派对去？”

程嘉友默不作声。

徐照影的火气也“蹭蹭”地往上走，她说道：“嘉友，你怎么这么糊涂，皮皮都这样了，它怎么能参加？它现在需要的是安静，皮皮受不了一点点的刺激。如果到了会场它受了刺激，做出过激的行为该怎么办？你能负责吗？”

程嘉友深呼吸着，让自己平静下来才说道：“我有一个七十岁的客户，年前她的狗狗去世了，她的狗长得和皮皮很像，这一次我也是为了了却她的心愿，才执意要这么做的。”

徐照影皱了皱眉，听出些什么，她问道：“你是想把皮皮送给这个客户收养？”

“我确实这么想过，现在的皮皮对我很敏感，况且一朝被蛇咬十年怕井绳，我们对于彼此都不合适，这位客户是位心慈的老奶奶，她一定会对皮皮好的。照影，我是个负责任的男人，你要对我有信心，不要产生误解。”

徐照影却摇摇头说：“你是负责任，你想把它当成个物件一样随便送人。可它是生命，它有感情，有喜怒哀乐，否则不会那么贪恋楚惊鸿，更不会下口咬你。”

程嘉友皱皱眉，脸颊倏地就憋红了，他把头转过去，可情绪却无法控制了，他有点儿前言不搭后语：“你的意思就是我不负责任才会被狗咬，楚惊鸿负责所以皮皮就想找他？可你忘了到底是谁签了弃养声明，又是谁领养了皮皮？”

“嘉友，我不是这个意思，你怎么火气这么大？”

“我怎么能火气不大？你宁愿相信他，也不愿意相信我。”

徐照影的头皮有些许发麻：“我就事论事，你扯出这么多别的东西有意思吗？”

程嘉友努力控制自己的情绪，但显然很难，他无奈地笑着说：“平心而论，你就是在偏袒他。”

“我……”

程嘉友打断徐照影继续说道：“皮皮现在是我的，所以它的未来由我决定。无论如何，我今天都要带走它。”

程嘉友到前台办理出院手续，医院里的下属并不知道他们之间发生了什么，面面相觑，不知如何是好。徐照影只觉得头有点儿疼，二十分钟后，出院手续就办完了。

程嘉友又一次走到观察室，他一把推开门，对门里的楚惊鸿说道：“谢谢你照顾皮皮，现在我们要回家了。”

“程经理……”

“皮皮是我的家人，我不会让它在家门外徘徊流连。”

楚惊鸿知道，此刻的他没有话语权，他对于皮皮来说算什么呢？什么都不算。

徐照影也跟了进来，手里提了个笼子，她走到楚惊鸿面前，把皮皮抱到了笼子里，然后用几近耳语的声音对楚惊鸿说道：“皮皮我会看着，其他的事以后再说。”

程嘉友见徐照影这么积极，火气也降了不少。他想要接过笼子，但徐照影没有给他，只是说道：“我们走吧。”

徐照影就这样跟着程嘉友上了车，程嘉友却忽然有些不好意思了，他说：“刚才是我态度不好，我跟你道歉，皮皮我一个人就能搞定。”

“你心里已经对皮皮有阴影了，就算它跟你回家，你要怎么照顾？”

程嘉友不敢看徐照影的眼睛，他紧紧握着方向盘，什么都没说。

“我刚才给你留了面子，但皮皮不能跟你回去，现在它由我代养。皮皮是从动物保护联盟出去的，所以它的一生由联盟负责。就算是找新的领养家庭，联盟也有一套完整的流程和手续，这个你不用操心。”

徐照影说话就像是“突突突”的机关枪，程嘉友只有侧耳恭听的份儿。待徐照影说完后，程嘉友阴沉的脸才缓和下来，他摸了摸徐照影的头，轻声问道：“你怪我了吧？”

徐照影没有回答。

这一日，因为程嘉友的情绪，导致徐照影在医院和家来回奔波。等晚上的时候，她早就累得说不出话来了。徐照影回到家，给皮皮喂了些吃的就靠在沙发上睡着了，是楚惊鸿的电话把她惊醒的。

“什么事？”

“呃……皮皮……还好不好？”

“它很好。”

“那就好，你早点儿休息。”

“楚老板，我有件事要问你。”

楚惊鸿回道：“你问吧。”

“你为了皮皮挨了打，挨了骂，还想要收养它吗？”

“以前是我害怕，以后我可能还会怕长毛的动物，但我不怕皮皮，所以不能抛弃。”

徐照影微微勾了勾唇角，心下放松了不少，她继续问道：“因为你之前签过弃养声明，想要再要回皮皮很难，况且如果你重新收养皮皮，旁人一月一次回访，而你可能要一个星期一次。”

“这些都不是问题，我不会在意，更不会觉得麻烦。”

徐照影若有所思地说道：“其实，人这一辈子一直都在后悔，后悔许多没做的事，后悔许多没做好的事，并不是所有的事情都有机会补救，最后终于学会的只有放下。所以，如果一件事还能补救，那便是上天的恩赐。”

电话里少许沉默，过了一会儿楚惊鸿才说道：“我懂，谢谢徐院长。”

挂断电话的徐照影洗了个澡便去照看皮皮，她查看了伤口，皮皮恢复得不错，但伤口有些发炎，愈合得不是很好。徐照影为它换了干净的纱布，又喂了些吃的，皮皮才渐渐睡着了。动物的精神世界比人更纯粹，所以，皮皮咬伤程嘉友，不忘楚惊鸿，一切都在情理之中。现在的程嘉友俨然不是合格的领养人了，可徐照影隐隐觉得，程嘉友不会轻易放弃皮皮，即使他现在心里已经有了阴影。徐照影想到这儿就没法安睡，她赶忙给孟天天拨去了电话。

孟天天算是天下最好的闺密，一个电话，她就连夜赶到了徐照影的家里。孟天天一看到皮皮那全身裹着绷带的样子，就心疼得不得了。

“我才几天没跟你们联络，小狗怎么就变成这样了？看来这一个月回访一次的制度该改一改了，下次增加不定期回访。这到底怎么回事啊？”

徐照影一五一十地告诉了孟天天，孟天天除了心疼，说不出别的。只摸着呼呼大睡的皮皮不停地在口中念叨着“傻孩子”。虽说皮皮伤得有些重，但孟天天检查过后，倒也安下心来，这么一折腾，孟天天只能在徐照影家里过夜了。

孟天天洗过澡后，两个人便钻进了一张被子里。这样的时光已经很久没有过了，上一次还是徐照影刚来上海的时候。

“喂……你是怎么想的呢？皮皮不能再和程嘉友在一起，和楚惊鸿在一起的话，动物保护联盟后期的随访和跟踪会相对麻烦一些，按惯例，他是绝对没有再次收养皮皮的可能。其实，找到新的领养家庭，对大家来说，都是最直接而又简单的。”

徐照影翻过身，平躺下望着天花板说：“我以为你睡着了呢。”

孟天天不屑地说道：“开什么玩笑，这个点儿我的夜生活才刚刚开始。”

夜里很安静，只有月光照进来，夹杂着皮皮的打呼声。徐照影的心里其实很明亮，她坚定地说道：“即便再麻烦，楚惊鸿都是最佳的候选人，虽然有污点，但情有可原。因为皮皮的心在他那儿，再找谁也没用。”

孟天天却笑了笑说道：“那你一定很为难吧？毕竟另一边是未婚夫，程嘉友的性子又是不服输，甚至有些钻牛角尖的。”

徐照影瞟了一眼孟天天，没好气地说：“现在只是恋爱对象而已，八字还没一撇呢！”

“呦，这可不是我瞎说的，程嘉友亲自说的，今年国庆节准备和你结婚。”

徐照影“噌”地从床上坐起，早就没了睡意：“我怎么不知道？”

“男人的心思，我可不懂。八成是要给你惊喜。”

惊喜？这有什么好惊喜的。徐照影重新躺好，就这样思前想后，热爱夜生活的孟天天睡着了，可她依然头脑清醒。她是喜欢程嘉友的，但在没交往以前，爱慕的人好似蒙着纱，不管这个人是好是坏，都隔山望海，有着遥不可及的朦胧感。如今这层纱掀掉了，有些问题显现出来，倒是没了那时候的心动。

徐照影想东想西，只得捶了捶自己的头，想这么多干什么？哪个人没有毛病没有缺点呢？自己没有一点儿宽容心和接纳心，这样是非常不对的。

第二天，两个人是被敲门声惊醒的。徐照影披了外套去开门，睡眼惺忪地便瞧见了在门边的程嘉友。

程嘉友无奈地说："我打了一早上的电话，你都关机。往常没这么晚起过床的。"

徐照影顺了顺还有些乱的头发，打了个哈欠问道："有事？"

"你忘了？"

徐照影想了想，忽然有些知道他在说什么，却明知故问道："想不起来。"

"今天贵宾客户私宠派对。"

原本就有点儿起床气的徐照影此刻已有点儿毛躁了，但她努力地压制着内心的躁动："嘉友，这件事，我已经表明了我的态度。"

"可它是我的狗。"

"但你现在不适合和它在一起，这句话我已经说过很多遍了。"

程嘉友深吸一口气，说道："照影，我不是来和你吵架的。今天的活动很重要，皮皮不需要做什么，只要露个面就可以了。你如果不放心，可以跟着我来，并且随时可以带皮皮走。"

"把你腿打断了，再包成个粽子，然后惨兮兮地把你带到人多的地方去，你心里什么滋味啊！"孟天天打着哈欠从床上爬起来，听着他们两个的争吵早就心烦意乱了。孟天天继续说道："嘉友，这件事没得商量，你也别费劲了，赶紧忙你的工作去，在这儿耗一早上，心情也会不好的。"

原本徐照影就主意正，如今又来个性子更直的孟天天。程嘉友知道今天就是来触霉头的，但他心里也憋屈，明明是他自己的事，却要处处听别人的，管闲事的人越来越多，心头也越发烦躁。

"照影，我一直都很尊重你，但这件事我很失望。"

徐照影心里一冷，这话听得别扭，她说道："如果因为这件事你就失望，那以后你失望的事会更多。所以，咱俩的关系你好好考虑考虑。"

程嘉友眉头皱得越发深了，他问道："这么点儿事，你就要上纲上线的？"

“小事上才能看出大毛病呢。”

“我不是来跟你吵架的，我只是来带走皮皮。”

“就一句话，带不走。你还有什么事？”徐照影冷着一张脸说道。

“你就不能为了我把性子软一软？何必每次都是这样的脸，我是男人，也要面子的。”

徐照影脑袋顶上呼呼地冒着火，哪还听得了一分一毫对她的批评，她拧着眉毛气冲冲地说道：“忙你的去吧，我还困着呢！”

“嘭”的一声，门关牢了。徐照影怒气冲天地重新躺回床上，用被子蒙着头，却气得缓不过劲儿来。程嘉友狠狠地敲着门，也不知道用的是手还是脚，反正震耳欲聋的。五分钟后，终于安静了。孟天天趴在门上看了半天，才又重新回到床上。

“他走了。”

徐照影不搭茬。

“我一直纳闷你这么优秀，怎么一直单身，现在我明白了，就是你这臭脾气搞的鬼。你看看你那副模样，多少好男人都要被吓跑的。”

徐照影猛地从床上坐起来，拿抱枕砸向孟天天：“你还不是一样，刚才也不示弱啊！”

“那不一样，你们是情侣，我们是什么呀？翻脸就翻脸，你不仅翻脸，你还分手呢。”

“闭嘴，再多说就回你家去。”

闺密的和谐也是够短暂的，也就维持了一晚上，这两人……又干起架来。

今天的气氛就是不够好，孟天天跟徐照影吵了几句嘴便拎着包，连脸都没洗就走了。徐照影重新窝进沙发里，裹着个厚毯子，好像躲在壳里。她脑袋里乱糟糟的，心里也沉郁。徐照影什么都不想干。就这么耗了半个小时，呆滞的神思还是被若有似无、断断续续的敲门声给拉回来了。

这敲门声有些犹豫，可却在耳边绵绵不绝，徐照影耐着性子去开了门，门外站着执着的楚惊鸿。

楚惊鸿被黑着脸的徐照影吓了一跳，连话都说不利索了："在……在啊，徐院长。"

"嗯。"

"我就是想碰碰运气，看看皮皮在不在你这儿。要是不在，我就不打扰了。"

"在。"

徐照影就说了一个字，门大敞着也不关，便兀自回屋了。楚惊鸿是个聪明人，几秒钟就判断出来，这个人今儿不好惹。可既然撞上门来，也只能硬着头皮上了。

狗鼻子最灵了，楚惊鸿一进门，皮皮就按耐不住"哼哼"起来。楚惊鸿赶忙俯下身子摸了摸皮皮的脑袋。皮皮欢快地摇着尾巴，竟然跌跌撞撞地站了起来。

"皮皮真的好厉害，竟然能够站起来了。"楚惊鸿不可思议地说道。

"狗要比人坚强，比人勇敢，比人的修复能力强，所以柔弱的身躯总是蕴藏着巨大的能量。而看上去强壮魁梧的躯壳里，可能是敏感脆弱随时会垮掉的世界。"

徐照影随口说着，却瞧见楚惊鸿痴痴地盯着她看，她不禁问道："走什么神呢？"

楚惊鸿不好意思地挠了挠头，说道："就是觉得人与人之间的差别怎么这么大。你看，咱们都是大学毕业，你却写论文做研究说有哲理的话，而我呢，整天除了撸串就是撸串，这书算是白念了。"

听他这么一说，徐照影却"噗嗤"一声笑了，她回道："哪像你说得那么不食人间烟火，我喜欢搞研究，也更喜欢撸串啊。”

原本有些沉重的氛围，在楚惊鸿到来之后变得轻松起来。皮皮跌跌撞撞地在两个人之间往返，徐照影的嘴角也渐渐有了笑意。

徐照影看着楚惊鸿和皮皮玩抛接游戏，手机却在睡裤口袋里震动个不停。她向来不接陌生号码，但这次她却不由地接了起来。几秒钟之后，电话便挂断了，徐照影没缓过神来。

“徐院长，怎么了？”

“郑教授……去世了。”

世事无常，昨天还一起并肩作战的战友，今日便不辞而别了。她不过才从郑教授的学术研讨会上回来没几天。郑教授一家知书达理，怕惊扰到众人，在追悼会的前一日才通知大家。但徐照影还是一早就赶过去了。

郑教授的身体一直都不大好，其实家里的人也很担心。但郑教授对待科研太过认真与执拗，所以，即便熬夜做实验，家里人除了干着急却没办法阻止。郑教授突然离世，与常年的辛劳是分不开的。一早就有很多吊唁的人前来，都是郑教授的同事、学生以及慕名而来的不相识的人。徐照影当年出国，是郑教授写的推荐信，所以这些年来关系深厚，因为年龄差距，也算是郑教授的半个女儿。

徐照影和郑教授的几个学生帮着接待家里的客人，就这么一直忙到了晚上，客人才少了些，郑教授的妻子王老师把徐照影叫到了书房。

“王老师，是不是有什么事情要交代给我？”

王老师两鬓斑白，她从书柜抽屉里颤颤巍巍地拿出一个U盘递到了徐照影的手中。

“老郑早就有准备的，他跟我交代过，要是自己不行了，一定要把这个东西交给你。”

那个U盘轻飘飘地落在手心里，没有什么分量，但徐照影的手却哆嗦了一下。她虽然明白，但还是问了句：“这是什么？”

“是他的命。”

徐照影抬头，看到了王老师眼中若隐若现的泪光。但王老师依旧努力地克制着自己的情绪：“他说这里面的资料，都比较有研究价值，但他时间有限，可能无法看到结果。你是他最信任的人，他让我告诉你，请你好好爱它们。”

徐照影从书房出来的时候，看见仍在厨房里系着围裙的楚惊鸿。她有些惊讶，楚惊鸿看见她后，忙解下围裙来：“忙完了？”

徐照影点点头。

楚惊鸿又去厨房收拾了一下，对王老师交代道：“王老师，明天一早我就过来，带着我饭馆的厨子来帮忙。”

王老师眼里又噙着眼泪，一句话也说不出来，只是不住地点头。

郑教授的家离徐照影所在的小区有些距离，回家的路上虽然很累，但徐照影却一点儿都睡不着，她靠在椅背上揉着有些痛的太阳穴。

“今天太感谢你了，原本以为你送我到郑教授家就走了，没想到却留下来一直等我。”

“其实也不是等你，只是觉得郑家母女俩不容易。”

徐照影侧眸看着黑暗中的楚惊鸿，他脸颊棱角分明，眸光清澈。给人感觉不修边幅的楚惊鸿，其实是个心思缜密的人，她以前怎么就没发现。

“郑教授去世了，以后……你又是怎么打算的？”楚惊鸿漫不经心地问道。

这句话问到了徐照影的心坎上，这也是她最纠结的地方。怎么办，本来她对科研的态度就没有郑教授严肃，同是做研究，她的那份激情远没有郑教授的热烈澎湃。可那么多的战友和同伴，郑教授独独选了她来继续他未完成的事业。

“我不知道也不愿意想。走一步是一步吧。”

徐照影真的不愿意多说，尤其是重要的事情。她这个人有选择逃避症，越是重要的需要抉择的事情，她就越不愿意去处理，例如和徐父的关系，例如郑教授的重托。

这一整日太过疲惫，徐照影和楚惊鸿分开之后，连澡都不想洗，一头栽倒在床上。她迷迷糊糊睡了一觉，后半夜醒来的时候，才发觉自己连衣服都忘记脱了。徐照影想要再睡一会儿，看看时间四点半，五点半要去郑教授家里帮忙，徐照影也不想再睡了。她开了一盏小台灯，翻看了一会儿手机信息。说白了，她就是看看有没有程嘉友的简讯，或者是只言片语。不过令她失望了，什么都没有。程嘉友甚至连个表情都不曾给她发过。徐照影翻看着朋友圈，他连朋友圈都没有发。

不过徐照影在程嘉友同事的朋友圈里看到了蛛丝马迹。虽然只是一些活动的照片，但看上去活动举办得圆满成功。照片里有程嘉友，作为活动负责人，他站在最中间，笑得很开心。

徐照影把手机丢到了一边，不想再看。都是成年人，说到底也不是什么大事，她一天不联系他，他也不会联系自己。果然，爱情的外衣，在暧昧退去之后，一切都变得清晰了。好的不好的，都要接受，这个道理她懂，可还是会没缘由地心烦意乱。

好在最近事情太多，她没有过多的情绪耗费在这件事上。郑教授的葬礼如期举行，他在学术界声望极高，所以前来参加葬礼的人也多。其中有很多在学术研讨会上见过，徐照影又扮演起接待的角色。一整天忙完她就腰酸背痛了。楚惊鸿是个热心肠，身体素质又好，这一天下来仍旧精神饱满，乐呵呵的，徐照影十分佩服。一切就这样结束了，就像是送一位老朋友去远方，只是有不少感慨，却没有多少伤感。

生活还要继续，需要处理的事情很多。忙碌的徐照影，有时候就默默地站在窗前发呆，她经常能看到那辆越野车驶进它惯常停靠的车位，那车是程嘉友的，她很熟悉，可是仅限于此罢了。徐照影有时候会想，他们之间到底是怎么了？就因为这么一件事竟然会好多天都不联络。就这样别别扭扭，倒越来越像小年轻谈恋爱。她原本想跟程嘉友好好谈一谈，可就是抹不开面子。

徐照影是个没有儿女情长的人，这头刚想了想两个人的情感纠葛，那头便接到了棘手的电话。这件事确切的说与她无关，但仔细想想，却又与她脱不开干系。郑教授的实验室要被学校收回，给其他有创新科研项目的老师使用。

电话那端，郑教授的学生细细说着始末，而徐照影的心却揪作一团。真是人走茶凉，这句话一点儿都不假，这才短短的一个星期，天地就变了模样。

徐照影第二天一早就堵在了分管科研的校长办公室外，她不知道自己能不能成功，总之要试一试才行。

郑教授的离世，让即将毕业的几位研究生措手不及。他们的课题才进行到一半，而学校里研究动物传染学的只有郑教授一人。这便意味着，他们要么放弃学位，要么重新来过。而如今实验室要被收回，要做课题研究更是雪上加霜。

“校长，我理解学校的做法，但郑教授的课题有研究价值，如果就这样放弃太过可惜。”

副校长已被几个学生扰得不得安宁，如今又来个陈咬金，他脑袋早就大了。

“郑教授走了，动物传染学研究已经停滞了。后继无人，学校留着浪费资源。况且如今学校里科研气氛很浓，老师们热情似火，这科研经费开销巨大，学校现在开源节流，想把这些好的资源留给更有前途的课题。”

徐照影心头的小火苗早已烧旺，内心深处把这个副校长和学校骂了一百遍。什么浪费资源，什么留给更有前途的课题。不过是想把资源给更有“钱途”

和声誉的项目罢了。

可话到嘴边，徐照影还是降了降火说道："郑教授在的时候，也为学校带来过不错的声誉，甚至获得过国家工程奖，这样拦腰斩断，太过可惜。"

谈判总是艰辛的，徐照影从办公室出来的时候有些精疲力尽了。她努力劝说几位研究生找寻退路，待回到车上时眼眶早已通红。她没想到这些事竟然需要她来周旋。徐照影打开车窗透着气，外面越来越温暖，可她身上依旧很冷，也不知道这冷是来自心里还是来自身上。不过好在情绪如此低落的时候，她接到了失踪了好多时日的程嘉友的电话。

"干什么呢？"

"坐着。"

电话那端一怔，显然被这么直接又粗鲁的回答杀了个措手不及。过了几秒钟他才反应过来，有些生硬地问道："在哪儿坐着呢？"

程嘉友二十分钟后就来到了师范大学，找到了发呆的徐照影。车子在树下停的时间有点儿长，玻璃上挂满了鸟屎。

"学校附近有一家老店卖鸭血粉丝的，带你去吃。"

即便再没有活力，徐照影还是被拖出了车外，外面的阳光真的很好，但是不衬今天的心情。程嘉友也是一路默默无言，两人并肩走在校园里，毫无朝气。

"我前些时日太忙了，所以一直没有联络你。分行准备让我升任分管个人金融事业部的行长助理，最近有三个月的考察期，也不太敢松懈，怠慢你了。"

徐照影"哦"了一声，她又不是天真少女，更不是傻子。男人真想联系你的话，哪还有这么多的理由。即便她都知道，但既然程嘉友先来找的她，那总是要给个台阶下的。

可这一声"哦"，让程嘉友倍感生分。可他又能怎样呢，徐照影就是这么有能耐的女人，脾气差，不爱说情话，说尥蹶子就尥蹶子，但自己除了忍让还能怎么着?

这家鸭血粉丝汤店素来人多，第一，占着学校的好位置；第二，物美价廉。店面不是很大，全是一张一张的小桌子，两三人围坐在一起，热乎乎的。

两份小砂锅的鸭血粉丝汤，热气腾腾，但这个时间吃这样的饭，还是有些发热。徐照影热的头上渗出了汗珠。还没等她抬手去擦，程嘉友便用纸巾帮她拭去了额上的汗。动作虽然小，但徐照影原本硬邦邦的心柔软了些。

“五一十一有什么打算？”程嘉友瞟了一眼徐照影，低头挑着砂锅里的粉丝，等待答复。

“现在还早，想那么多干吗？”

“就是想问问你。”

“上学去。”

“什么？”

“上！学！去！”

第八章

以为情深，以为情浅

程嘉友听到徐照影这个决定，只觉得她脑子进水了。他就算觉得好笑，也要把这种情绪压制下去才行。

程嘉友定了定神说道："你觉得现在读书是合适的时间吗？"

徐照影也不抬头，只是挑着碗里的饭菜说道："这个世界上，有很多事都需要合适的时间，但读书这件事什么时候开始都不晚。"

"我不是说你年龄大了不能读，而是说你现在事业走上正轨，而且有进一步扩大的趋势，所以现阶段，读书并不是合适的选择。如果去读书了，你的事业怎么办？别人读书为了什么？不是为了有一份好的事业吗？"

徐照影把筷子放到了一边，继续回道："难道读书就是为了好的事业？有可能读书是为了别的事情呢？"

"什么事？"

"为了保住郑教授的实验室。"

程嘉友摇摇头，他觉得荒谬。徐照影也不等程嘉友反驳，只是自顾自地说道：“我考师范大学的博士，专门研究郑教授遗留下来的课题。”

程嘉友笑了笑，轻声轻语地说道：“我也是正规大学毕业的。你当个学校的学生就能保住实验室了？这样的想法是不是太天真了呢。”

“我在澳洲的一位华裔老师想要回国了，现在正在联系学校。我在促成这件事，他和郑教授研究的方向一致。我要上学的原因，是因为郑教授所有未完成的课题都在我手上，我比任何人都清楚这些课题。所以，我要读博士。我和这位相熟的华裔教授，就可以留下实验室，也可以保证那些还未毕业的郑教授的研究生，能够顺利地拿到毕业文凭。”

程嘉友将汤匙放到了嘴边，又扔回了碗里。他说道：“你觉得做这些事情有意义吗？说到底，这些都是别人的事。人这一辈子，连自己的事情都磕磕绊绊地做不好，又怎能对别人的人生负责？”

徐照影眨了眨眼睛，想要说些什么，但程嘉友的嘴太厉害，没有她还嘴的机会，程嘉友又说道：“郑教授托付给你的东西，你这辈子能交代完吗？那几个研究生能不能毕业，你管得了吗？每个人有每个人的人生，郑教授的人生已经走完，别人的人生你无法参与，我们需要的，只是对自己负责。”

程嘉友说的有没有道理？有。徐照影知道，她只要说出这个决定，身边的人十之八九都是这样的反应。她确实事业有成，在外人看来，她真的不需要再去上学了，可谁又能明白自己心里所想的那些事情呢？

徐照影是个暴脾气，听了程嘉友的这些话，反而平静了下来。确实，人生观价值观不同，生气也没有任何意义。她心里忽然黯淡下来，连说话的语气都不带利刃了。

“郑教授的人生已经走完了，但他的研究永远不会结束。那几个研究生的人生，我无法参与。但只要我走出这一步，每个人的人生都会改变，这种改变是好的，所以何乐而不为呢？这不是多管闲事，也不是没事找事，这只是一个人内心的信仰，信仰不同，所以没有对错，也不该相互指责。”

这家小店里，都是聚在一起热热闹闹吃饭的学生。他们会因为一碗热乎乎的粉丝汤就兴奋不已，谈论的话题也只是明天的考试，后天的约会。而徐照影和程嘉友两个人却呆若木鸡地面对面坐着，谈论的话题与这里格格不入。

这种尴尬被程嘉友的来电打断了，接完电话，程嘉友说道：“单位临时来了一个贵宾客户，我需要回去接待一下。”

徐照影却长长舒了一口气：“那你快去吧。”

程嘉友说了一句“不好意思”便走了，徐照影的那份紧迫感终于消散了。她并不着急回家，也不着急回医院，她想一个人静静地在校园的羊肠小道上走一会儿。看着渐渐萌起绿意的校园，徐照影心下是怅然的。

她不知道怎么就和程嘉友变成这样了，一见面就吵架，而且每次都是因为这些看似不重要的问题。其实徐照影知道，这些问题又怎会不重要？他们的想法永远不同，若是以后结婚，生活在一起，肯定会争吵不断，困难重重。生活的质量并不仅仅是靠物质，精神方面的契合更重要。她想要找个情投意合的人过完一生，但这个情投意合，说出来容易，办到却很困难。在见到程嘉友的时候，她觉得他学历不错、性格温和、谈吐不俗，或许会是一个好伴侣。但人总要处一处才知道是不是自己想要的那个人，这是不是很悲哀呢？原本以为会是一个好的结局，走着走着发现好像上错车了。本来想去看看太平洋的景色，却被拉到了湖边看一圈碧波，并不是说那一圈碧波不好，只是她不是随遇而安的人，心里总归是想着太平洋，所以别别扭扭的，有了心结。就算这旅途的终点很美，但不是她的目的地，又有谁会真正开心呢？

徐照影叹了一口气，是自己想要的太多了。这个世界上，有几对夫妻能做到心灵契合呢？不都是凑合凑合、吵吵闹闹地过日子？可吵吵闹闹之后，总归有个可以回家的理由。徐照影知道，在她这里，这个理由不是孩子，不是人老珠黄，而是要精神层面的东西。

这次的决定确实有些草率，甚至有很多不周到的地方，但她在程嘉友面前说出来，就是想要一份坚定的依靠，可她并没有得到。

就这样溜达了很久，徐照影还是回到了宠物医院。就算心情沉郁也要工作。医院里全是生病的毛孩子，徐照影暂时投身到工作中，倒是不再想这些事了。就这样忙忙碌碌直到下班点儿，楚惊鸿是最后一个客户。

“怎么这个点儿来了？”

“皮皮上次做完手术之后，就再也不喜欢进医院了。今天我在门口溜达了好几次，它叫得跟杀猪似的，我看着可怜就又抱回去了。但是想想今天是复查的日子，所以狠了狠心还是抱着它走进来了，你瞧瞧它现在还发抖呢。”

楚惊鸿说话的语气透着心疼，连徐照影的心都跟着柔软起来，她开起玩笑来：“楚老板现在是越来越心软了。”

“我本来就是心软的人。徐院长，其实我只对皮皮不害怕，对于别的毛茸茸的小动物，内心还是有深深的恐惧。”

徐照影接过瑟瑟发抖的皮皮说：“等我有空了，再给你好好治治。以后保你什么都不怕。”

楚惊鸿这一次算是真的费心了，伺候生病的小狗并不是一件容易的事，但他也坚持着做下来了。徐照影给皮皮上药膏，楚惊鸿接了个电话。挂了电话后，神色便有些凝重。

“怎么了？”徐照影问完就有些后悔了。不知从什么时候开始，自己也变成喜欢八卦的人。可和楚惊鸿相处多了，好像说什么都是自然而然的事情，不会想太多。

楚惊鸿也没有隐瞒，他说道：“给我供羊肉的牧区发生了疫情，情况有些严重，已经有很多牧民受到了影响，自治区的专家现在正往牧区赶，但是也提前放话了，这个疫情属于新变种，他们来了可能也没有有效的办法。”

“能问问是什么病吗？”

楚惊鸿挠了挠头，想了几秒钟，然后说道：“名字不知道，我只知道得了病的羊三日内就会死，而且发病时会撕咬全身，所以死的时候很痛苦。”

徐照影给皮皮上好药，包扎好：“快回去吧，小家伙以后更不喜欢医院了。”

楚惊鸿抱起“哼哼唧唧”的皮皮说：“为了小家伙能好得快，不来也得来。”

楚惊鸿因为店里还有事情，所以急急忙忙带着皮皮走了。徐照影回到家，照常煮了一碗白面，配着徐父做的酱，随便吃了一口晚饭，虽然这酱很香，但是徐照影并没有什么胃口。这些时日，吃惯了程嘉友的嗟来之食，自己已经完全丧失了做饭的本领。其实准确地讲，她一贯没有做饭的本领，只是每天晚上的饭菜太过丰盛，偶尔断了也就不习惯了。

徐照影吃得没有滋味，便刷起微信来，朋友圈里依然活色生香，人人光鲜亮丽，但她知道这些亮丽多半也是伪装出来的。例如下属李护士，朋友圈里正和闺密举着奶茶在电影院，其实她才刚刚和男朋友分手两天，心痛着呢。而同学大刘正在浩瀚海洋中的小游艇上钓海鱼，可一个月前，他刚刚被合伙人坑了五百万。昨天晚上还在问徐照影，除了安眠药，还有什么可以帮助睡眠的法子。准备来华的教授正在和朋友举杯聚会，徐照影明白，他离开澳洲是因为和妻子离婚，孩子的抚养权也没有争取到，整个人心灰意冷，想找个地方躲一躲。而没有来简讯的程嘉友发了一组银行举办沙龙活动的照片，照片里气氛甚好。

徐照影在程嘉友的照片下停留了几秒钟，便快速地向下翻看着。终于翻到一条满是愁苦的微信，是楚惊鸿发的，只有一张照片，皑皑白雪覆盖了牧区，草原上站着一两个戴着厚棉帽，脸蛋冻得通红的牧民。楚惊鸿只写了一行字：

大雪封路，有谁能帮帮他们？然后，留了一个地址。

徐照影从网上搜了一下，便搜到了有关内蒙牧区发生疫情的消息。她仔细地看了看，对照了一下病情的具体症状，忽然脑子里像过电一般。她迅速打开电脑，插入郑教授遗留的U盘，迅速查找了对应的症状，那些症状一一吻合，徐照影的心跳也随之加快。如果没错的话，这就是郑教授未完成的研究课题遇到的实例。这机会难得，她无论如何也不能错过。

半个小时之后，徐照影便坐在了上海机场的候机大厅里。时间是晚上九点，坐在候机厅里的徐照影缓了一口气，方才生怕没有机票，买上机票又怕赶不上飞机，她几乎是连滚带爬来到机场的。办完了所有手续后，徐照影又忙着安排她离开后的工作。打了一圈电话，全部布置好了，程嘉友的电话也打进来了。

“在家吗？晚上和领导吃饭，去了你最爱的那家料理店，所以打包了一份你爱吃的鳗鱼饭，我给你送过去吧？”

“呃……谢谢嘉友，我现在临时有事要去一趟内蒙。”

程嘉友有几秒钟的停顿，之后问道：“是要做研究吗？”

“嗯。”

“那你……注意安全。”

电话就这样挂断了。几分钟之后，电话又拨了过来，这一次的程嘉友可不如上次那么好脾气。

“你知道现在内蒙气温多少度吗？”

“多少度？”

“现在倒春寒，最冷的地方零下三十度。你要去哪儿？什么地方？！”

这态度徐照影不喜欢，但她还是回答道：“就是你说的最冷最冷的地方。”

“照影，你不是孩子了，做事情怎么就不能多考虑考虑呢？还这么鲁莽，你扔下手头的事就走了，到底图什么？那些研究可能一辈子都没有结果，你这样折腾自己有意义吗？”

徐照影这次倒是挺平静的，她心平气和地回答道：“生命在于折腾，不折腾的人生才没有意义，谁都知道一辈子舒舒服服的好，但我就是这种脾气性格。程经理，改不了的。”

“你这样我很心疼知不知道？！”程嘉友的声音带着斥责，“你带了几件衣服？”

“没带。”

“去那边有人接待你吗？”

“没有。”

“那你下了飞机怎么打算的？”

“走一步看一步呗。”

程嘉友憋了一肚子火：“你不准上飞机，我现在接你去，简直是瞎胡闹。”

电话就这样硬生生地又一次挂断了，徐照影的火气也腾地起来了。她把手机扔到了一边，气呼呼地坐着。

五分钟之后，楚惊鸿的电话打进来了。她虽然在气头上，但还是接了电话。

“徐院长，皮皮今天有点儿拉肚子，也不知道是着凉了还是吃坏了肚子，刚才抱着它去你家，你不在？”

徐照影压着火气说：“我没看到小狗没法判断什么毛病，你照顾不了就直接送到我的医院去吧，有值班医生在，我现在马上要坐飞机离开上海，有什么事咱回来再说。”

“您要上哪儿去？用不用我送你。”

“不用了，我去一趟你说的牧区，了解一下疫情。”

电话那端也是几秒钟的停顿，随后楚惊鸿的语气也变得不太好了：“你这个决定是不是太草率了？到那边有人接待吗？”

原本压制的小火苗又被点燃了，徐照影连珠炮似的说道："没有接待，我是临时起意，衣服、行李都没带，只拿了一个小包，也不知道那边到底多少度。我这次就是任性了，什么都不管了，疯了，一拎包就走了，还有要问要骂的吗？"

楚惊鸿被镇住了，沉默片刻才说道："我问你这么多了吗？哪来这么大火气？想去你就去啊，冻死了也不关我的事。"

"对啊，冻死了也不关你的事。"

"那祝你一路顺风。"

虽然这次没有阻拦，但徐照影依然火气腾腾地往上冒。不一会儿，程嘉友的电话就又打进来了，她不想接所以关了机。

她不是那种不近人情的人，只是这些年一直都是自己做决定。去做自己想做的事，即使错了，做得不够好，她也没有遗憾和后悔。如今有了感情，倒让自己洒脱不起来了，直到上了飞机，徐照影都觉得谈恋爱是件极其麻烦的事，或者说，她渴望的婚姻生活，根本没有来到，是她太过心急了。

飞机正常的滑行、起飞、平稳，没有一点儿颠簸。徐照影从包里掏出眼罩戴上，飞机上的人都渐渐进入了梦乡，可她的脑子里有点儿乱，好多事搅在一起，解决不了。罢了，罢了，睡一觉再说。

虽然内蒙的天气恶劣，但好在飞机是整点抵达的。她坐的是红眼航班，到达目的地的时候已经是凌晨两点了。下了飞机上摆渡车的这短短几步路，徐照影就知道是自己不自量力了。原来以为上海已经很冷了，但内蒙的冷是刺骨的，她穿的加厚裤子显然在这里没有多大用处，摆渡车上的人都精明地换了羽绒服，不精明的也只有挨冻的份儿。

好不容易到了国内抵达的出口，徐照影的脚已经冻麻。即便这样，她也没有丝毫后悔，一来还在和上海的男人们掷气，二来真是有些天不怕地不怕，走哪儿算哪儿的决心。

可刚走到出口，徐照影就愣住了。出口的栏杆外站着两三个人，手里举着牌子，牌子上写着徐照影的名字。她是个谨慎的人，所以不敢轻易上前。可走出去的时候，那几个人还是叫了她的名字。

徐照影停下来循声望去，为首的人笑呵呵地拿着手机看着，然后说道：“和照片上的一模一样，是楚惊鸿让我们来接待您的。”见她还是没放松警惕，来人建议道：“要不您打个电话确认一下？”

话音未落，电话就打了进来。徐照影接起来只“喂”了一声，楚惊鸿说道：“给你发了微信，估计你没来得及看，瞧着时间差不多了，我赶紧打个电话试试。来接你的是我的朋友老赵，也是负责疫区的政府人员，他对那一带特别熟悉，老赵人可靠，你放心，这几天他会一直跟着你。”

电话里的语速很快，徐照影的心里热乎乎的。她喉中哽咽，随口说了句：“抱歉，给你添麻烦了。”

“麻烦什么啊？你是去做好事的，我当然要百分之二百的支持你。行了，我不废话了，一会儿你在车上睡一觉吧，我也困了，现在要去睡觉了。”

电话就这样挂断，徐照影的心也踏实了。其实刚出来的时候她真的一点儿都不害怕，可被这冷风一灌，立刻就怯场了。

老赵把厚厚的棉服递到徐照影的手里说道：“快穿上吧，你穿得太少了。这还没到牧区呢，就要冻得哭鼻子了。”

徐照影不好意思地接过来穿上了，羊绒衫、厚厚的军大衣，还有不知道装了多少斤鸭绒的厚厚的棉裤。从更衣室的镜子里看着自己的模样，徐照影已经没有了时尚感和精英范儿。不过，在寒冷面前，还是命最要紧。

徐照影上了老赵开来的越野车，车上一直开着暖风。外面寒风阵阵，可徐照影身上却暖暖的。

“老赵，咱们还有多久才能到牧区？”

“按正常的步骤，下了飞机，还要坐火车，之后坐汽车，再坐马车，再折腾十几个小时就能到牧区了。但是咱现在开了车，所以估计七八个小时就能到吧。”

“这么远？”

“牧区远离城市，况且大雪封路，不好走的时候只能困在原地，没有一点儿办法。”

徐照影忽然觉得自己有点儿任性，她低声说道：“真的给你们添麻烦了。”

“徐院长别这么想，牧区现在遭受的灾害很严重。牧民们叫天天不应，叫地地不灵，就算自治区的专家来了，也是束手无策。专家说这种病变异太快，没有有效的药物来控制。徐院长肯来，我们区里就要百分百配合，您是来救命的，怎么会是添麻烦。”

虽然老赵说的都是些客套话，但徐照影听着感慨万千。她忽然觉得自己不是简简单单来做调研，而是来干一件真正有意义的事情。徐照影确实困了，戴上眼罩后便一头歪倒在后座上了。虽然一路上颠簸晃悠，但她睡得很沉，这一觉一直睡到了天亮。她睁开眼睛望向窗外，不由打了个寒颤，外面刮着白毛风，纷纷扬扬的雪粒拍打着车窗。车内依然很暖和，可她觉得外面愈加寒冷了。

微信里躺着程嘉友发来的信息：位置给我，我忙完手头的事请假去找你。

今天行程一路很顺，徐照影昨天的火气早就灭了。她试着给程嘉友发地理位置，但是很不幸没有信号了，她只得作罢。

世事无常，哪有什么真正的一帆风顺。走到一半就不能再向前了，车轮陷在雪里出不来，无济于事。徐照影也跟着下了车，试着从后面一起推车，也没多大的效果，车依然纹丝不动。

“徐院长，暂时走不了了，就算现在从雪地里出来了，前面的路还是会陷进去。”

徐照影的脸蛋早就冻得通红，她扶了扶有些挡视线的毡帽，说道："离目的地还有多远？"

"不算远了，还有十公里，现在断水又断电，手机又没有信号，所以没办法和牧民联系。"

徐照影看了看远处白晃晃的太阳，太阳照在皑皑白雪上，有些刺眼。

"要不这样吧，我走走看，平时身体素质还不错，十公里应该不成问题，我穿得也挺多的，现在雪也停了，老赵把指南针留给我就行了。"

老赵面露难色地说道："还是等等吧，你初次来内蒙，万一出点儿啥事，楚惊鸿非得拿刀劈了我。"

"不至于吧。"

"至于啊，他说要是把人丢了，就和我绝交呢，你说说有多严重。"老赵瞧着徐照影忽闪着大眼睛不说话，赶忙"呵呵"笑了两声，继续说道，"他威胁我的话，我就随便听听不和他计较。不过话说回来，楚惊鸿对你挺上心的，平日里他除了爱和小姑娘开玩笑，私下里可不喜欢和人打交道了。您不知道昨天半夜他联系不上我，可着急了，直接把电话打到我媳妇那儿去了，呃……所以我觉得徐院长，这份……情谊要珍惜。"

老赵说得闪烁其词，徐照影听得沉默不语，她该说什么呢？楚惊鸿这么热情，她除了感激还能生出什么情绪？她不知道，也不敢想。

徐照影看了看时间，认真地对老赵说道："我还是往前走走吧，疫情不等人。时间紧迫，我等不及，就只有十公里，你在这边等待机会脱身，我慢慢往前走，一会儿你脱身了就赶紧来追我。"

老赵沉默了一会儿，又观察了一下地形，有些无可奈何地说："暂时只能先这样，我们在机场的时候给牧民通了电话，告诉他们大概抵达的时间，这个点儿还没到，八成已经出来迎我们了，徐院长就轻装上阵吧，一路上注意安全，沿路你会看到树，沿着树走就不会走错。”

徐照影又多穿了一件羊绒衫，活脱脱包成了一个粽子，与老赵告别后便独自上路了。她带了些水和压缩饼干，还背了实验箱。徐照影生在南方，这辈子都没见过这么大的雪，一脚踩下去，整个小腿都陷进去了。这与她想象中的大草原有天壤之别，没有丰草水美，有的只是呼啸而过的风声。瘦小的徐照影就这样深一脚浅一脚地走着。她走得越来越远，渐渐看不到老赵的车了。又沿着树走了半个多小时，那颗心便悬了起来。这里荒无人烟，耳边的风声好像狼嚎般，毕竟她没有那么大的胆量，但此刻早就没有回头路了，她除了咬着牙往前走，别无他法。

庆幸的是，坚持了十几分钟之后，终于看到了迎面牵马而来的牧民。徐照影把疲惫丢在了脑后，她向牧民挥手，牵马的牧民见到来人也加快了速度。

徐照影不知道牧民说的是蒙语还是方言，反正她一句都听不懂，就这么边比划边猜，竟然明白了各自的意思。牧民扶着徐照影上了马，并递给她一个热乎乎的暖手宝。徐照影原本的恐慌才一扫而光。

四十多分钟之后，徐照影来到了牧民家，从外面来看摇摇欲坠的毡房，屋里却暖烘烘的，牧民把徐照影安顿好后便去支援老赵了。浓浓的奶茶香，锅里熬着牛肉干，整个屋子里还弥散着羊的膻味儿。原本一闻羊肉味就会恶心的徐照影，这次闻着膻味，心里居然觉得特别踏实。

因为语言不通，徐照影除了笑，什么都不会说了。等身子暖过来后，徐照影便背着试验箱去勘察现场。毡房不远处就是羊圈，这次的疫情集中在羊身上爆发，并没有扩散到其他的牲畜身上。好在过了一会儿，牧民上学的儿子回来过周末了，这才有了临时翻译。

“这种情况持续多久了？”

徐照影做好防护工作后，边检查边问那个才上小学的男孩子。

“一个星期。”

“你家死了多少只羊？”

“十多只了，死的时候我阿妈一直哭一直哭，却没有一点儿办法。阿姨，求您帮帮我们，羊有救了，我才有学费。”

小男孩说得平静，但牧民的媳妇却“吧嗒吧嗒”地掉起眼泪来。徐照影心上凝重，她什么都不敢承诺。疫情到了哪个级别，现在还没有定论，况且这件事显然是不能通融的。

徐照影摸摸小男孩的头宽慰道：“放心吧，一切都会好起来的。”

徐照影提取了样本，从牧民家隔出一小片地方当作试验场所，虽然现场简陋，但试验区还是搭得不错。

两个多小时后，老赵也来到了牧民家中。等他喝上热乎乎的奶茶，才慢慢缓过劲儿来。徐照影从试验区出来，见老赵的脸颊有了血色才问：“车子好了？”

“扔在原地了，还是保命要紧。自治区的专家在另一个牧区做调研，现在暂时联系不上，徐院长只能过几天再和他们接头了。”

“能给我一份专家的名单吗？”

还好老赵的公文包里有各种各样的联系方式，他翻找了十几分钟，拿出一张打印好的纸：“这是这次来牧区调研的所有专家名单。”

徐照影粗粗地浏览了一下，却微微笑了笑。名单上有一半的名字她都熟悉，全都在上次郑教授的研究报告会上见过，她心里渐渐敞亮起来了，都是志同道合的朋友。虽然暂时无法取得联系，但她好像一下子找到了大队人马一样，对解决疫情充满了希望。

呼呼的风声不绝于耳，屋内热炕上，大家盘腿坐着，徐照影边细细询问着这次疫情发病的前因后果，边在电脑上做着记录。根据牧民的详述，与郑教授所研究的课题十之八九是吻合的。现在只等检疫结果出来，证实自己的推断而已。

因为大雪封路的原因，她倒是落了个清静自在。手机扔一边，和老赵、牧民一家坐在毡房里喝奶茶、喝酒、吃手把肉，心下竟生出前所未有的畅快。以前喝酒都是一盅一盅的，现在却是一碗一碗的，三碗酒下肚，身上热乎乎的，连带着性情也豪爽起来。听着牧民和老赵轮番唱着蒙古歌，徐照影半眯着醉眼，小声跟着“哼哼”，她又哪里会唱蒙古歌，只是跟着这样“哼哼”，心里也爽快敞亮。

一直到天黑了外面的风声才小了些，牧民一家已经早早歇下睡了，徐照影虽然醉醺醺的，但是睡意全无。她走出毡房，随意在门口的石墩上坐下，抬头看看，黑色的夜幕下是璀璨的星光。她心里不禁感叹，在上海那样霓虹闪烁的城市，星空却是黯淡无光的。在这里抬头仰望，能清楚分辨出大部分的星宿。原来夜可以这么美，而这么美的夜她只在小时候出生的地方见过，可那个时候觉得很平常的景致，后来竟很难再看到了。

老赵也从毡房里走了出来，递给徐照影一个像大哥大一样的通讯设备，他说道：“卫星电话，楚惊鸿打来的，电量不足，长话短说。”

老赵说完便回毡房了，徐照影拿起电话“喂”了两声，电话那端却又调侃起来：“呦，喝上了？”

“可不是么，喝了三碗。”徐照影迷迷糊糊地说着。

“还挺厉害，以前没发现，下次好好试试你的酒量。我正在往牧区赶，稍安勿躁。”

徐照影揉了揉眼睛，星光在眼前迷迷糊糊，看不清楚，她回道：“我有什么可躁的？你又不是我男朋友，能帮我，我就不胜感激了，我又不是天生的坏脾气。”

“好，好，好，你有男朋友，你有男朋友。”

徐照影醉醺醺地说：“没有人愿意做我男朋友的，我脾气臭、心态差、自尊心强、意气用事、不懂得尊重，所以啊……谈恋爱不能找我这样的。”

“行了，早点儿睡觉吧，明天见。”

徐照影举着电话看了看，电量只剩下一格了。这么珍贵的卫星电话，她和楚惊鸿竟然随便说了几句有的没的，真是浪费。

徐照影也不知道自己什么时候就睡着了。毡房里是通铺，所有的人，男男女女并排睡在一起。若是往常，徐照影一定很反感这么不讲究的住法，但此刻还有什么条件讲究这些呢？头晕目眩的她挨着牧民家的小男孩便呼呼地睡沉了。

睡通铺大的好处就是，一早起来就知道谁还睡着，谁还醒着。令徐照影有些不好意思的是，一大清早只有她一个人睡懒觉呢，她看看表是七点整，虽然不算晚，但牧民媳妇已经起床在熬奶茶，炸果子了，小男孩也起床了，在帮妈妈的忙，老赵和牧民都不见了人影，不知道哪儿去了。

徐照影顾不得洗脸，赶忙收起被子便去看她的实验数据。实验结果表明，她的推断很准确，这次疫情确实是郑教授研究的课题之一。徐照影的心踏实下来，起码她知道这次的疫情可以有效控制了，只不过她带的药少了一种。

“你爸爸呢？”徐照影摸了摸小男孩的头问道。

“早上阿爸发现羊圈破了一个洞，丢了五只羊，阿爸出去找羊了。”

徐照影望了望房外说道：“这冰天雪地的，去哪儿找羊？”

牧民媳妇“嘟嘟囔囔”说了一番话，小男孩给翻译了：因为今年损失有些惨重，那五只羊有可能是被狼叼去了，但牧民还是想要碰碰运气，看能不能找到。徐照影叹了一口气，一只羊最少有一千块钱的收入，这场瘟疫过后，怕是要损失上万块钱。昨天听老赵说，这个区的牧民大部分都是贷款来养牲畜挣钱的，辛辛苦苦一年，又到一年还贷日，日子怕是不好过了。

“这附近哪儿有药店？”

小男孩想了想说：“药店没有，三公里以外的人家有常用的药，我们一般都是从他们家买点儿。”

“你能带我去吗？”

“早上赵叔叔要送我回学校呢，和阿姨要去的地方不是一个方向，要不……我让赵叔叔跟您去买药，我自己回学校就可以了。阿姨，您哪里不舒服，让我阿妈煮点草药喝吧？”

徐照影摇摇头，笑着说道：“不用了，阿姨没有病。”这里天气不好，小孩子一个人回学校自是不行，徐照影只得问了问卖药人家的方位。

吃过早饭，老赵便和小男孩出发了。牧民的媳妇一句汉语都不会说，徐照影便也不再多问。郑教授的课题为什么备受瞩目？其实并不是有什么新发现，而是郑教授将特异性疗法发挥到了极致，他发现了特异性疗法中最深邃的作用原理，而使得特异性变得非特异性了。郑教授在实验室研究出的试剂，徐照影带出来二十几支，而这些针剂并不能立即使用，还需要加入些其他的药剂，而这些药剂根据疫情的不同细细甄别添加就可以了，最重要的是这些药剂都是平常常见的，并不是什么特效药。

徐照影原本打算等老赵回来再同他一起去，但想想怕是又要耽误事了。刚送走老赵和小男孩，牧民媳妇就哭了起来，因为早上又有三只羊病倒站不起来了。徐照影见她哭，也是着急上火的。她准备独自前往寻药。牧民媳妇摆摆手不准，就这样边比划边猜，半个小时之后徐照影和牧民媳妇达成了共识。

牧民媳妇牵了马来，比划着告诉徐照影这马认路，并给徐照影带了一小瓶的白酒用以暖身。徐照影摇摇晃晃地上了马，与牧民媳妇告别了。

徐照影是个胆大的人，就算是没做过的事，她也敢去尝试，例如骑马。牧民媳妇常年在牧区，早就把骑马当作是人生的一项基本技能，而对于徐照影来说，这可是第一次。昨天那次有牧民牵着，只能算是遛马。所以，今天的体验和昨天是完全不同的。昨天虽然颠簸，但徐照影的心里踏实。而今天，不仅颠簸，她心里可是一点底儿都没有。

以前看电视上的人骑在马上英姿飒爽，但初次骑马的人都知道，马背上的感觉除了惊恐还是惊恐，好像分分钟就要从马上颠下来，摔个狗啃屎。徐照影只能紧紧抓着马鞍，身体僵直，雪路不好走，马还总是打滑，徐照影一惊一乍的，连惊呼都不会了，只剩下心脏漏跳半拍。

幸亏不是离得很远，就这样颠来颠去，徐照影反而出了一身汗，她估摸了一下路程，差不多走了三分之二，和马适应了一段时间，紧张感消失了不少。可别说，心情放松下来，才发现牧区景色的优美，在网上搜寻的草原图片都是一望无际的绿，蜿蜒着波光粼粼的溪流，零星点缀着吃草的牛羊，还有穿着长袍的牧民。她所见的美是所及之处的白，零星的几棵树上是挂着的亮晶晶的冰凌。这样的景色让徐照影忘掉了严寒，她从身上掏出手机，下一次来内蒙不知道是何时，她要把这美景留下来，当作一份回忆。

徐照影打开摄像头，对准那棵挂满如水晶般冰凌的树，可还没等她按下拍照键，下一秒便“啊”的一声从马背上坠落了。不止她惊声尖叫，马也吓得嘶吼不止。徐照影完全搞不清状况，叽里咕噜地滚落，身体被撞得生疼，撕心裂肺的疼。她脑袋有些不够清醒，缓了几分钟后，徐照影摸摸身上，没有出血的地方。她又摸摸额头，额头鼓了一个大包。她环顾着四周，原来自己掉到了大坑里，而马在坑外。坑里全是雪，她坐在雪堆里，脖子里、裤腿里、袖子里也都灌了雪碴子。原本热乎乎的身体，随着一连打了几个哆嗦，渐渐地热乎气也散尽了。

徐照影没有喊，因为她知道喊没用。这回可和上次不一样，上次有牧民来迎她，这次可没有人。头顶上还能听到马的喘息声，徐照影拨弄着手机，希望奇迹出现能有信号，可是这世上哪有那么多的奇迹？如果真有奇迹，这一路上也不用有这么多的波折。

身体越来越冷了，徐照影冻得只想骂人，一双手早就冻得通红，她哆哆嗦嗦的把手揣进口袋里，摸出了那一小瓶白酒。徐照影为了取暖，只得把一瓶酒仰面全喝了。辣嗓子的感觉过后，身子慢慢热了起来，脸颊也有了热气。可能是酒精的作用，恐惧感比之前有所减弱。

“喂！你在上面不能走啊，要是走了，他们可就真的找不到我了！”徐照影朝着头顶喊着话，顷刻她却笑道，“我这是喝多了吧，竟然跟马说话，它又能知道什么呢？”

说完，她便听到一阵马蹄声，完了，马真的跑了。

徐照影把围巾解下来，使劲儿朝上抛着，她把红色的长围巾一端抛在了洞口外，一端扯在手里，希望有人路过能够看到这一抹红，救救洞里的她。

徐照影酒喝得有点儿快，过了一会儿就越来越迷糊。她想着自己这一趟出门，真的是突如其来，没有打算。她就是个自讨苦吃的人。小时候明明可以保送到宁波的高中，但她非要考到省重点去，只为了拿到奖学金，还有能离徐父远点儿。省高中是考上了，但是日子不好过，她基本一学期才回去一次，然后过个两三天又回到学校，孤孤单单，冷冷清清，她不是冷漠的人，那种滋味并不好受。

再后来终于如愿考上了北京的大学，徐父要给她学费，但她拒绝了。勤工俭学了四年，什么娱乐活动都没参加过，找了个男朋友也因为她没有时间约会而告吹了。不过还好，大学毕业前拿了两次国家奖学金。那时候郑教授也在北京，推荐她公费出国了。出国也是一路艰辛打拼，也想过找个有钱的男朋友，可是自己没那个本事，找不着，还得凭自己的本事来。

毕业后回国了，本来找工作是件很容易的事，但她却跑去创业，来到人生地不熟的上海，刚开始给人打工，后来挣了些钱便开了小诊所，后来有了现在的大医院，真是太累了。徐照影想着想着竟然掉起了眼泪，这些年的苦好像一股脑都跑来了，原来不觉得什么，现在在这大坑里一坐，神经就脆弱了，敏感了，眼泪也收不住了。再想想这次来内蒙，也是自作自受的结果，她能怨谁？这一路走来，只能怨她自己，掉坑里也只能怨自己。她胡乱地擦了擦眼泪，哭什么，路都是自己走的，又怨不得别人。她没有郑教授那么崇高的理想，她只是脑袋容易发热。

徐照影脑袋昏昏沉沉，有点儿困了，不一会儿就犯起了迷糊。迷迷糊糊中反而身体舒服起来，她想要好好睡一觉，睡到天塌下来。徐照影一闭眼就睡了过去，她不仅睡着了，还做梦了。先是梦到了程嘉友，程嘉友插着腰站在她对面，没有体谅只有大声训斥，训斥她自私，训斥她想到什么做什么。她觉得委屈，和程嘉友打起了嘴仗。梦里她哭得特别惨，觉得没有人理解她，觉得自己不够潇洒。程嘉友斥责她够了，擦了擦额前的汗珠，甩甩手一转身就不见了。梦里的徐照影依然倔强，不肯向程嘉友低头。她眼前白茫茫，雾蒙蒙，什么都看不清，还在生气的时候，从白光中又走来一个人，徐照影原以为是程嘉友回来了，但看腰身又不像，走近了才知道是楚惊鸿。

楚惊鸿和程嘉友是一样的嘴脸，程嘉友是冷冷的训斥，而楚惊鸿是冷嘲热讽。

谁让你来的？

冻死才好呢！

你这种女人就得有点儿教训才能长记性！

你以为自己什么事都能干啊？！

把自己作死了，你就高兴了！

楚惊鸿一句接一句，没有停顿。徐照影听得心火难耐，她捂着脑袋喊，要你管啊！

楚惊鸿不仅讽刺她，还准备上手给她两巴掌。徐照影看着扑面而来的手掌也红了脸，她抓住楚惊鸿的胳膊便使劲儿地咬。

“啊！啊！疼！”

疼？疼就对了！徐照影闪过一丝爽快，她牙上又使了使劲儿，好像咬了一块劲道的嚼不烂的肉。

“啊！徐照影，你醒一醒！再不醒我撒手了啊！”

轰隆隆几声，徐照影的脑袋就炸开了。她迷迷糊糊地睁开眼睛，心上一惊，刚才哪是做梦啊，眼前果然是楚惊鸿啊！她头脑混乱，分不清到底是什么状况，只能直愣愣地盯着眼前的人。

她在哪儿？在干什么？为什么和楚惊鸿是相互揪扯的姿势？

她想不起来，楚惊鸿也不给她时间想。楚惊鸿一张脸早就憋得通红，无可奈何，咬牙切齿地说道：“你是狗啊！还不松口？！”

徐照影一张嘴巴，放开了楚惊鸿的胳膊。眼前，楚惊鸿的手腕上是被她咬得又紫又红的牙印。

楚惊鸿顾不得说话，只奋力地朝上拉着她。徐照影的胳膊被扯得生疼，可她连叫喊的力气都没有了。徐照影像个面团，没有身骨，软绵绵的，好像也就过了一分钟，她便被救出来了。雪块灌进她的脖子里，徐照影打了个哆嗦，慢慢回过神来。

她掉进了大坑，喝了酒，睡了一觉，睡觉的时候，被楚惊鸿揪上来了。

虽然天气寒冷，但楚惊鸿却大汗淋漓，他擦了擦额上的汗，大声骂着徐照影：“你不要命了？！这么冷的天竟敢睡觉？！”

徐照影酒醒了七八分，坐在地上挺狼狈的。她大喘着气看着楚惊鸿，一时反应不过来，已不似先前伶牙俐齿。

“太冷了，所以喝……喝多了……”

坑外面的人除了楚惊鸿，还有老赵，还有一些不认识的人，外加那匹跑走了的马。

楚惊鸿也不跟她多说，上前掐着她的胳肢窝，就这么把徐照影提了起来，一直提到了车里。车里很暖和，徐照影坐了十几分钟，慢慢缓过神来，恢复神智的她也开始后怕了。这么冷的天睡觉，她会冻死过去的，什么科研都没做，就这么死了，那算什么。

“马跑到牧民家，把牧民叫来了，幸好我也按点儿赶到了这里，这才把你救出来。”楚惊鸿没有过多的责备，眼神里满是担心，他伸出手摸了摸她的脸颊。

楚惊鸿的指尖是滚烫的，触在她的脸上有点痒，又好像是一味药，碰了碰她，徐照影的眼中噙满了泪水。

“哎呦，徐院长您可别哭，你一哭我可就没辙了。”

徐照影撇过头去，把眼泪擦干，然后说道：“我是出来找药的。”

“听说了，你要找什么药，看牧民家里有没有。”

徐照影说了名字，是常见的药，牧民骑上马便回去取了。

徐照影的眼睛还是湿润的，她回过头，却见楚惊鸿盯着她看，她低声问道：“看什么看。”

“你看你现在多狼狈，这还是上电视做讲座、光鲜亮丽的徐院长吗？”

徐照影坐在后座的正中央，早就从后视镜里看见了自己的模样，头发乱成了鸟窝，脸上红一片白一片，眼神茫然，身上也脏兮兮的。她已经没有斗嘴的力气了，无力地说道：“你就好好刺激我吧，反正我现在落难了，随便你。”

暖气十足的车里，两人相对无言，忽然有些小尴尬。徐照影拢了拢乱七八糟的头发，装作漫不经心地说：“什么时候把我遣返回去？”

楚惊鸿不解地问：“为什么这么说？”

“你不是来找我回去的？我添了那么多乱子。”

“你来帮牧民解决难题，也是帮我解决难题。这片牧区是我店里羊肉的供应点，出了问题我比谁都着急。谁说你添乱了？你现在在我楚惊鸿的眼里就是大菩萨。”

楚惊鸿一脸认真，徐照影有点儿不习惯了。她微微弯起唇角，又拢了拢乱糟糟的头发，说道：“大菩萨？楚惊鸿你太浮夸了。”

楚惊鸿有这样的本事，让身旁的人阴霾散尽，心中再现阳光。这句玩笑话让心情沉郁的徐照影放轻松了，她打趣地说道：“这么好的外景，你怎么不直播了？”

“哎呦，我的姑奶奶，我上哪儿直播去？这信号这么差，我还是省点电吧。”

“皮皮呢？安顿好了吗？”

楚惊鸿敬了一个礼，发誓说道：“请领导放心，皮皮在您医院躺着呢。本来想带来，但还是打消念头了，它还病着，不瞎折腾了。”

徐照影就这样和楚惊鸿打着嘴仗，身体慢慢恢复过来。不一会儿牧民骑着马把药送来了。徐照影看着渐渐消失的身影，心下十分感慨：“这里的人情味很浓。”

“何止是人情味儿，就连动物也有人情味儿。你骑的那匹马在通风报信的路上又摔了一跤，前脚掌受了伤。”

徐照影心上一酸，赶忙推开车门下了车。

“干什么去？”

“看马去呀。”

作为兽医，徐照影最受不了的就是动物受伤，就好像伤在她自己身上一样。徐照影对马做了初步的检查，才放下心来，还好只是受了轻微的伤。徐照影摸着马的鬃毛，那匹老马悠闲地甩着尾巴，好似什么都没发生过一样。

“快回来吧！你冷不冷啊！”楚惊鸿在车里喊着话，徐照影这才又返回车里去。

他们一行人一两个小时之后才回到牧民家里，热乎乎的奶茶端上来，徐照影埋头喝了两碗，身子渐渐暖起来了。她打了个嗝，满是酒味。因为让徐照影独自上路这件事，牧民媳妇被牧民骂了个狗血喷头，在一旁抹着眼泪不说话，只不停地为徐照影倒满奶茶。徐照影心里也是过意不去，怪自己太笨，给这么多人添麻烦，可“对不起”已经说过很多遍，再说已没有意义，她唯一能做的就是赶紧投身工作，为牧民一家排忧解难。

“我看你还挺适应内蒙生活的，干脆嫁到内蒙来，每天喝酒吃肉多好。”

徐照影瞪了楚惊鸿一眼，说：“别讽刺我了，我只不过是多喝了一两杯。”

“徐院长，三天之后，专家组到五十公里以外的牧区做调研，您看什么时候和他们会合？”老赵问道。

徐照影想了想：“我暂时就先待在这里，看看能不能把这里的疫情先控制住，之后再互相交流吧。”

徐照影身子暖过来，就投入工作了。在开辟出来的小小区域里，徐照影忙着配起药来。她每次抬起头，就看见楚惊鸿在旁边站着，一碗热乎乎的奶茶就递到手里了。

“你这服务还挺到位的。”

“我这不是也没事干吗？为伟大的科研工作者、造福大众的大救星服务，是我这辈子的荣幸。”

徐照影笑了笑，心里却有点儿悲戚戚的，她说道：“是吗？大部分人眼里我都是没事找事、不务实的理想主义者。”

“干吗要在意别人的看法？自己的心最重要，人这一辈子，纷纷扰扰，如果再活在别人的口水里，那你还是你吗？”

徐照影摘掉口罩，望了望楚惊鸿，说道：“你说这话还挺有哲理的。”

“不是我有哲理，你本来做得很好。我觉得这不该是你的想法，等回去好好休息休息，把那个有主见又雷厉风行的徐院长找回来。”

徐照影又笑了，她说：“竟然还有人喜欢那个时候的我？”

“不要想别人喜不喜欢，人生这么短，徐院长，一定要做自己。”

徐照影喉中有些哽咽，她急忙又把口罩戴上，低头说：“等这阵子忙完了，我好好和你喝几杯。”

“好啊，奉陪到底。”

经过几个小时的调配，第一批药做出来了，徐照影有十足的把握。她给牧民家所有的羊都注射了疫苗，隔离区里生病的羊用了治疗性的药物。现在需要的就是观察。徐照影过一段时间就出去记录一下数据，楚惊鸿在不是很远的地方跟着，不是很刻意，但是她能感觉出来。本来人生地不熟的，但楚惊鸿一来，徐照影就有了底气，这是一种奇妙的感觉，说不出来，只是心里恢复到了往常的清静自在。

忙了一整天，到了晚上徐照影才停下来。牧民准备了丰盛的晚餐，一来是给徐照影压惊，二来是为楚惊鸿接风。蒙古民族向来能歌善舞，看着平时木讷的牧民媳妇几杯酒下肚，便载歌载舞了。不仅是牧民媳妇，老赵、楚惊鸿、就连徐照影都手舞足蹈起来，大家围坐在一起哼唱着，暖烘烘的毡房里，每个人的脸颊都是红扑扑的。

徐照影有些热了，她走出毡房，外面依然繁星熠熠，雪停了却无法融化，白茫茫的原野上夜幕越发璨烂。裹着厚厚棉服的徐照影就这么仰头望着星空，就算什么都不做待在这里，也是一种享受。

“看什么呢？”

徐照影循声看去，楚惊鸿已经与她并肩坐在一起了。

“在看这一片清静自在。”

楚惊鸿也仰头望着天，他感慨地说道：“徐院长说出来的话这么有诗意。”

“这是我当下的心境。”

“确实，这里比别的地方清静自在。”

“以前也不知道是为了什么，竟然那么拼命，现在心累了，倒是喜欢这样的安宁。如果可以，我真想抛弃繁华来这里。”

楚惊鸿却笑了笑，没说什么，仰着头，托着腮瞧着闪烁的星空。徐照影问：“你笑什么？”

“徐院长是聪明人，怎么会不知道那份清静自在其实在自己心里。你感到不清静不自在是因为你不适应周身的氛围，如果不喜欢现在的生活就去打破它，重新塑造。人这辈子难得做自己喜欢的事，喜欢游山玩水就即刻出发，喜欢科研就一头扎进去做实验，慢慢地就会觉得生活自在了，舒适了，清静了。”

在徐照影的印象里，楚惊鸿一向是粗犷的人，没想到竟然会有这么一番论调。她不禁又问：“那你呢？你满意现在的生活吗？你清静自在吗？”

楚惊鸿想了想，说道：“我是个很知足的人，也是个没有追求的人。我知足现在的生活，知足我的事业，但夜深人静的时候会感到空虚，因为我没有追求。所以，徐院长，你一定要过自己喜欢的生活，我羡慕你能站在演讲台上作报告的样子，让我觉得这世上有人在做有意义的事，而不是每天浑浑噩噩为了一口吃喝而忙碌。”

楚惊鸿的眼神是清澈的，与这布满繁星的夜空一样深邃。徐照影没想到，连她自己都不懂自己，而楚惊鸿竟然懂，也是他点醒了自己。这是一种久违的感觉，是黑暗中照进来的星星之火，是内心焦躁时浸润的那滴水，也是冷冷寒风中的一份温热，这温热扩散开来，包围着她。徐照影为最初的以貌取人感到羞愧，人的内在从来不是写在脸上的，是刻在心里的，是需要用心去读才能读懂的。

徐照影站起来伸了个懒腰，故作轻松地说：“好困，我要回去睡觉了，你也早点休息。”

徐照影把手揣在袖子里小跑着进了毡房，楚惊鸿却望着她奔跑的背影出神。不管别人怎么说，这个身材娇小，脾气暴躁的女人，就是让他觉得美好。楚惊鸿搓了搓滚烫的脸颊，他也是喝多了啊，竟然一下子说了这么多貌似有哲理的话……

经过几天的观察，疫情得到了有效控制，病羊渐渐有所好转，羊群里也没有再得病的。前前后后，徐照影在牧区待了有大半个月，要按以往的性格，上海还有那么多事情没放下，心里早就惦念着了，可这一次竟也安安心心地住了下来。

待要离开的那一天，牧区早已有了艳阳，积雪开始有融化的迹象。笑容重新回到了牧民的脸上，牧民媳妇眼睛里含着泪水，握着徐照影的手不说话。车子开出去很远，直到看不见牧民的毡房时，徐照影的眼角依然是湿润的。

她忽然明白了一些道理，忽然明白了郑教授坚持的意义。郑教授常说自己这一生碌碌无为，感到惭愧，而自己和郑教授相比，生活和行尸走肉相比，并无多大差别。

老赵这两天特别忙，帮着往其他疫区运送郑教授研发的疫苗，接下来还要统计疫区受灾的一手数据，以便接下来政府和保险公司来为牧民做补偿，所以在离开牧区之后，老赵便和徐照影、楚惊鸿分道扬镳了。

一路阳光明媚，徐照影的书包里装满了牧民赠送的牛肉干和奶制品。即便天气恶劣，她也觉得这里的天是暖的，因为人心是暖的。

"接下来我们去哪儿？"徐照影随口问道。

除了一两个留守的工作人员善后，其他的专家也都陆续乘车返回首府呼和浩特了。大家要整理一下资料，准备三天之后的总结大会。因为徐照影这次是主力，这个大会她必须要参加，这几天她已把资料整理完毕，只需要再做一份用以演讲的 PPT 就可以了，三天时间对她来说很充裕。

楚惊鸿随口说道："去我家。"

第九章

从没想过就是你

徐照影盯着楚惊鸿看了几秒："去你家干吗？"

见她这么紧张，楚惊鸿弯着唇笑了："那么紧张干吗？我又没说你是我女朋友，我妈也不是那种随随便便想当婆婆的人。只是我这次突然回来总要告诉他们原因吧，他们知道你一个女孩子在牧区挺担心的，说什么也要让你来家里吃顿饭。"

"哦，这样啊。"是她想多了，徐照影继续说道，"内蒙人真是热情好客。"

"不是我们热情好客，是现在的人变得冷漠了而已。"

徐照影默不作声，楚惊鸿说得对啊，她就是个冷漠的人，对陌生人充满了戒备心。这种心态自她从国外回来后，就愈加严重了。因为自己冷漠，而把这种冷漠当作常态化，所以对别人的关心和热情倒以为是别有用心。

"空着手去不太合适吧，一会儿路边停下，我买点儿水果送给叔叔阿姨。"

车又开了半个小时之后，手机终于有信号了，随着几声"叮叮当当"的提示音，一切都恢复正常了。徐照影逐条翻看着简讯，大部分是医院里的信息。她赶忙打了电话回去，其实没什么大事，都是助理汇报每日的工作情况。皮皮的伤口拆线了，医院正常运行，一切如常，只是少了一个人的问候，徐照影如鲠在喉。她把手机重新装进包里，过了几分钟又拿出来，给孟天天拨了个电话。

电话那端慵懒而又不耐烦地“喂”了一声。

“是我。”

几秒钟之后，孟天天从梦里醒了过来，惊诧地喊道：“徐照影你还活着？！”

徐照影没好气地说：“怎么说话呢？”

“你现在在哪儿？”

“呼和浩特。”

“还在内蒙啊？”

徐照影“嗯”了一声算作回答，孟天天叹了口气：“我给你打了好几个电话都没通，问程嘉友也问不出来。”

“我没事，过几天就回去了。”

“你给我打电话有什么事啊？”

“没事，随便问问。呃……程嘉友跟你说我去哪儿了吗？”

“他就说你去内蒙调研了，剩下的什么都没说。”

“回去请你吃饭，挂了。”

挂了电话的徐照影也觉得没趣，这电话打得莫名其妙，明明想装得若无其事，但还是被楚惊鸿看了出来，楚惊鸿说道：“你何不直接打电话给他？拐弯抹角的，不累吗？”

徐照影看着前方的路说道：“我抹不开面子，就算累，我也认了，我就是这么别扭的人。”

“你看现在的你既不清静也不自在了。”

是啊，她现在就是不清静不自在。徐照影说道：“这道理我懂，但人就是这样，道理懂得再多，这一生也未必过得好，过得顺畅。出来一趟，人生有了很多新的感悟，所以，回去之后要有所改变，也不枉出来冒险一场。”

“你呀，现在需要的是睡觉，其他的什么都别想，再过两个小时就到呼和浩特了，到了我叫你。”

徐照影确实有些乏了，她翻出眼罩戴上，什么都不想想了，可哪有那么容易呢？她想得最多的就是程嘉友，手机信号满格，电量满格，但是依旧没有那个人的信息。徐照影其实是有些后悔的，后悔自己那么轻易就喜欢上一个人。现在回头想想，或许那就不叫喜欢，只是好感而已，或许连好感都是带了别的色彩，不够纯粹。这好感来自于程嘉友的职业、社会背景、他的社交能力。自己真正喜欢过他吗？连她自己都不敢回答这样的问题。

徐照影就这么胡思乱想着，最后竟然也睡着了。等醒来的时候，是被楚惊鸿叫醒的。她一睁眼便瞧见了十米开外，有个五十多岁的阿姨站在路边，直觉中她知道那是楚惊鸿的妈妈。

“本来我家门口有个水果摊，谁知道我妈竟跑这么老远来接你。”楚惊鸿解释道。

徐照影也是有点儿慌乱地说：“什么礼品都没拿，多不礼貌。”

“别想那么多。快，下车了。”

还没等徐照影反应过来，车门便被楚母拉开了，楚母是个大嗓门：“肉早就炖好了，就等你们来。”

徐照影笑着叫了声“阿姨”，楚母笑呵呵地拉着徐照影就往回走：“阿姨没别的意思，就是想见见惊鸿的朋友。我们楚惊鸿可没多少女性朋友，好不容易碰着一个，可得看看长啥样。”

楚母是个性格开朗的人，一路上和街坊邻里打着招呼。等到了家，徐照影便闻到了飘香的肉味，还有家里暖烘烘的感觉。

“闺女，你快去洗个澡，毛巾、浴巾都是我新买的，洗完澡等他爸回来就吃饭。”

徐照影就这样被推进了洗澡间，这半个月，徐照影连脸都没怎么洗，更别说洗澡了。楚母准备好了一切，徐照影原本的拘谨一下子就消散了。洗过热水澡，把头发吹干后，楚父也回来了。四个人围坐在一张圆桌前，倒是热热闹闹的。

“儿子，跟妈喝两杯？”

还没等楚惊鸿发话，徐照影便说道：“我陪阿姨喝。”

楚母一愣，笑呵呵地回道：“好啊。”

白酒，四十二度，拿玻璃杯盛好，两个男人看着，两个女人频频举杯。徐照影爱上了喝白酒，几杯酒下肚，真性情就出来了。不一会儿楚母和徐照影就乱了套，以姐们称呼起了彼此。

“姐啊，咱内蒙真好，我要有机会在这儿定居多好，没事跟你喝喝酒，唠唠嗑。”

楚母吃了一口花生豆，又呷了一口酒，说道：“是啊，回上海干什么啊，这儿多好，心情不爽的时候，把儿子借给你打。”

楚惊鸿一脸无奈，抢过徐照影手里的酒瓶子，厉声说道：“别喝了，都喝成两个傻子了。”

徐照影又把酒瓶子夺了回来，翻了个白眼回应道：“你别管闲事，我晚上还要和你妈妈义结金兰。”

“对，对，义结金兰，倒上两碗酒，上三炷香，跪在那儿，把手指头割破，把血和在碗里一股脑都喝进去，天上的，地下的，全都做个见证，以后有难同当，有福同享，我儿子就是你儿子。”

“行了，行了！没完没了了？！”楚惊鸿瞪眼睛的样子还是挺可怕的，楚母瞧了他一眼，乖乖把嘴闭上了。

这一晚上挺热闹，楚母一会儿骂老公一会儿骂儿子。徐照影也哭哭笑笑的，说了好多不知所以的话。而楚惊鸿和楚父则不停地抢酒瓶子。终于在喝了两瓶白酒之后，楚母和徐照影收手了。

“小徐，今天跟姐睡。”

徐照影晕晕乎乎，但脑子里还是清楚的，她结结巴巴地说道：“那不行，我……睡沙发。”

“睡什么沙发，让臭男人睡沙发。”

下一秒徐照影便被拉进了卧室。

“床单、被罩都是新换的。干干净净，这床被子也是我今年新续的棉花。”

两个人絮絮叨叨，歪歪扭扭躺在了床上，眼神放空。尤其是徐照影，喝了不少。吵吵闹闹了一个晚上，等安静了才知有月光从窗子照进来，照在厚实的棉被上，照在徐照影呆呆的目光中，也照在楚母红扑扑的脸颊上。

“小徐啊，有对象吗？”

徐照影盯着天花板说：“有……没有……有，我现在脑袋里很乱，也忘了自己有没有，姐要给我介绍对象？”

“你要是有对象，姐就不说了。你要是没对象，姐给你找个好小伙。”

徐照影呵呵笑着说：“说不定马上我就分手了。”

“我看也是。”

“怎么看出来的？”

“我会看相。”

徐照影又笑了：“睡觉吧，您开始说胡话了。”

“没有说胡话，你面上都是不开心。小姑娘，两瓶白酒是喝不倒我的，今天逗你开心罢了。”

徐照影醉眼惺忪地看着楚母说：“姐，今天太晕了，咱俩没法结拜了。”

“小徐啊，你要是真分手了，可不可以考虑一下我家惊鸿啊？”

“嗯？”

“我可没想过要和你结拜，要是结拜了，我儿子怎么办？不得骂死我，咱俩差了二十多岁，叫阿姨就好。”

徐照影静静地看着楚母，楚母好像真的没有喝醉，喝醉的只有自己。她歪着头看着楚母，楚母眼神笃定。

“惊鸿是……”

徐照影脑中轰轰隆隆，她晃了晃头，想让自己清醒一些，她又问道：“您说什么？我没听清。”真是喝得太多了。

楚母却把床头灯熄灭了，顺口说道：“睡吧睡吧，我也困了。”

关灯的两分钟后，徐照影便听到了楚母轻轻的鼾声，伴着这鼾声，徐照影也睡着了。这一觉睡得很安稳，她醒来的时候已经是早上九点，楚母早就起床了，只有她一个人在睡懒觉。

徐照影觉得很失礼，赶忙穿好衣服从床上爬了起来。刷牙的时候，楚惊鸿敲门进来了，徐照影还有点儿埋怨他：“怎么不早点叫我？”

“不方便进来。再说你十点的会议，会场离我家又挺近的，不耽误你的事。”

“不是近不近的问题，让你妈妈看见我这么没礼数，多不好。”

楚惊鸿撇了撇嘴，讽刺道：“你俩有什么不好的，我妈都要认你做姐妹了，还要把儿子借给你打，怎么会觉得你没礼数。”

楚惊鸿说完就出去了，徐照影却愣在原地。她依稀记得楚母好像和她说了些什么，徐照影努力地想了想，可是只记得楚母“叽叽咕咕”好似说了很多，只是她一句都想不起来。徐照影没有多想的工夫，赶忙洗了脸，化了一个得体的妆，便出发了。

“叔叔呢？”

“小公园里下棋呢。”

“阿姨呢？”

“你楚姐去姐们家了。”

徐照影翻了个白眼，看来昨天她喝得太多，有点儿收不了场了。楚惊鸿一路把徐照影送到开会的宾馆。

“我得先回上海了，我把我家的地址发到你手机上，一会儿会议结束了，想逛逛就逛逛，天黑以前回家去，别觉得不好意思，住你姐妹家要百分百舒心。你明天到家的时候，我肯定还在路上，就不能接机了。”楚惊鸿说到一半，却笑了一声，随即说道，“回了上海，应该不用我接你了。”

气氛忽然有些奇怪，徐照影轻咳两声以作掩饰，随后便掉头走开了。要进门的那一刹那，徐照影回头看了看，却见她熟悉的越野车还停在原地，楚惊鸿在车上朝她挥挥手，掉了个头便离开了。

徐照影心里忽然有些不舍，她皱皱眉，把这种念头赶了出去。

今天的会议进行得很顺利，不仅有区里的专家，还有政府的工作人员，报告作了三个小时，答疑一个小时，包午餐。吃饭中途大家还在一起讨论，很热烈，下午两三点才从与会地点出来。

徐照影一个人走在呼和浩特的大街上，这个城市与她想象的不太一样，原以为也和牧区差不多，但这里也是四通八达的街道，略显拥堵的交通，和上海一样的繁华与现代。在路上溜达了这么久，徐照影内心还是无法彻底平静。楚惊鸿说得对，她的激情和热情其实在研究和科学实验上，作报告时的澎湃心情和成就感能让她扫去内心的阴霾、对自我的否定以及悲观。她从小努力上学只是为了谋生独立，做一个自强不息的女性，实际比这更重要的是理想和信念。她以为现在已经没有人在谈理想与信念了，原来是她自己想错了，参会的这些人都对科研充满热情，对实验怀着诚挚的情感。这些想通后，徐照影心下豁然开朗，好像以前纠结的那些事和情感都是微不足道的。

徐照影在傍晚时分才回到楚家，楚妈妈早就做好了饭等她。她和楚母很有缘分，仿佛以前就认识一样，一进家门便有人招呼，这种感觉是她许久都没有的。

今天的饭菜很清淡很可口，吃过饭楚父便出去散步了，只留下楚母和徐照影。楚母把一个小圆盒递到徐照影的手里。

“这个是治冻疮的特效药。你看你手背上都冻成什么样了。”

徐照影看了看自己的手背，不好意思地笑了笑。在牧区跌进大坑里的那天，她把手给冻坏了，现在两只手背上全是冻疮，又痒又痛，却又不敢碰一下。

“这个药涂上，四五天就能好。但是不敢保证不会复发，小徐，可别因为这个而不喜欢来内蒙玩啊？”

“您说哪儿的话，我很喜欢这里，也很喜欢这里的人。”

今天两个人都酒醒了，谁都没有再提义结金兰的事。嘴上不说，其实徐照影对自己的失态感到脸红。今晚徐照影住在了楚惊鸿的屋子里，他的屋子里干净整洁，墙上挂着他从小到大的照片。每一张照片里的楚惊鸿都笑得很开心，楚惊鸿的屋里是一张单人床，徐照影睡下正合适。把治冻疮的药涂好之后，徐照影也躺下了。这个时候内蒙还在供应暖气，房间里暖烘烘的，催人入梦……

徐照影的飞机是中午十二点的，楚母给徐照影买了不少特产。她来的时候孑然一身，如今大包小包，满满当当。楚父是个沉默寡言的人，一路上只听楚母一个人唠唠叨叨，嘻嘻哈哈。机场不是很远，车程二十多分钟，待徐照影办好登机牌，也是和楚父楚母说再见的时候了。

“感谢叔叔阿姨的照顾，以后去上海我接待二位。”

这次楚母没有说话，楚父却开口了：“小徐，以后有缘再见了。”

徐照影忽然喉中有些哽咽，虽然只相处了短短几天，但感情并不浅薄。她抱了抱楚母，又和楚父握了握手，便飞快地进了安检。她其实是个很脆弱的人，用冷漠掩盖她的脆弱，用无所谓的态度来掩藏自己的性情。

飞机正点起飞，没有一分钟的耽搁。徐照影戴上眼罩继续睡觉了，其实她是睡不着的，只是想让自己静一静。下午四点多，徐照影准时到了上海。她拉着行李出来的时候，在出口遇见了程嘉友。

有半个多月没见到自己的男朋友，却好像过了好几年，那种疏离感有点强烈。

程嘉友的脸上没有笑容，只是接过徐照影大包小包的行李，默不作声地朝前走着。这种态度令徐照影不太舒服，但毕竟程嘉友来找她，她得给他个台阶下。两人一言不发地坐进车里，依然无话可说。车行驶了十几分钟，徐照影试着搭话。

“你怎么知道我今天回来。”

“孟天天打电话给我，说没空接你，让我来。”

程嘉友口中没有一句热乎话，她歪过头看着车窗外的景色，也不愿意再多说了。

“你手怎么了？”

“冻的。”

程嘉友沉沉地叹了一口气，嗔怪道：“你总是干这些费力不讨好的事，这回也算是受罪了，以后可长点记性。”

徐照影皱了皱眉，回应道：“我过得挺好，要长什么记性？”

程嘉友面上又冷了些："你就是嘴硬，十几天没和你联系，怎么就不知道反省反省。三十岁左右的人了，做事情还是没头没脑，不讲后果。"

"停车。"

"你别闹，我说的都没错。"

"停车吧，话不投机半句多，一回上海就没有好心情。"

"我今天就不该来接你，非得让你受点儿挫折，受点儿苦，才知道现在的生活是最好的。"

徐照影默不作声，程嘉友也闭了嘴。明明两个人都想缓和，可最后还是变成这个鬼样子。过了十分钟，徐照影又一次打破了沉默，她说道："现在下了高速口了，可以停车了。"

程嘉友有些不耐烦，他回道："照影，我今天晚上是有会议的，现在请了假来接你，你不要这么任性。"

"我就是这样的人，这辈子都改不了，如果你不适应，和我在一起会很累的。"

程嘉友也不再坚持，靠右停了车。徐照影开了车门，程嘉友没说一句话便走了。上海的风越来越暖，半个月的时间，徐照影走的时候穿的衣服已经不合时宜了。她脱掉外套，在马路牙子上吹着暖风。徐照影有些不明白，内蒙那么冷的天气，可心却是热乎乎的；但在上海，这么暖的风里，她依然不时地打哆嗦。

徐照影没有立即回去，她坐在路边的长条椅上，看着来来往往的车辆人流，轰轰隆隆的车鸣声中，是闪闪烁烁变换的红绿灯，走走停停的车辆人群，那么井然有序，但徐照影的心上却乱了分寸。她忽然想再回内蒙去，吃肉喝酒，快活爽快。

这个念头一闪而过，徐照影渐渐冷静下来。因为楚惊鸿说过，在内蒙感到快乐是因为那里的人与她气场相合，其实在上海，她也可以找到与自己相合的圈子，找到了就快乐了，逃离不是创造快乐的方式，逃离带来的不是闯荡与自由，而是未知和不确定。内心不自在，哪里都是牢笼。

徐照影一直坐到华灯初上，风有些凉了她才起身。徐照影搭了一辆出租车回家，不过半个多月，却好似离开了很久。小区的绿意要比大街上还要浓厚，树上已经挂满嫩芽。徐照影回到家，家门口放着大包小包的特产和她的物品，是程嘉友提前送回来的。这些东西孤零零地蹲在黑漆漆的门口，好似没人要的垃圾。徐照影开了门，费了很大的劲儿才把大包小包搬进屋里。

徐照影洗了个澡，洗了两个多小时，直到热水变成了凉水，她才醒过神来。准确地说，她是冲了个凉，忘了用洗发水和沐浴液。她重新躺回自己的床上，盖上被子，疲乏感才再一次袭来，手上的冻疮隐隐地痒着痛着。她开了一盏床头灯，一切都是那么安静，好像之前所经历的那些不过是一场梦，一场有点儿长的梦。

徐照影随手给孟天天打了个电话，电话那头很快就接通了。

“楚惊鸿告诉你我回来的？”

孟天天答道：“是啊。”

“那你为什么不来接我？”

“我这不有工作吗，就告诉程嘉友去接你了，难不成你和他出问题了？”

“你那么聪明怎么就不多想想？如果我俩没问题，程嘉友不会是最后一个知道我要回家的人。”

孟天天愣了几秒钟，“啧啧”两声：“怪我，怪我，难怪我告诉他你要回来的时候，他那么冷淡。照影啊，你这谈朋友告吹的速度，和我有得一拼。”听徐照影许久没说话，孟天天又“嘿嘿”笑了笑，“要不要开个单身派对什么的。其实啊，像我这样谈谈恋爱多好，以结婚为目的的谈恋爱都是自讨苦吃。”

“我讨厌和你说话。”

孟天天忽然严肃起来，她继续说道：“老实讲，你和程嘉友之间是不是第三者插足造成的？”

徐照影嗤鼻一笑，回道：“哪来的第三者？好不容易谈场恋爱就谈到了分手的边缘，我可没有那样的桃花缘。”

“楚惊鸿啊。”

徐照影有些不悦：“别胡说。”

“那他为什么千里迢迢跑去内蒙陪你？别跟我说那是他老家，他给你做向导去了。”

“不是这样的，天天，我这次做调研的地方，正好是他的货源地，所以他才……”

“所以他才跑去的？徐照影，楚惊鸿是很热心，但是热心过了头。如果不是因为对一个人太过紧张，太过担心，他又怎么会去呢？他明明帮你安排好了一切，但还是跑去了，这是为什么呀？连程嘉友都对你没这么热忱吧？”

“那是因为我和程嘉友之间有误会，还有点儿阴差阳错……”

“你不愿意承认自己的感情出了问题，也不愿意承认别人对你的有意。徐照影啊徐照影，你只是不想承认才会这么无动于衷，这世界上哪有那么多好朋友，尤其是男女之间。”

孟天天的一番话说得她耳边“嗡嗡”作响，她回道：“你这是要干什么？要撮合我和楚惊鸿吗？”

孟天天伶牙俐齿道：“不是我要撮合你，是想点醒你，楚惊鸿不是你的理想型，程嘉友才是。可程嘉友给你的远远不及楚惊鸿给你的，你和楚惊鸿在一起更开心。徐照影，你也老大不小了，如果想结婚，就要跟随心意，人生还有那么那么长，好几十年呢，找个有趣的、让自己快乐的不好吗？”

“没有感情也可以？”

孟天天反问道：“感情？什么是感情？纠纠缠缠、别别扭扭，还是快快乐乐、开开心心？你那脑子白长了。”

“在我印象里，你和程嘉友的关系更好一些，你应该是替程嘉友说话的，怎么偏向楚惊鸿了？”

“徐照影，你说错了，我跟你的关系更好一些，所以才想着多说两句。”

孟天天挂断了电话，徐照影却陷入了无尽的沉思之中。到底谁更合适？这个问题她从没想过，即便楚惊鸿让她踏实，让她安心，可楚惊鸿根本不在她的备选范围之内。她的备选里，永远都是程嘉友那样温文尔雅的男人。

徐照影关上台灯，静静地躺下了。她看看时间，楚惊鸿应该也已经回来了。从上海到内蒙，连夜往回赶要二十多个小时。孟天天的话好像当头棒喝，把她的脑袋敲得沉痛。月光静静地洒下，洒在她长有冻疮的手上，洒在偌大的床上，也洒在她的心上。

日子还是要照常，徐照影恢复到正常的工作状态，所有的一切也在慢慢推进。经过徐照影的引荐，那个想要归国的华裔教授与师范大学谈好了条件，郑教授的专属实验室暂时不会撤销。徐照影买了很多复习资料，她要准备最近一次的博士考试。

忙忙乎乎地过了一个星期，徐照影不仅和程嘉友持续冷战中，而且也没见到楚惊鸿的面。徐照影按部就班地生活，倒是过得平静。可有天早上一睁眼，她便接到了孟天天打来的电话。

“照影，你看《上海晚报》了吗？！”

“我没有看《上海晚报》的习惯。”

“我一会儿把手机网页版发给你。”

“有什么必须要看的吗？”

“楚惊鸿出事了……”

徐照影手一抖，险些把手机扔在床下。孟天天快速发来了网页链接，徐照影赶忙打开来看，标题触目惊心，配图让人心烦意乱。

《我市知名餐饮企业“牧民家”涉嫌供应疫区病羊肉！！！》

硕大的黑体字在新闻网页头版头条，外加三个大大的感叹号。徐照影仔仔细细地看完，整个人都憋着一口气。“牧民家”被举报使用了疫区的羊肉，所有店面暂停营业，接受相关部门的检查。新闻很简短，配图是“牧民家”的门面。

徐照影赶忙给楚惊鸿拨了个电话，但是已关机。徐照影深吸一口气，事情来得太突然，短短几天，到底发生了什么事。这觉也睡不着了，徐照影穿衣洗漱，十几分钟后，便来到了“牧民家”门口，门庭若市的“牧民家”门内冷冷清清，门外却水泄不通。看热闹的人从来不嫌事小，买菜的、锻炼身体的大爷大妈们里三层外三层围在店门口，徐照影根本挤不到里面去。

“你说现在的生意人，心有多黑，竟然给消费者吃这种肉，也不怕遭报应。”

“要是真查出来，罚他个几百万，让他把黑心钱都吐出来。”

“这种人呀，就该断子绝孙！”

大爷大妈越骂越狠毒，徐照影听不下去了，从那个热闹圈退出来，她才呼吸顺畅了些。她眼尖地看到一个服务员站在人群里，赶忙又冲进人群把那个服务员拉到了身边。

“楚惊鸿呢？”

“我们老板在里面配合调查呢。”

“事情严重吗？”

服务员摇摇头说道：“不知道，反正各个部门都来了，各种盘问各种检查取样，我们老板已经三天没回家了。”

“这到底是怎么回事？”

“也不知道是谁在朋友圈发了一条消息，说在我们餐馆吃完饭就住院了，没两天就死了，然后这条消息越传越广，最后说是吃了牧区的病羊肉才死的，现在连公安局都介入了。”

徐照影倒吸一口凉气，照这么说确实挺严重的。她知道现在楚惊鸿肯定焦头烂额了，但她也毫无办法，只能回到医院正常上班。忙完两台手术后，徐照影就一直在愣神。想着楚惊鸿正在经历的事就头疼，她不知道应该怎样帮他，也不知道应该怎么开口去劝劝他。

稍晚些的时候，孟天天打来了电话。

“他怎么样了？”

“不知道。”

“哎，我也是焦头烂额，本来这一期楚惊鸿要上封面，还有他的专访，现在所有人都在连夜撤稿，我头疼得不行了，估计血压升高了。”

徐照影嗤鼻一笑，说道：“你多大岁数就血压升高了？！”

“现在因为血压高而猝死的全是咱们这个岁数不知死活的年轻人，你别不重视。别说我了，估计楚惊鸿也高血压了，你最好去看看他，别过两天脑中风住院。”

“行了，不说这些，你是怎么知道这些消息的？”

孟天天叹了口气，说道：“这还用我问吗？朋友圈里疯转，副主编赶忙发给我看，我一看糟糕，赶忙启动预备方案。我觉得是不是有人在故意整他？我看他人挺实诚的，这种传播速度再加上蓄意渲染，就算没有的事儿也能传成真的。”

徐照影挂了电话，她早就没了看文献写报告的心思。好不容易熬到八点多才离开医院，便径直朝“牧民家”的方向去了。

想一想往常，这个时间段门外候位的最少十五六桌，门里灯火通明，满满当当地坐着人。徐照影走近了才看见门里深处发出明黄的灯光，店门是虚掩着的。徐照影进了门，循着灯光找去，在一间办公室里找到了坐在电脑桌前的楚惊鸿。楚惊鸿正在看一本书，书名叫《禅意十足的一生》，他看得很入迷，竟然没发现有人来了。

徐照影敲了敲门，楚惊鸿才回过神来。她听到“哼哼”声，便见皮皮扭着小屁股甩着尾巴来到了她面前，皮皮没有烦恼，没有忧愁，那张脸冲淡了不快。徐照影摸摸皮皮的头，小家伙才心满意足地又回到楚惊鸿的脚边呼呼睡觉了。

楚惊鸿伸了个懒腰说道：“我正要打电话给你呢，想让你帮我照顾一下皮皮，我这两天事情有点儿多。”

徐照影见他镇定自若的样子，反而心里不大好受。她随口问道：“你吃饭了吗？”

“没有。”

“我也没吃，正好咱俩一起吃吧。”徐照影晃了晃拎在手里的泡面。

楚惊鸿笑了笑：“好啊，我去泡，你稍等一会儿。”

“今天我泡给你吃。”

楚惊鸿便也不再坚持，又拿起桌上那本书看了起来。徐照影知道的，其实他一个字儿都没看进去，因为他五六分钟都没翻过一页。

徐照影的泡面程序与技术都比较简陋，只是烧了一壶开水，把火腿和卤蛋塞进泡面桶里，然后一股脑把热水浇到面上。徐照影盯着泡面桶发了六七分钟的呆，楚惊鸿对着那本书发了六七分钟的呆，两碗泡面就泡好了。

她把泡面桶推到楚惊鸿面前，楚惊鸿狼吞虎咽地吃了几口，却笑了几声说道：“你这是初级泡面，我上大学的时候这么吃。”

徐照影喝了一口汤，说道："对啊，我知道一种很好的泡面方式，饼面弹，汤好喝，加上溏心的蛋。但是能让我感到幸福和满足感的泡面方式，永远是最原始最简单的做法。我大学也是这样吃，如果水温不够，面条都是硬的，吃在肚子里都是立着的，过一会儿面饼在肚子里胀起来，那滋味真是吃了不如不吃，不吃又会不停地流口水。"

楚惊鸿没有再搭话，安静的办公室里，伴着皮皮的呼噜声，只有两个人吸溜面条的声音。

"我店里的肉没有问题，正规渠道进货，都有检疫证明，就算他们查个底儿朝天也查不出什么。"

徐照影咽下口中的汤，随即说："我知道。"

楚惊鸿抬起头，看着坐在身旁的徐照影，眼圈有点儿红，他清了清有些哽咽的嗓子说："就这么相信我？"

四目相对，楚惊鸿看到徐照影漆黑的眼眸中映着自己清晰的轮廓。徐照影笑了笑，说："相信你。"

"干吗这么信我，万一信错了呢。"

"不会的。"

楚惊鸿好像有些绷不住了，赶忙扒拉着面前的泡面。他连汤喝了个底儿朝天，随后拍拍肚子对徐照影说："我们回家吧。"

晚上十点的上海有些冷清，楚惊鸿抱着伸着舌头大睡的皮皮，和徐照影并肩走着。

"说说到底是怎么回事。"徐照影见他平静些了才问道。

"我大学毕业就一直在做这一行，做生意就有竞争，有时候可能只是因为生意好就与别人结怨了，我都说不清是谁下的绊子。况且开门做生意，顾客有时候也会得罪，所以到底是谁散播的谣言一时也搞不清楚。你也是创业者，这种无奈应该懂的。”

徐照影又怎会不懂，尤其做餐饮这一行，舆论有时候可以压垮一家红火的餐馆。这样的例子屡见不鲜，发生在楚惊鸿身上也不是第一件。

“那下一步有什么打算？”

楚惊鸿沉了沉气说道：“下一步？我还没想好呢，走一步看一步吧。”他忽然把手指按在徐照影的眉心，使劲儿搓了几下，然后笑着说道：“你瞧瞧你，眉头上的褶都皱成狗不理包子了，我都不着急，你急什么。”

“你是心大，我是瞎操心，早知道你这么豁达，我就不来找你吃泡面了。”

“对不起，对不起，是我的错，耽误了徐院长品尝程大厨的手艺。”

楚惊鸿打着哈哈，徐照影却默默地不再搭茬，气氛忽然遇冷，楚惊鸿这才意识到自己说错了话，所以他赶忙转移了话题：“明天我准备去爬山，要不要一起去？”

“去。”

“六点半。”

“好啊，准时。”

两个人就这么东一句西一句地闲扯，不一会儿就到了小区门口。

“哎！小心车！”

话音未落，徐照影便被楚惊鸿揪到了一边，那辆熟悉的越野车擦身而过，尖锐的刹车声中，越野车被迫停下了。徐照影捂着胸口气喘未定，程嘉友摇下了车窗，打量着楚惊鸿和徐照影。

这样的场面容易让人误会，楚惊鸿忙说道：“那个……我们刚好碰上，所以一路……回来的。”

这话楚惊鸿说得没底气，程嘉友好似没听到，只是淡淡地问了一句：“你没事吧？”

徐照影也不去看他，随口回道："没事。"

"对不起。"

越野车就这样开走了，楚惊鸿看着车越走越远，又见徐照影的脸色那么难看，不免问道："你俩这是怎么了？"

"没怎么。"

此后路上两人再没言语，徐照影照例先下了电梯，她回头对楚惊鸿说道："晚安，睡个好觉，明天可别迟到。"

"徐院长，用不用我去解释一下？"

"解释什么？又有什么好解释的呢？楚老板，这跟你一点儿关系都没有，这是我和他之间的问题。"

楚惊鸿明明从徐照影的眼中看到了黯淡与默然，他想说些什么宽慰的话，但想一想，还是什么都不说的好，他只得挥手作别："那好吧，你睡个好觉。"

徐照影和楚惊鸿告别之后，便回家去了。这一夜的徐照影彻底失眠了，她翻看着手机，想着以前发生的事，终于在快天亮的时候删掉了程嘉友的微信，她见不得那个对自己冷漠的人在朋友圈里过着鲜活的生活，好似这段感情里，只有她难过，而程嘉友毫不放在心上。

第二天徐照影是被楚惊鸿的敲门声惊醒的，看看时间七点半，她竟然睡过了头，徐照影匆匆洗漱完，换了运动服和运动鞋便出发了。今天气候特别好，上海城郊有一座山，不太高，青翠环绕，繁茂丛生中还有一座湖，这山虽然没什么名气，但运气好的时候会看到佛光。所以节假日的时候，这里也是好去处。

楚惊鸿和徐照影都是常年锻炼身体的人，所以爬山是小菜一碟，不过是为了放松心情，舒缓压力。他们两个爬得起劲儿，没想到拖后腿的竟然是皮皮。皮皮这个小东西爬了不到三分之一的路程就开始耍赖，它趴在地上甩着尾巴求抱抱，最后的路程，皮皮都躺在楚惊鸿怀里。

山顶的景色美极了，云雾缭绕，鸟鸣溪涧。今天不是周末也不是节假日，所以游人并不多。山顶之上，阳光散下万丈光芒，照在人身上如沐金光。

“啊……”徐照影把手拢在嘴边，放声喊着，心中的压抑随着喊声传播开，心下倒是爽快了不少。

“啊……”楚惊鸿也高声呼喊着。他们的声音越传越远，在山谷中的回荡不绝于耳。

微风吹着徐照影的发丝，她神清气爽地问：“你现在感觉怎么样？”

“还不错。”

“惊鸿，我是担心你的。”

楚惊鸿听闻，望着徐照影。她很少叫他惊鸿，屈指可数，算一算可能只有一次，或者连一次都没有，这一声叫得他心头有些悸动。楚惊鸿最近有些神经脆弱，徐照影平平常常的一句话，就足以让他不知所措。

“有什么好担心的？我这个人是乐天派，兵来将挡水来土掩，总有解决的办法。”

“即使你不说，我也知道现在的你很被动。”

楚惊鸿不再反驳，徐照影说的都是实话，他有什么好反驳的。楚惊鸿找了一块大石头坐下，吹了一会儿风，才又认真地开口说道：“是很被动。即使是养家糊口的事业，也是我的心血，走到这一步，我不可能不心疼。”

“现在面临哪几方面的困难？”

“第一，要把谣言打下去。第二，希望有关部门的调查可以尽快结束，还我清白。但是，要想做到第一步，就必须拿到第二步的检查结果才行。”

徐照影沉默了一会儿又问道：“没有别的突破口了？”

“我现在还在想。总之，如果有人想故意教训教训我，那调查什么时候能够结束，可就不一定了。”

“现在出来几家的结果了？”

“还有最后一家没有出来，我昨天去问了，他们说送检样本太多，还没排到我。”

徐照影舒展了一下腰身，拍了拍楚惊鸿的肩膀，说道：“不说了，山下有一家素斋做得特别好，今天我请客。”

今天是放松的一天，两人回家的时候天色已晚，做邻居就有这样的好处，可以一起进电梯一起回家。徐照影照例先到了家，她走出电梯看着抱着皮皮的楚惊鸿，说道：“惊鸿，我很佩服你，你是个很会管理情绪的人。跟你在一起很开心。”

“那是因为我知道自己的闪光点，做不成餐饮，我还可以专心做直播呀！徐院长，可别小瞧我，我可是有粉丝的人。”

徐照影笑了笑：“知道知道，直播在线粉丝能有好几万，红人中的红人。”

“晚安，徐院长。”

电梯门关上了，徐照影心下却有些怅然。他越是这样洒脱，徐照影越难过，她知道事业打拼起来的艰辛，就算再不在乎，也是自己咬牙坚持下来的。这种经历她体验过，自然知道楚惊鸿的心有多痛。

徐照影还没进门便接到了孟天天的电话。

“你让我查的事我查到了。这件事和另一家本市的餐饮企业有关系，消息也是他们散播出去的，其实楚惊鸿早就报案了，这件事他也知道，谣言是没有成本的打击，他束手无策。”

徐照影急切地问道：“那什么时候才能出结果？”

“因为‘牧民家’这次出的新闻，社会影响力特别差，所以食药监局那边比较谨慎，也没有说具体什么时候可以出结果，但按照进度应该快了。现在最大的问题是纵容造谣者的媒体，有三家纸媒还在持续推进这件事，其中有两家主编与我私交不错，所以同意等结果出来后再跟进报道，现在剩下一家《上海晚报》很难办，《上海晚报》的主编是个没下线的人，只要给钱，什么新闻都敢炮制，就因为这个，我瞧不上他。”

徐照影自然知道里面的利害关系，其实她的宠物医院因为纠纷也上过报纸，同样是孟天天搞定的。这些当地的百姓时常买来看报纸，对于他们这些本地的企业来说，这些报纸的影响力足够摧垮一份很好的事业。

“那就是说《上海晚报》收了对方的贿赂，所以大肆渲染这件事？”徐照影问道。

可孟天天并没有回答，反而问道：“照影，说实在的，我们有必要这么尽心尽力地帮忙吗？其实，你已经做了很多了。”

孟天天说得没错，作为普通朋友她已经做得够多了，不仅动用了自己的关系，而且还动用了孟天天的关系。

“我只是想多帮他一些。”徐照影答道。

“凭什么呀？总得找个理由吧？你可不是这么热心肠的人，有时候连我的事你都不上心的。”

“不由的、发自内心的，就想为他多做一些。”

“程嘉友和楚惊鸿之间，你是选择楚惊鸿了？”孟天天紧追不舍地盘问。

“没有，感情这种事怎么能这么轻易选择，况且这件事跟程嘉友有什么关系？干吗把他扯出来？”

孟天天一摊手，一副事不关己的模样说道：“那我告诉你，《上海晚报》的主编和程嘉友关系不错，你要不要去求程嘉友搭个线？”

徐照影不说话了。

“我只能帮你这么多了。”

电话就这样挂断了，可徐照影却一晚上都睡不安稳。她这个人，特别要面子，没想到会因为这件事学会了低头服软。徐照影本来想早锻炼的时候去偶遇一下程嘉友，但程嘉友好像很久都没有锻炼了，所以她没逮着人。等了一早上的徐照影没有放弃，她化了一个精致的妆，心里暗自打气，硬着头皮走进了惠达银行。程嘉友所在的银行是专门做大客户服务的，所以一进营业厅并没有人多纷杂的感觉。

“嫂子您来了？”

迎面来了个傻姑娘，徐照影尴尬地笑着，答应不合适，不答应也不合适。她仔细看了看，还是上次宠物派对上的那个姑娘，姑娘甜甜地笑着，很热情。

“程嘉友在吗？”

“程行一早开会去了。”

徐照影“哦”了一声，程嘉友升任行长了，她竟然今天才知道。徐照影故作轻松地问道：“他什么时候回来？”

“他就在行里，嫂子您等一等，再有半个小时会就开完了。”

徐照影说了一声“好”，小姑娘热心地把她带到了程嘉友的办公室，为她沏好茶拿了小点心便关上门离开了。徐照影打量着程嘉友的办公室，比原来的大一倍。硕大的办公桌上放着各种获奖的奖杯：“十佳经理人”“十佳销售”“十佳服务”……所有能想到的奖杯，他差不多都包揽了，程嘉友确实是个有能力的人。

徐照影还在随意打量，这杯茶还冒着热气，她已经听见程嘉友的声音从门外传来。徐照影有些局促，想要摆个轻松的姿势，发现有点儿难。程嘉友推门进来的时候，瞧见她也是一愣，身后还跟着正在汇报工作的下属。

徐照影站了起来，轻声说道：“你先忙，我到外面等。”

“不用，你坐着。”程嘉友又嘱咐了几句，下属便离开了，他边脱掉西服外套边问，“什么时候来的？怎么没提前说一声。”

“我是路过，想着从内蒙回来带了点儿奶酪牛肉干，一直也忘了给你，所以就停车下来看你在不在。”

“谢谢，干吗这么客气，要不……中午一起吃饭吧？”

徐照影不知道该回答什么，去还是不去。就在思忖间，程嘉友的电话又响了，他匆忙接了个电话，然后抱歉地说道：“真是不好意思，中午有聚餐，所以不能一起吃饭了。”

“没关系，我中午正好也要约见朋友。”

他们就这样坐着其实并没有多难熬，程嘉友左一个电话右一个电话地接着，一会儿汇报工作，一会儿布置任务，一会儿联系老客户，时不时有下属过来签署文件，徐照影这么静静地陪着，竟然一个多小时过去了。徐照影看看手表说道：“你先忙着，我还有事先走了。”

程嘉友抬头看了一眼时间：“好，如果有空，我晚上请你去家里吃晚饭。”

“好啊。对了，嘉友，我有一件事想问问你。”

“什么事？”

“听说你认识《上海晚报》的刘主编。”

程嘉友想了想，说道：“我的一个客户而已。”

“哦，我的一个朋友最近遇上点儿难事，想要刘主编帮帮忙，我……就是想问问你……能不能牵个线见个面。”

程嘉友看了眼徐照影说道：“有事儿找刘主编？到底遇上什么难事了？”

“《上海晚报》有不利于我朋友的报道。”

程嘉友笑了笑说道：“你说的朋友是谁，我认识吗？”

徐照影知道没法隐瞒，便照实说了：“楚惊鸿。”

程嘉友“哦”了一声说道：“竟然是熟人，照影，我觉得你来求我不太合适。”

徐照影有些懵："有什么不合适的？"

"这么重要的事，难道他不应该亲自来吗？你来算是怎么回事？"见徐照影不说话，程嘉友继续说道，"我的女朋友，正和我闹别扭，却可以放下面子为了另一个男人来求我，这是什么情况？我应不应该多想想？"

徐照影知道自己来求他，本来就是碰晦气的，果不其然是这样。徐照影说道："我们的事和他的事不能混为一谈。"

"现在看来就是一件事。"

来求人办事，必须服软，徐照影放低姿态说道："在内蒙的时候信号不好，所以没有及时联络你，真的很抱歉，我脾气性格也不够好，让你受了太多的委屈。楚老板的事只是朋友之间帮个忙而已。"

"你就能确定新闻里报道的事他一点儿错都没有？作为商人，他敢说没有一点儿心虚理亏的时候吗？"

徐照影见程嘉友步步紧逼，倒也心下了然，但她总不能再负气离开，她平静地说道："这个世界上有很多人都是靠勤恳工作、真诚待人来赚钱的，我是，他也是，并不是所有人都昧着良心做事。"

程嘉友嗤鼻一笑，说道："这么说是我以小人之心度君子之腹了？"

"嘉友，你的情绪不对，所以看问题带了有色眼镜。今天我就是来试试看你能不能帮忙，如果不能也没关系，我再想其他办法。既然这样，我看你也挺忙的，那我就先走了。"

见徐照影要走，程嘉友并未起身，只是说道："你今天就不该来。"

"我知道。"

"但至少我知道你的心意了。"

徐照影已经走到了门边，她回头看了看眼前的那个男人，没有说话。

程嘉友继续说："第一，我不信任楚惊鸿的人品，万一他真的做了亏心事，我帮他岂不是造孽了？第二，我和刘主编真的不熟，所以说不上话，希望你能理解。”

徐照影望了望这个曾经让她满意的男人，说了一句“好”便把门关上了。徐照影就这样离开了银行，她开着车，有些心不在焉。她其实早就知道，今天的事情没多大把握，可她只是想要试试，万一有门路呢？她真的有些病急乱投医了。

中午她和孟天天约了吃饭，在上海新开的那家餐馆。两个闺密聚在一起，徐照影却完全不在状态，她脑子里总是想着楚惊鸿的事。

“醒一醒，徐院长，现在是闺密时光，不要总想着臭男人。”

徐照影翻了个白眼，回道：“没想，你别胡说。”

“得了，肯定又在想‘牧民家’的事。”

“吃饭，吃饭，就你嘴多。”

显然徐照影心思不在吃上，“牧民家”这次的新闻还在网上持续发酵，只要打开手机，很轻松就可以搜到这次的事件。《上海晚报》专门做了一个专题，以反思食品安全和企业主的社会责任心为主要内容。每天都会有一小段文章，附带了“牧民家”事情进展的跟进。

“程嘉友怎么说？”孟天天问道。

“程嘉友说和刘主编并不熟。”

孟天天“哦”了一声：“那就没办法了。照影，能帮多少帮多少，不必太在意。”

见徐照影不说话，孟天天继续劝道：“照影，你也不能太怪程嘉友，说实在的，他没有帮楚惊鸿的义务，况且你们现在关系这么紧张，程嘉友想必早就看楚惊鸿不顺眼了。这种情况下，凡是有些血气的男人都不会帮你的。”

“天天，我懂。”

孟天天忽然轻咳了两声，拿起一旁的菜单扔到了徐照影面前，她说道：“我看这菜不太符合你的胃口，你再重新点两个吧。”

徐照影一头雾水地接过菜单，说道：“干吗点这么多，已经一桌子的菜了。”

“让你点你就点。”

徐照影接过孟天天胡乱塞给她的菜单，抬头的一刹那，却瞧见了那个前几分钟还在议论的人。孟天天并不是让她点菜，只是不想让她过分尴尬。四目相对，程嘉友也有些意外，上海就是这么小，有缘的无缘的，想见的不想见的都会擦身而过。

徐照影原本还在想要不要打招呼，但程嘉友已匆匆撇过头去，远远地绕过了她们所在的餐桌，进了包房。

孟天天说道：“真巧。”

“世界这么小，能碰上不稀奇。”

“有件事我不得不告诉你，和程嘉友一起来的那个男人就是《上海晚报》的主编，其实……他们是大学同学。”

徐照影一直到那间包房的门关上才回过神来，她说道：“这样啊，你知道这么多，刚才也不告诉我。”

“我只是觉得，不要因为我的一句话而阻碍了你们和好的机会。但看你们刚才的模样，想必你们心里都有数了，所以才说出来，总觉得程嘉友这样做不太好。”

徐照影帮孟天天夹了一筷子菜，默默地说：“吃饭吧，就你话多。”

人到底是怎么走远的，或许就是这样不知不觉一步一步相背而行走远的吧。徐照影望着那道紧闭着的包房的门，心下也是怅然若失。

这顿饭注定食不知味，二十分钟后，她们便从餐馆里出来了。她们没开车，沿着马路牙子慢慢地走，走了半个小时也没说一句话。

“照影，我们去逛街吧？”

“算了。”

“我们去看电影？”

“太吵了。”

“去游泳？”

“今天周末人太多。”

孟天天今日穿的是高跟鞋，走了这么长的路，脚都快肿了。她一屁股坐在路边的长凳上，把鞋脱了，朝徐照影喊了一嗓子：“我帮楚惊鸿还不行吗？”

徐照影终于停下了脚步，有些懵懂地问：“你说什么？”

孟天天没好气地说：“你那点儿心思我还不了解？想让我帮忙又怕我说你，所以犹犹豫豫心里打鼓。照影，你真的就这么信任他？”

徐照影点点头：“当然。”

“为什么？”

“人这一辈子，难得遇见一个能懂自己的人，我所做的那些世人觉得荒唐的事，在他看来却那么正常。”

孟天天叹口气说道：“我服了你了。”

“天天，你不必为难，我也没想着一定要让你帮，我不能因为想要帮楚惊鸿而给你找麻烦。”

孟天天边揉脚边没好气地说：“麻烦什么啊，你才是我的麻烦。照影，我平日里风风火火，有时候还会和你吵嘴，但我最见不得你难过，我不是想帮楚惊鸿，我只是想帮你。我不想你因为这些事儿整天吃不好睡不好。”

徐照影望着几米开外的孟天天，那句“谢谢”到了嘴边却说不出来。孟天天的处世观与她格格不入，但孟天天却是那个可以为了她两肋插刀的人。

“天天，我徐照影爱你。”

孟天天翻了个白眼说道：“我的鞋跟都磨坏了，就这个牌子的鞋，你再赔我一双最新款。哦不，让那个楚惊鸿来赔，要不是因为他，我们哪儿来这么多的烦恼。”

徐照影笑着跑过去拥抱了一下孟天天，孟天天嫌弃地挣脱了。她知道孟天天有办法，但孟天天是个事不关己、高高挂起的人。况且，如果孟天天出手了，自然是要和《上海晚报》成为死对头，徐照影不敢开口，生怕给孟天天找了麻烦。但孟天天说，本来和刘主编撕破了脸，也不在乎这多出来的一次两次对撕了。

晚上十点多，楚惊鸿被叫到了徐照影的家里，一进门，便看到等待他的两位美女。

“这大半夜的，两位美女有什么事？我心里特别紧张。”这个节骨眼上，楚惊鸿倒是还懂得开玩笑。

徐照影和孟天天相视一笑，随即说道：“想把我们的作战计划跟你分享分享。”

孟天天口若悬河，洋洋洒洒讲了半个小时，楚惊鸿听得认真。

“怎么样？作何感想？”孟天天讲完后，问了他一句。

这一问不要紧，却把楚惊鸿的眼眶给问红了。不过男儿有泪不轻弹，他又把这潸然泪下的小情绪给憋回去了。

“我楚惊鸿何德何能遇到你们这么帮我。谢谢孟主编。”

“等你有能力谢我的时候再谢吧。楚老板，我做这些都是因为照影，要不是她求我，我可不愿多管闲事。”

徐照影只恨孟天天乱讲话，她不敢看楚惊鸿，只得低头和皮皮玩。

楚惊鸿说：“其实你说的这些我都想过，但我一个人面对的事情太多，就算是想到了，也焦头烂额，没工夫去做。”

“那我们现在就开始做，把损失降到最小。”徐照影说。

当一切信念坚定起来的时候，力量看上去就没有那么薄弱了。第二天开始，“牧民家”便主动出击了。楚惊鸿找了本市最好的律师，先起草了一份律师函。由孟天天杂志社的公关团队负责公众媒体的传播。公关团队拥有强大的媒体资源，在影响波及面最广的几个大网站，都投放了义正言辞的那份律师函。“牧民家”严正声明一定追究到底，绝不姑息。其次，楚惊鸿在“牧民家”门口，在人最多最热闹的晚上，亲自吃餐馆里的肉，用以打消上海市民由病羊造成的恐慌。第二天，“牧民家”的工作人员集体到市食药监局门口等待检查结果，并现场直播进度。这样主动积极的做法，就是想让市民知道“牧民家”不是谣言中所说的那样。

一系列的工作有条不紊地进行着，原来那条“丧心病狂商家病羊肉吃死消费者”的新闻慢慢沉了下去，取而代之的是“牧民家事件最新进展”的进度通报新闻。

公众信息时代，消息传播的速度比病毒还要快，几天的工夫再打开手机，舆论导向就被逆转了。从跟帖的评论中，就能看到所有人都在持续观望中，已不似之前那样有着激进的言辞。孟天天动用了所有可以用的关系网，才扭转了局面。

楚惊鸿那天带皮皮晨练，遇上了早已跑了两圈的徐照影。

“今天下午检查结果就能出来了。”

徐照影做着舒展运动说道：“好啊，到时候就能起诉了。”

天气越来越好，晨练的人也越来越多。楚惊鸿与以前相比话少了许多，徐照影看得出来，楚惊鸿心里装着事。

“你好像不太高兴。”

他们两人都停下脚步，找了一张长椅坐下了。

“这次的事情过去之后，我想休息休息。”

是啊，这灾难突如其来让人身心疲惫，徐照影说道："也好，休息一下重新上路。"

"照影，我不想再上路了。'牧民家'所有的店面我会陆续关掉。"

徐照影明白，这次谣言事件之后，"牧民家"受到了重创，想要之前的辉煌很难，楚惊鸿所承受的压力巨大，她说道："不难过吗？你倒是看上去挺平静。"

"其实我应该感谢造谣者，如果不是他们，我也下不了闭店的决心。我是一个没有找到理想和信念的人，而理想和信念可以给人带来富足的快乐。你从科研中可以找到自我和快乐，而现在的这份事业，我日复一日年复一年地重复着，早就疲乏了。"

"那以后呢？"

"准备先到处看看这个世界，说不定，我就能找到理想和信念了。"

晨光照在两个人的身上，晨起的清爽里带着微微的温热。她侧眸望去，便看到了楚惊鸿眼角几条细微的鱼尾纹。几天时间里，这个阳光的男人竟有了一丝岁月的痕迹。徐照影不害怕楚惊鸿的事业受损，她怕的是他此后的一蹶不振，徐照影多么希望给人带来温暖和阳光的楚惊鸿，能如他所愿得到想要的富足快乐。

所有的事情都是按照预期的步骤一步一步进行的，结果最终显示"牧民家"所供应的羊肉没有问题。"牧民家"起诉了造谣者，造谣者被追究了法律责任，但真正的幕后指使并没有得到应有的惩罚。但徐照影和楚惊鸿都相信，用不正当手段竞争挤垮对手的商人，并不能真正走到最后。

楚惊鸿果然关掉了其他分店，只留下了一家旗舰店。为了恢复客流，"牧民家"做了全场五折的优惠活动。徐照影和孟天天自然是要捧场的，这次之后，他们几人的关系也越走越近了，不仅如此，楚惊鸿把营业收入的三分之一捐给了上海动物保护联盟，这是一笔非常可观的捐款，孟天天也因为这件事对楚惊鸿刮目相看。

舆论对“牧民家”所造成的伤害是不可逆转的，客流量远不如以前。原本一到晚上就爆满的“牧民家”，现在的上座率不过三分之一。照这趋势，“牧民家”也只能算作勉强度日。忙完了的楚惊鸿也坐了下来，几个人在一起喝了几盅酒。这样的天气，这样的气氛喝酒很容易上头。

“惊鸿，等这一阵子风头过去，我再重新给你做一期专访，上次事情突然，只能临时撤掉了。”孟天天宽慰着楚惊鸿。

“孟主编不要放在心上，这些都是虚无缥缈的东西，咱不强求。”楚惊鸿又喝了一口酒说道。

孟天天摇摇头：“这事不能就这样算了，好歹你也捐了那么多钱。我孟天天就算给你做整本杂志的专访也心甘情愿。”

徐照影只是笑笑没有搭话，楚惊鸿如今可真的不在乎这些了。有些东西一旦放下，就真的不能在心上泛起波澜，例如名利。

“你明天几点的飞机？”孟天天继续问道。

“早上五点。”

“我今天还有事，先回去了，你们慢慢聊。”孟天天说完便拎着包走了，她总要给徐照影留点儿时间。

一直到“牧民家”打烊，徐照影和楚惊鸿才离开。这个时间的上海，马路边种满了各色的玫瑰，空气中弥散着浓郁的香气。就这样散着步聊着天，徐照影希望时间就这样慢慢地走。

“我帮你收拾收拾东西吧？”

“不用。”

“带皮皮一起出门很不方便吧。”

“其实还好。”

“我会帮你定期浇花，打扫卫生。”

“太谢谢了。”

“明天我去送送你吧？”

“还是别了，我怕……我不想走了。”

徐照影心里也有些空落落的，走到哪儿都咋咋呼呼的楚惊鸿离开了上海，她的人生要有多少乐趣一起消失啊？徐照影想到这儿便说道：“有什么不想走的，外面的世界那么精彩，说不定，走着走着就不愿意回来了。”

“你和程嘉友……怎么样了？”

徐照影抿着唇，沉默半晌才说道：“就那样呗。”

“照影，如果你和他断了……能不能告诉我一声，我……帮你介绍男朋友，我手里有大把的好小伙。”

“你倒是挺热心的。”

“你这么好的姑娘，应该找到这世上最好的小伙子。”

徐照影开玩笑似的说：“好啊，那你说话算话，那明天……我就不去送你了。”

依旧是楚惊鸿先送徐照影回家，电梯门口他们和往常一样挥手作别。徐照影照例洗澡、看文献、上床睡觉，只不过这一夜她睡得很浅，到凌晨四点就醒了。凌晨四点的上海静悄悄的，她还没见过凌晨四点的上海是什么样子，今天她想出去看看。

徐照影独自开车走在路上，原来上海也有交通不拥挤的时候，日头还没爬上来，只有青色的天幕，就这么晃晃悠悠开了半个多小时竟开到了机场。她随便找了个地方停下车，铁丝网内，一架一架的飞机等待调度口令。走上跑道的飞机，逐渐地加速，腾空而起，离开这座还没苏醒的城市，飞向可以到达世界的各个角落。

徐照影望着飞机，算算时间，楚惊鸿坐的那一架已经起飞了吧？她内心有许多的小情绪，说不清道不明，搅在一起，有点儿复杂，有点儿乱糟糟。

“小徐啊，我家惊鸿很喜欢你啊，就是因为你有对象，他才说不出口，他就是这样的孩子。”

在呼和浩特的那天，她喝得醉醺醺，楚母说的话在耳边萦绕，她不是没听清，只是……不敢相信罢了。

或许人生就是这样吧，喜欢的说不出口，说出口了又不够喜欢了。兜兜转转地寻找，依然找不到想要的爱情和人生。

她和楚惊鸿……又会怎么样呢？这样大大方方地告别，好过与程嘉友那般冷淡漠然。这就是后青春的感情，没有多少轰轰烈烈，渴望却不再勇敢，越活越畏畏缩缩了。

或许，这就是他们最好的相处方式和结局。他们，终究没有那样的缘分。即便经过深思熟虑，她明白了，楚惊鸿和自己的精神层面更契合。

徐照影深深呼吸着，清晨的空气真好，回家，工作，继续自己的科研生活。

时间像条在海中游荡的鲸鱼，慢悠悠地吞掉一切的细碎枝节，吞掉那些不愉快、烦躁、欢乐、痛苦，只在不经意处留下岁月的痕迹。又是一年过去了，春暖花开，风轻云淡。徐照影如愿考上了师范大学的博士，继续着郑教授的科研项目。宠物医院因为业务需要，又在上海的另外两个区开了两家分部，她刚刚给一只小猫做完尿道再造的手术，便接到了程嘉友的电话。

“明天有私人银行级客户的私宠派对，希望徐院长能够配合一下。”

“这些你放心，这么简单的事还需要程行亲自打电话确认，让你操心了，”

程嘉友在电话那端笑了笑，说道：“只是好几个月没跟你联络，顺便打个电话问一下。”

“我很好，谢谢挂念，听说你又领养了一只小狗，现在……不怕狗了？”

“一朝被蛇咬十年怕井绳？我程嘉友可不是这样的人。”

徐照影和程嘉友还能和以前一样，没事打打电话闲聊几句，只是如今他们多是因为工作关系才联络。程嘉友的贵宾萌宠派对一直坚持到现在，基本上每月一次，效果甚好。徐照影是程嘉友的最佳伙伴，因为工作的原因，他们之间的隔阂慢慢也消融了，此时此刻的状态倒是更自然。

短暂的沉默之后，程嘉友说道：“照影，我……要复婚了。”

“是吗？恭喜你。那句话怎么说来着？夫妻还是原配的好。”

电话那端的程嘉友好像是笑了笑，他轻声说道：“是我不够有活力了，一谈感情就累，没精力，想想不折腾了，和她还有感情，就这么过吧，也不错。”

在这一年的时间里，徐照影从孟天天那儿得知，程嘉友又谈了三个女朋友，平均恋爱时间四个月，这些女孩都是和徐照影一样的精英人物，脸蛋漂亮，能力强，只是和程嘉友都没有缘分。按孟天天的话来说，程嘉友是个大男人，控制欲又挺强，有本事的女人……他招架不住。

挂了电话的徐照影，又看了看新晋微博红人“鸿界”的主页。鸿界的微博上都是风景优美的照片，入镜的是他的一双鞋还有那只戴着太阳花墨镜的八哥犬。鸿界在各地游玩，带着和他一样潇洒的狗，他所去的地方并不是什么名胜古迹，多是些游客看不到的独特景致，主页上的图片多配以文字，主要介绍当地的风土人情，还有特色物品。鸿界是个很有脑子的人，靠这个主页众筹一些特制 logo 的小玩意儿，销量和反响都很不错。最近的一次众筹，是用精选的八哥犬照片做成的新式台历和笔记本，所得款项全部献给动物保护联盟。这次众筹目标是十万，目标早在半个月前就已达成，现在已超越二十万。徐照影也参与众筹了一笔才关掉电脑。她不过是想看看鸿界有没有更新主页的内容，对于整日忙着赚钱和做研究的她，看看鸿界的文章，身心就放松下来了，好像也身临其境地玩了一趟。不过让她失望的是，这个鸿界已经一个月没更新微博了，最近掉了很多粉。徐照影不知道鸿界因为什么事放下了这个主页，毕竟这么赚钱，还有变现的能力，或许他真的找到了理想和信念吧。

今天徐照影约了和孟天天吃饭，不能迟到，因为要商量孟天天订婚的事。这个不婚主义者，竟然在三个月前迅速勾搭上一个各方面都优秀的精英人士，然后抛弃了自己的不婚主义宣言，大刀阔斧地要结婚生孩子了。

“我瞧不上你。”徐照影嫌弃地说着孟天天。

“随便你吧，反正姐要回归家庭生活了，你也赶紧找个男人嫁吧。”

徐照影只是回道：“你订婚宴我参加不了，那天我爸生日，得回趟老家。”

“不用你参加，我给你布置的任务你完成就行了，把份子钱一分不少地随了，婚礼那天都不用来了。”

孟天天的婚礼在半年之后，她现在就兴师动众地成立了婚礼筹备小组，给每一位姐妹都布置了任务。

“听说楚惊鸿回来了，有联系你吗？”

徐照影搅着手中的咖啡棒，说道：“半年没怎么联络了。”

“我们杂志联系上他，准备做一期旅游达人的专题，要不要……我帮你联系联系？”

徐照影摇摇头：“不用，我知道你是为我好，可本来讲究缘分的事情，却做得这么刻意，就失去了本来的意义。”

“你说得对，感情是要讲缘分，我和我老公就是天意，所以我才会想到结婚。”

徐照影不屑地瞟着孟天天，谁能想到孟天天会在她前面结婚呢，而且张口闭口都是她老公，这种转变让徐照影受不了。吃过午饭，徐照影便与孟天天作别了。她一个人回了医院，处理完手头的事便尽早回家了。明天要回宁波，她准备多住几天。

徐照影一路走回去，原来的“牧民家”变成了婚纱摄影，装修得富丽堂皇，灯火通明。一切都物是人非了啊。“牧民家”是在楚惊鸿离开三个月后彻底关门歇业的，那个时候她还在自己的宠物医院送过“牧民家”的代金券，只是楚惊鸿心意已决，生意也确实不好，没有支撑下去的道理。

这一年，好像变得很多，只有自己还在原地。程嘉友搬去了对面的小区，孟天天也买了新房。她前几个月给徐父买了一处一百平的小院子，顺带把店面又扩了扩。其实，徐父做买卖比较随意，不过政府下了古城改造的文件，徐照影趁此机会早早购置了房产，早点儿未雨绸缪，不仅为了增值，也是为了给徐父养老用。

还是一早出发，徐照影在火车上稍微打个盹儿就到宁波了。徐父这一年时不时过来看看她，虽然父女俩还是总拌嘴，但徐照影也能经常回古城照料徐父了。原来坑坑洼洼的青石板路如今换了仿古的青砖，一些陈旧的建筑，政府出资在翻新。只有节假日才人多些的古城，现在平日里也都是来观光的游客。两个月没回来，徐照影险些没找到回家的路。

那条狭长的青石小巷，徐照影走了很多年，可这一次她却崴了脚，只因为在巷子的出口，她看见排着长队的游客，队伍的开端在徐记面馆。可徐父坐在拐角阳光最足的那块大石头上晒着太阳，抽着旱烟，悠闲自在。难不成徐父雇了短工？

徐照影拖着崴痛的脚走到徐父身边：“太阳打西边出来了？你初一十五不是都不开张吗？”

“有苦力干吗不开张，我和钱过不去啊。”

徐父“吧嗒吧嗒”地抽着烟锅子，徐照影透过熙熙攘攘的人群，瞅见了那个拿着大勺满脸笑容的男人。面条在锅中翻滚，他麻利地在碗里放入香菜、荷包蛋、香菇丁、鸡腿肉丁，米醋、酱油。待碗中妥当，长筷便从锅中捞起白面，迅速放入碗中，兑一勺清汤，再抓上一把细细的花生碎，最后从锅边那个带盖的小坛子里舀出一汤匙的酱，酱滑入碗中，前前后后速度之快，也就三十秒。他做饭的样子沐浴在阳光中，帅极了。

那男人脚下睡着一只懒洋洋的八哥犬。

徐照影原本平静的心被搅起一丝波澜，她试着叫了一声“皮皮”，小狗倏地睁开了眼睛，小东西瞧见了叫它的人，眼睛大放光芒，飞快地朝徐照影奔来。忙着收钱的楚惊鸿听到叫声也抬起了头，影影绰绰的人群中，他只看了一眼就找到了徐照影，她个子依旧小小的，打扮依旧干练。他一愣，却腼腆地抿着嘴笑了。

徐照影走到楚惊鸿面前问道：“你什么时候来的？”

“快一个月了。”

原来，拥有众多粉丝的“网络大V”跑到了宁波，卖起了五块钱一碗的平安面。伶牙俐齿的徐照影一时言语贫乏，不知说什么好，憋了好半天才支支吾吾说了一句：“干吗来我家？”

“想要配方呗。”

“我家的配方可不好要。”

“我知道，所以……我打算做徐家的长工，也不知道叔叔同不同意，也不知道你……同不同意。”

他又黑了不少，但身材更加结实了。他还是那么爱开玩笑，还是那么没正形。他眼角又多了几条皱纹，笑起来都是褶子。但他周身都散着光芒，这光芒让徐照影觉得暖暖的，连嘴角和眉梢都暖出了笑意。

“我们家的长工可没有工钱，不仅没工钱，我和我爸脾气都很差，时不时还会打骂长工，不给好脸色。你可想清楚了？”

楚惊鸿嘴咧到了耳岔子：“早就想好了，只要你别赶我走。”

她忘了这个男人是怎么晃晃悠悠、漫不经心地走到自己身边来的，他就这么招招摇摇、咋咋呼呼，做着令她嫌弃的事，无时无刻动摇着她的三观，以至于最后把她也带歪了。

徐照影意识到，这个人赶也赶不走，她和他之间，不过是一场势均力敌的较量。较量到最后，他一个马步蹲在她心上，生了根、发了芽、开了花。